KB009881

사는 법이 있으면 좋겠습니다

고민 덕후 변호사의 슬기로운 인생 상담

사는 법이 있으면 좋겠습니다

배태준 지음

고민 덕후 변호사의
슬기로운 인생 상담

북스토리

추천사

세상에 고민을 한 번도 안 해본 사람이 있을까?

삶을 살아가며 우리는 단순하고 일상적인 것에서부터, 연애, 가족, 그리고 사회생활에 이르기까지 여러 고민을 안게 된다. 고민이란 때로는 쉽게 풀리기도 하고, 때로는 우리를 짓누를 만큼 힘들게 하기도 한다. 이런 고민들로 인해 우리 삶은 종종 짧게는 몇 분에서 길면 몇 달간 어려움, 막막함, 실망감 등을 겪기도 한다. 하지만 과정이 어떻든 간에 고민을 생각해보고, 누군가와 나누고, 해결하는 과정은 우리 인생에 있어 굉장히 소중한 경험들이다.

그런 의미에서 『사는 법이 있으면 좋겠습니다』 이 책은 고민의 미덕과 가치에 대한 분명한 메시지를 담고 있다. 저자는 누구나 한 번쯤은 겪어볼 법한 고민 상담 사연들을 기반으로 때로는 분석적으로, 때로는 공감하며, 진심을 다해 격려를 내던진다. 또한 전문지식을 기반으로 변호사로서 제시할 수 있는 여러 통찰력과 이해를 제공한다. 혹자는 저자가 변호사이니, 그저 법적 전문지식을 줄줄이 나열한 책이 아닐까 생각할 수 있지만, 이 책은 그보다 책 속의 고민 상담을 통해 나를 돌아보고, 나에 대해 좀 더 이해하고, 또한 내 마음 속에 있는 고민에 대한 정답을 찾아가는 과정을 제시하고 있다.

모든 조언이라는 것에 정답이란 없기에, 고민을 그저 들어주는 것만으로도 큰 힘이 된다고 사람들은 말한다. 이 책은 고민을 열심히 들어주고 그에 대해 함께 고민한 흔적이 보이는 그런 책이다. 책 속의 조언이나 위로의 말은 너무나 이상적인 경우가 많아 현실적인 해결책이 되기보다는 그저 다른 사람들도 비슷한 고민을 겪는구나 하는 안도감을 느끼게 하는 데서 임무를 다한 경우가 많다. 하지만 이 책에서 다루는 사연들과 조언이 뻔하고 진부하게 들릴 수도 있는 얘기임에도 지루하지 않은 이유는 저자의 진심이 느껴지기 때문일지도 모르겠다. 이 책을 읽고 많은 독자들이 '인간의 인간에 대한 치유'를 경험하였으면 한다.

이정은(전남대 특수교육학부 교수)

프롤로그

당신도 '고민'이 있나요?

살면서 한 번도 고민이 없었다고 말할 수 있는 사람은 없을 겁니다. 재화는 한정적인데 인간의 욕망은 무한하다거나, 인생은 언제나 경쟁이라는 식의 명제를 들먹이지 않더라도 갈등은 항상 주변에 존재합니다. 사회적 인간으로서 우리는 항상 다른 사람들과 함께 살아가게 되는데, 모든 사람들이 생각이 같은 경우는 거의 없습니다.

사람과의 문제가 아니더라도 선택을 해야만 하는 상황 역시 고민의 대상이 됩니다. '점심으로 한식을 먹을까, 중식을 먹을까'와 같은 사소한 고민도 있지만, '문과를 갈까, 이과를 갈까' '이 회사에 취직을 할까 말까' '군대를 먼저 갈까, 아니면 시험이나 대학원 진학을 먼저 할까' '이 사람과 결혼을 할까 말까' '아이를 낳을까 말까' '해외로 이민을 갈까 말까' 등의 결정은 인생에 매우 중요한 영향을 끼칩니다.

그런데 더욱 중요한 것은 이렇게 인생의 결정적인 순간에 맞는 고민은, 거의 대부분의 경우 인생에서 한두 번 정도밖에 결정할 기회가 주어지지 않아서 사전에 아무런 지식이나 경험 없이 선택을 해야 하는 경우가 많다는 점입니다. 그러고 나서 깨닫게 되죠. '아, 그때는 이러한 부분을 고려했어야 하는구나' '내가 놓친 부분은 이것이구나'.

이 책은 내담자 분들의 상담을 기초로 하여, 인생에서 대부분 한 번씩은 맞을 수 있는 보편적인 갈등이나 고민의 상황에서 놓치기 쉬운 부분은 무엇일지, 생각해야 할 부분은 무엇일지를 함께 논의해보기 위한 것입니다. 당연히 사람마다 상황마다 정답이 같지는 않을 것이고, 정답이 있다고 하더라도 제가 신神이나 미래를 정확히 볼 수 있는 사람이 아닌 이상 이 책에서 이야기하는 것이 정답이라고 할 수는 없습니다.

다만 제가 어릴 적에 문, 이과, 예능 모두 조금씩 직 · 간접적 경험을 하게 되었고(물론 그만큼 대학 졸업하는 데 몸 고생, 마음고생 모두 하였습니다), 세계 여러 나라를 쏘다니면서 나이에 비해서는 좌충우돌 경험이 적지 않은 편이었습니다. 변호사로서 생활을 하기 시작하면서 많은 개인과 사회의 갈등 상황을 접하고 해결하는 일들이 계속 쌓이면서 사건이 아니라 사건 속에 숨어 있는 사람 사이의 욕망이나 갈등을 보고 이해할 수 있게 된 것 역시 상당한 자양분이 되었습니다.

본격적으로 고민 상담에 관심을 가진 후, 국내 최대의 고민 상담 관련 소셜 네트워크인 네이버 고민상담카페(이른바 '고상카')에서 운영진과 고민 전문 상담사 활동을 하고, 팟빵에서 팟캐스트 〈당신의 이야기를 들어드립니다〉 운영을 한 것 역시 많은 분들의 고민을 접하고, 저도 좀 더 고민을 하면서 보편적으로 드릴 수 있는 말씀들을 정리하는 데 큰 도움이 되었습니다. 많은 경험을 바탕으로 한 인간에 대한 호기심, 이해, 관심과 궁극적으로는 '인간의 인간에 대한 치유'에 도움이 되고 싶다는 마음이 이 책을 만드는 계기가 되었다고 생각합니다.

이 책에 나온 에피소드들은 제가 실제로 팟캐스트나 고민상담카페를 통해 사연을 접하였거나 상담을 진행한 내용들을 기초로 하였습니다. 다만 사연과 상담의 흐름을 방해하지 않으면서도 그분들의 사생활을 보호하기 위하여 나이, 사는 지역, 직업, 가족관계 등은 최대한 삭제하고 삭제가 어려운 부분들은 원칙적으로 모두 수정 · 변경했습니다. 이 책의 내용을 보시더라도 사연들을 가지고 어떠한 분의 고민일지 유추하시는 일은 불가능할 뿐만 아니라 그럴 필요도 없으실 것입니다. 이 책은 물론 현재 관련된 고민이 있는 분들께 도움이 될 만한 의견을 드리기 위한 것이지만, 그것보다도 누구에게나 인생에 한 번쯤은 있음직한 고민들을 정리해보고, 거기서 보편적으로 참고하면 좋을 만한 내용을 추려내려는 목적이 더 크기 때문입니다.

우리는 인생을 여러 가지에 비유합니다. 여행에 비유하기도 하고, 그림을 그리거나 하나의 작품을 만드는 것에 비유하기도 합니다. 모두 적절하지요. 그런데 여기에서는 인생을 일종의 파도타기에 비유하고 싶습니다. 누군가는 선천적으로 파도타기에 대한 감이 좋아서 쉽게 파도를 넘어갈 수 있을 것입니다. 반면 파도타기에 자신이 없거나 어떠한 파도에 대해서는 미처 대비를 못 해서 온몸으로 맞고 쓰러질 수도 있습니다.

이 책은 현재 고민이 있는 분들뿐만 아니라 살면서 겪을 수 있는 아픔이나 고민이 있을 때 큰 파도를 작게 나누어 쉽게 넘어갈 수 있도록 힘과 도움을 드리기 위한 것입니다. 지금의 나와는 직접 관련이 없다고 하더라도 인생에서 어떠한 파도가 올 수 있는지 다른 분들이 겪었던 고민들을 엿보는 것은 나름의 삶의 지혜가 될 수 있을 것이라고 생각합니다.

또한 혹시 과거에 이러한 고민들로 인해 상처를 입은 분들이 계시다면, 그분들께는 당신이 입은 상처가 꼭 당신의 잘못 때문만은 아니었음을, 그러한 일은 누구에게나 일어날 수 있는 일이었음을 알려주고 다독이는 책이었으면 좋겠습니다. 그러한 측면에서 이 책은 과거의 저에게 현재의 제가 전하고 싶었던 이야기이기도 합니다.

책을 쓰면서 많은 분들의 도움을 받았습니다. 실제 전문적으로 고민 상담을 하시는 분들을 만나서 그분들의 경험과 고충을 듣기도 하였고, 고상카에서 활동하시는 많은 운영진, 회원 분들이 매일같이 올려주시는 글들도 꾸준히 보면서 보편적인 내용을 발췌해보기 위하여 노력하였습니다. 팟캐스트를 통해 직접 상담을 신청해주시고 그분들의 고민을 알려주신 분들께도 진심으로 감사드립니다. 여러 지인 분들께서 십시일반 알려주시는 내용들도 큰 도움이 되었습니다. 아내와 아들은 책뿐만 아니라 인생 전반에 있어 동반자이자 스승입니다. 아내와 아들에게도 무한한 감사를 드립니다. 제 졸고를 기꺼이 멋진 책으로 내주신 도서출판 북스토리 주정관 대표님께도 진심으로 감사합니다. 바쁜 시간을 쪼개 내용 전반에 감수를 맡아주신 광주고등법원 이보혜 재판연구원님께도 고마움을 전합니다.

무엇보다 이 책에 있는 많은 고민들을 다루면서, 저도 살면서 다른 분들께 비슷한 상처나 갈등 상황을 드린 것은 아닌지에 대한 걱정이 매우 커졌습니다. 제가 당시에는 인식하지 못해서 충분한 사과 말씀을 드리지 못했더라도, 사시면서 저로 인해 상처를 받으셨던 분들께는 앞으로도 항상 죄송하고, 감사하는 마음으로 살겠습니다.

이 책을 현재 고민이 있는 분들, 다른 분들의 고민이 궁금한 분들, 앞으로 살아가면서 겪게 될 수 있는 인생의 파도가 궁금하여 미리 한번 살펴보고 싶은 분들, 아직도 자신의 상처와 공존하기를 고민하시는 분들께 바칩니다. 그리고 한 명 더, 좌충우돌 정신 차리지 못하는 삶을 모토로 하여 과거부터 현재까지 많은 시행착오를 생산하고 있는 나에게도 함께 조언의 이야기를 전합니다.

감사합니다.

CONTENTS

PART 3

사랑할 때 우리가 고민하는 것들

PART 4

가끔은 가족이 고민입니다

PART 1

고민하는 게 일상입니다

우리가 용서를 구/하는 법

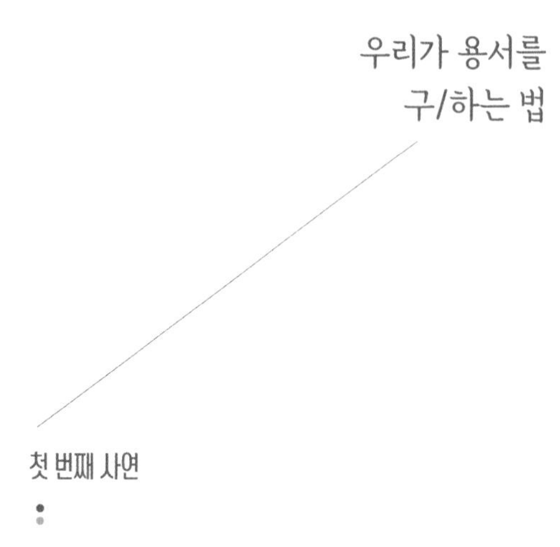

첫 번째 사연

저는 부모님, 동생과 사이가 좋지 않습니다. 부모님은 사이가 별로 좋지 않으셨습니다. 어릴 때의 기억이지만 사업상 문제가 있으셨던 것 같습니다. 아버지께서는 술을 드시고 늦게 들어오시는 날이 많았습니다. 술 드시면 싸우고 물건들이 날아다니고 깨지고, 그럴 때마다 잠들 때까지 동생과 둘이 껴안고 자는 날이 많았습니다.

어머니는 점점 더 억척스러워지셨고, 큰딸인 제게 너무 많은 기대를 하는 것으로 화를 푸셨습니다. 어머님의 기대가 충족되지 않을 때는 정신적인, 가끔은 신체적인 학대까지 하셨습니다. 정말 독하게 공부하여 이른 나이부터 여러 기회가 주어지기도 하였습니다.

성인이 되자 부모님이 쌓아놓지 못한 경제적 기반의 부담이 제게 고스란히 내려왔습니다. 부모님의 빚을 갚기 위해서 여러 아르바이트를 하였습니다. 가끔 오시는 아버지도 돈을 달라고 하셨습니다. 두 분 모두 고마워하지 않으셨습니다. 저희를 키우면서 빚을 지신 것이니 저희가 갚아야 한다는 식으로 아무렇지 않게 말하였습니다.

사회생활을 시작하고 얼마 되지 않아 남자친구를 사귀게 되었습니다. 선한 사람이었습니다. 한때는 장래까지도 이야기하는 사이였습니다. 그러나 여러 가지 상황들이 여의치 않았습니다. 부모님의 과도한 기대나 욕망을 남자친구에게 전이시킬 수도 짊어지게 할 수도 없었습니다. 남자친구를 만나서도 기분이 불편한 날들이 이어졌습니다. 이유를 모르는 남자친구에게 괜히 짜증을 냈고 싸움이 늘어만 갔습니다. 결국 남자친구와 헤어지고 말았습니다. 절망적이어서 밥도 넘어가지 않고 많이 울었습니다.

그 뒤로 사람을 만나는 것도 무섭습니다. 이제 겉으로 볼 때는 나름 괜찮은 커리어 우먼이고 저를 부러워하는 사람도 많은데, 제 안에서는 상처가 너무 깊어만 갑니다. 일에 대한 의욕도, 삶에 대한 의지도 계속 낮아지고 있습니다. 이러한 학대 상황이 정상인가요? 부모님을 어떻게 하면 이해하고 용서할 수 있을까요?

두 번째 사연

저는 중년의 사회인입니다. 요즘 계속 예전 고향 친구가 떠올라 사연을 씁니다. 제게는 고향에서부터 오랫동안 알고 지낸 친구가 있었습니다. 같이 공부도 하고 놀면서 즐거운 시간을 많이 보냈습니다. 어릴 때 정말 좋은 추억이 많았습니다.

그 친구와의 인연은 서울에서도, 사회생활을 하면서도 계속 이어졌습니다. 그런데 사회생활에서 여러 이해관계가 얽히면서 그 친구와의 관계가 잘 유지되지 못했습니다. 그 친구는 집이 조금 불우했고, 키가 작고 체력도 좋지 못했습니다. 신중하고 생각이 깊은 편이나 말을 자신 있게 하지는 못해서 다른 사람들과의 관계에서 도드라지는 편도 아니었습니다. 반면 저는 좀 더 성격이 쾌활하고 사교적이어서 친구가 많았습니다.

같이 모이는 자리가 계속될 때마다 사람들은 제게 더 집중하기 시작했습니다. 그 친구를 챙겨서 같이 갈 수 있는 상황이었는데도, 저는 일부러 그러지 않았습니다. 그 상황을 즐겼다고 보는 것이 맞습니다. 다른 사람들이 그 친구와 저를 비교하는 경우들도 있었습니다. 저는 점점 교만해지고 이기적이 되었습니다. 그 친구와 굳이 어울려야 하나라는 생각이 들었고, 서울에서 새롭게 알게 된 친구들과의 만남이나 연락이 더 재미있었습니다. 그 과정에서 친구를 소외시키는 경우도 생겼습니다. 그 친구는 이러한 상황에서도 아무런 불만을 내색하지 않았습니다. 그럴수록 못난 저는 그 친구에게 많이 못되게 굴고 무시하게 되었습니다. 그 친구와 관계가 점점 소원해졌고, 결국 사소한 금전적 다툼을 하다가 일이 커져서 결국 그 친구와는 다시 안 보는 사이가 되었습니다.

그 후 상당한 시간이 흘렀습니다. 이후 사회에서 만난 사람 중에 그 친구만큼 저를 잘 이해해주는 사람을 다시 만날 수는 없었습니다. 나이를 먹을수록 사람이 점점 줄어갑니다. 사회적으로는 나쁘지 않은데, 마음속의 미안함이나 응어리가 가시지 않습니다. 그때는 제가 너무 어렸던 것 같습니다. 요즘 건강이 안 좋은데 그 친구가 계속 떠오릅니다. 더 이상 연락은 되지 않지만 어떻게 지내고 있는지 가끔은 궁금합니다. 미안하다는 말이 하고 싶습니다. 어떻게 하면 용서를 구할 수 있을까요?

조언

두 개의 다른 사연입니다만 어느 정도 연결이 되는 부분도 있는 것 같습니다. 사람이 사람에 대하여 상처를 주는 상황들이 발생하였고 시간이 흘렀죠. 그 다음에 상처를 받은 사람 또는 상처를 준 사람이 상대방에게 용서를 하거나 용서를 구하는 법을 서로 마주보며 의견을 드릴 수 있지 않을까 싶네요. 생각해보면 인간은 살면서 의식적, 또 무의식적으로 상처를 주고받으니까요. 저도 이번 상담을 준비하면서 제가 남들에게 준 상처는 무엇이 있을까 생각해보았고, 참 반성을 많이 하게 되었습니다.

두 분께서 상처를 받거나 주게 된 과정에 대한 가치 판단을 하려는 것은 아닙니다. 그 부분은 한 분의 입장만 들어서는 정확하게 누가 옳고 그른지 판단하기는 어렵습니다. 이러한 일이 발생하게 된 것에 있어서, 지금은 기억나지 않는 그 시기의 이유들이 있었을 수도 있어요. 그러니까 과거 행위에 대한 잘잘못을 가리는 것은 아니고, 오로지 현재의 관점에서 지금 가지고 있는 감정을 풀어가는 방법에 대하여만 말씀을 드리려고 합니다.

먼저 용서를 하는 법부터 생각해볼게요. 이렇게 상처를 주신 분들 중에 진짜 잘 뉘우치고 사과를 하는 사람들도 있지만, 그렇게까지 무심하게 오랫동안 괴롭힌 사람들은 대체로 사과를 안 하거나, 해도 형식적인 경우가 많죠.

그 이유는 그 사람들 마음속에는 내담자 분께 용서를 구해야 한다는 생각 자체가 없기 때문일 거예요. 본인은 잘못했다고 생각하지 않을 수도 있고, 가치관이 다를 수도 있죠. 어쨌든 사과를 받는 것에 대하여 너무 큰 기대를 하면 실망하는 경우가 많습니다.

물론 이러한 분들께서 하신 잘못의 정도가 너무 지나치다면 법적인 위반사항이 되어서 민사나 형사와 같이 소송을 통해서 금전적 또는 그분의 신체에 대한 어떠한 제약을 가하는 형태로 제재가 이루어지겠죠. 그래서 저도 먹고사는 것이고요.

또한 첫 번째 내담자 분 같은 경우 가족들로부터 상처를 받은 것이잖아요. 사실 가족, 친인척, 친구, 연인 등 가까운 사이일수록 상처를 주고받게 되는 경우가 많죠. 이런 관계 기반 때문에라도 설사 민사나 형사적으로 가능하다고 해도 마음을 먹기가 쉽지 않고요. 그런 것을 독하게 끊어내실 수 있는 분이면 여기까지 오지 않았겠죠, 아마도.

하루아침에 용서가 되지는 않을 것이에요. 아마도 그 시간들을 계속 곱씹게 되는 순간들이 올 것이고 마음속으로 받아들였다고 인식하는 순간에도 울컥하고 또 올라오는 날들이 있을 겁니다.

다만 일단 하나의 전제를 내려본다면, 결국은 내 인생이 제일 중요하잖아요. 과거에 어떠한 일이 있었다고 하더라도, 오늘, 내일, 앞으로의 내 인생이 가장 중요한데 그런 관점에서 생각해보면 용서는 남을 위해서 하는 것이 아닙니다. 용서는 자기 마음이 편해지기 위해서 하는 것이죠.

따라서 '내 마음이 편해지기 위해서는 어떻게 해야 하는 것일까'라는 관점에서 접근해야 하고, 그 관점을 놓으면 안 됩니다. 꼭 그분들을 용서해야 하는 것은 아닙니다. 다만 제가 드리고 싶은 말씀은 '내 마음이 편해질 수 있다면 수단과 방법을 가리지 않는다'는 대전제를 두고, 상황을 바꿀 수 없다면 내 마음이 편해지기 위해서라도 용서를 생각해보자는 것이죠.

내 마음을 푸는 관점에서 생각해볼게요. 그 사람들을 어떻게 하면 아프게 할 수 있을까요? 어렵지 않아요. 민사 · 형사 등 법적으로 하는 경우도 있고, 직접 찾아가서 퍼붓거나 언론에 터트리는 경우도 있죠. 요즘에는 청와대 국민청원에도 이런 내용의 글들이 많이 올라오더라고요. 물론 속이 터질 것 같은 상황이라면 나의 억울함, 속상함, 분노, 슬픔 이런 것들은 당연히 적절한 방식으로 터트려야 해요. 법률적인 조치도 필요한 경우라면 당연히 해야죠.

하지만 그렇게 터트리고 찾아가서 풀면 내 마음의 화도 다 풀릴까? 그건 달라요. 사실 화를 푼다고 내 지나간 시간, 아팠던 기억, 상처가 없어지는 것은 아니거든요. 내가 편해질까? 그것도 약간 불확실해요. 편해졌다면 여기서 멈추셔도 돼요. 그런데 아니라면? 결국 어느 순간에는 나를 위해서 내가 마음속의 화를 내려놓아야 되거든요, 그 사람들을 위해서가 아니고 결국에는 내 마음이 편해지기 위해서. 그 고통스러웠던 상황을 어떻게 받아들이고 지워낼까를 고민하다 보면, 내게 상처를 주었던 사람이나 순간도 떠나보내야 하는 것 같아요.

책이나 언론 기사로 사형수에게 피해를 입은 유족이 사형수를 용서하는 이야기들이 나오죠. 저도 어릴 때는 잘 이해되지 않았는데, 읽어보면 대체로 자신의 마음이 더 침범당하지 않고 평온을 되찾기 위해서 용서를 하게 되는 것 같아요. 마음을 가라앉히는 차원에서 종교나 명상이나 상담이나 음악 등 많은 사람들이 치료로 활용하는 것들을 해보시는 것도 좋고요. 다른 방식으로 발산한다고 생각하시면 될 것 같습니다. 더 나아가서 비슷한 처지의 분들을 돕고 연대하며 풀어나가시는 분들도 있습니다. 집단적으로 피해를 입으신 경우 피해자 모임 같은 것을 만들어 함께 상처를 치유하는 분들처럼요. 이것도 하나의 방법이 될 수 있습니다.

물론 현재의 상황을 객관적으로 돌아보고 이러한 상황이 다시 생기지 않도록 하는 것은 중요하죠. 내 마음을 위해 용서를 하지만, 그 상황을 다시 겪어도 된다는 것은 아니니까요. 첫 번째 내담자 분의 경우에는 부모님께 더 침범당하는 것은 '어떻게든 막아야' 하고요. 화는 내려놓되, 앞으로는 이런 일을 방지하겠다는 각오로 바꾸시는 것이 좋아요. 또 비슷한 일이 일어난다면 먼저 선을 그으시고, 그래도 평행선을 달린다면 내담자 분께서도 성인이므로 본인이 판단하고 본인이 책임지겠다고 통보를 하시는 것이 좋아요.

반대로 두 번째 사연은 과거 자신의 잘못과 마주하는 방법입니다. 사실 제가 방송을 하고 책을 쓰게 된 동기가 변호사로서 형사 · 민사적인 해결책을 제시하는 것을 넘어서 그러한 부분으로 해결할 수 없는 인간의 인간에 대한 치유의 관점에서 상담을 해보자는 것이었는데요, 용서라는 것이 가장 근본적인 치유일 것 같아요.

사연과 답변을 정리하면서 과연 제가 이러한 말을 할 자격이 있는지 많이 돌아보고 마음이 무거워진 부분도 있습니다. 사실 제게 상처를 준 사람이나 상황은 꼭 집어서 잘 기억나지 않는데, 제가 상처를 준 사람들은 기억이 나더라고요. 기억나지 않는 분들께도 불편함을 드린 적이 있겠죠, 당연히. 그분들께서 이 책을 읽으실지는 모르겠습니다만, 다시 한 번 지면을 빌어 사과를 드리고 싶네요. 제 탐욕과 무지로 인해 상처를 드린 부분이 있다면 사과드리고, 반성하는 마음으로 살겠습니다, 라고요.

제가 이렇게 글을 썼습니다만 사과를 하고 용서를 구하는 것이 연락이 된다면, 그리고 그분께서도 만남에 응할 수 있는 상황이라면 솔직하게 만나서 이야기하는 것이 가장 바람직하겠지만 상황이 쉽지 않은 경우도 많습니다. 연락이 안 되는 경우가 가장 많을 것이고, 찾아가기가 힘들거나, 반대로 상대방에서 찾아오는 것을 원하지 않는 상황일 수도 있죠. 뿐만 아니라 미안한 마음이 있다고 하더라도 찾아가서 사과를 하는 상황을 만드는 것에 부담을 느낄 수도 있어요. 인간이 사소한 잘못은 인정을 잘하는데, 오히려 큰 사건에서는 방어기제가 나와서 공개적, 공식적인 사과를 하는 것이 더 잘 안 된다고 하더라고요.

그럼에도 불구하고 상담자 분께서 본인이 사과를 하고 용서를 구하고 싶다고 마음을 먹으셨다면 이 단계는 넘어간 것 같고요, 한번 당시 어떠한 부분에 대하여 미안하다고 생각하는 것인지 조금은 구체화를 해보시면 좋을 것 같아요. 사과의 문제뿐만 아니라 그때 왜 그러한 일이 일어난 것인지, 그때 내 마음은 무엇이었는지, 그런데 상대방에 대하여 놓친 부분은 무엇인지를 정리하셔야 스스로도 그때 상황을 좀 더 잘 이해할 수가 있고, 상대방도 그때 내담자 분께서 어떠한 상황이셨는지를 좀 더 받아들일 수 있을 겁니다.

이러한 구체화 부분을 준비하더라도 그분과 다시 만날 수 없을 수도 있어요. 그 경우에는 비슷한 상황에 있는 다른 사람들에게 선행을 베풀어서 그러한 선행이 돌고 돌아 내가 상처 입힌 분에게도 가기를 바라는 정도가 최선일 것 같아요. 만약 두 분이 금전적인 일 때문에 다투셨다면 혹시 비슷한 어려움에 처한 다른 분께 약간의 부조를 하거나, 가족 간에 다툼이 있었다면 비슷하게 가족으로부터 상처를 입은 분들을 도와드리거나 이런 식으로요. 그러면서 이러한 미안함의 마음이 돌고 돌아 그분께도 누군가가 도움을 주기를 기원해야겠죠. 또한 주변 사람들이 같은 실수를 반복하지 않도록 경험을 공유하고 조언을 해주어야 할 것이고요. 결국은 내가 진정한 마음을 담아서 사과를 할 수 있는 날이 언젠가 오기를 기다리면서, 그때까지는 다른 분들의 아픔을 치유하고 도움을 드리는 마음으로 기다리는 것이 답이겠죠.

두 개 다 시원한 답을 드리지 못한 것 같아서 죄송하네요. 제가 무슨 영적, 종교적, 법적으로 어떠한 마음의 위로를 적극적으로 드릴 수 있는 사람도 아니고요. 다만 비슷한 분들께서 이러한 경우가 내게만 있는 일은 아니구나, 나만 특별히 잘못한 것은 아니구나, 하는 마음으로, 인간이니까 이러한 일이 있었구나 하고 조금 받아들이실 수 있다면 그것만으로 다행이겠죠. 인간관계라는 것이 인연도 있지만 악연도 있고, 살면서 상처를 주는 것에서 완전히 자유로운 분들은 거의 없을 테니까요. 용서를 하셔야 하거나 구하시는 분들 모두 마음의 평온을 찾으실 수 있기를 희망합니다.

하나 더,
변호사의 조언

법률적인 개념에서의
용서인 채무 면제

법률적인 개념에서 용서는 무엇이 있을까요? 아마도 내가 가지고 있는 청구권이나 채권의 포기일 것입니다. 민법상으로는 채무의 면제라고 하는데, 민법은 채권자가 채무를 면제하는 의사를 표시한 경우 채권은 소멸하나, 면제로써 정당한 이익을 가진 제3자에게 대항하지 못한다고 규정하고 있습니다. 예를 들어 그 채권에 제3자의 담보권이 설정된 경우에는 채권자가 채무자에 대하여 채무 면제를 시켜 주더라도 담보권자는 여전히 권리를 행사할 수 있다는 것이죠.

민법은 우선 연대채무(예: 부부의 일방이 가사에 관하여 제3자와 법률행위를 하여 채무를 부담하는 경우, 부부는 연대하여 변제할 책임을 짐)의 경우 연대채무자(중 1인)에 대한 채무 면제는 그 채무자의 부담부분에 한하여 다른 연대채무자의 이익을 위하여 효력이 있다고 규정하고 있습니다. 즉, 채무자 5명이 1,000만 원의 연대채무를 부담한다면, 그중 1명에 대한 면제는 다른 연대채무자들에게도 1/5인 200만 원을 면제하는 효력이 있습니다. 한편 부진정연대채무(예: 자가용 소유자와 운전자 간 공동불법행위, 피용자의 불법행위로 인한 배상의무와 사용자 책임 등)의 경우에는 법률상 명확한 규정이 없지만, 판례는 원칙적으로 부진정연대채무자 상호간 채권 목적을 달성시키는 변제와 같은 사유는 채무자 전원에게 절대적 효력을 발생하나 그 밖의 사유는 상대적 효력을 발생하는 데 그친다고 판시하고 있습니다. 따라서 채권자가 채무자 중 1인에게 채무를 면제하는 의사표시를 하였다고 하더라도 다른 채무자에 대하여는 그 효력이 미친다고 볼 수는 없다고 하고 있습니다. 실무적으로는 채권채무관계가 일대일로 얽혀 있지 않은 경우가 많으므로 채권채무의 성격이 무엇이고 각자 어떠한 책임을 부담하는지를 잘 살펴보시는 것이 중요합니다.

누구나 실패는 싫어요
-허나 인생은 10타수 3안타

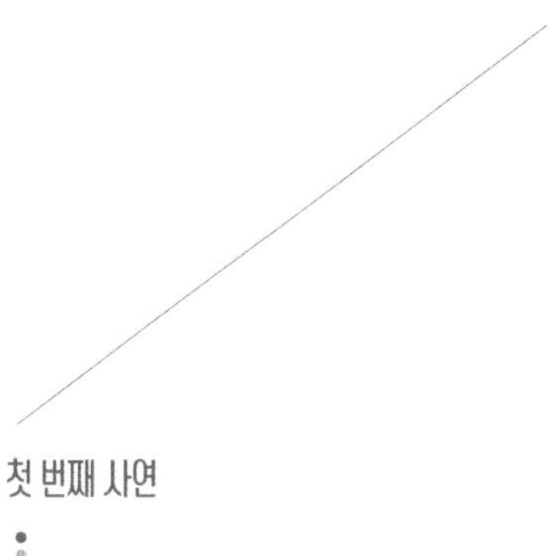

첫 번째 사연

대학 입시 전까지는 실패라는 것을 잘 모르고 살았습니다. 내신이나 모의고사 모두 제가 가고 싶은 길을 가기에 크게 부족하지 않은 점수였습니다. 자격증이나 경시대회에서도 나름 괜찮은 성적을 올렸고요. 그런데 수시에 떨어지면서 약간 꼬이기 시작했고, 첫 번째 수능도 점수가 애매하게 나왔습니다.

재수를 하기는 싫어서 점수에 맞춰 원하던 학교와 학과가 아닌 다른 곳에 들어갔는데, 친구들은 괜찮았지만 학교랑 학과가 너무 안 맞아서 반수를 하게 되었습니다. 재수 때 수능은 첫 번째보다도 더 못 봤습니다. 아니, 정확히 말하면 제 점수가 떨어진 것은 아닌데 수능이 쉬워지는 바람에 다른 애들

점수가 확 올라서 고3 때보다도 등급이 더 떨어졌습니다. 면접도 망쳤고요. 결국 또 원하는 학교를 못 갔습니다.

지금은 군대를 갈까 싶어서 휴학 중인데 고등학교 때 친구들을 만나면 수강신청, 동아리, 연애 등 대학생활 이야기를 해서 낄 수가 없어요. 다들 앞으로 나가고 있는데 저만 정체된 느낌이어서 우울하네요. 사실 고등학교 때는 제가 더 잘했는데 지금은 더 뒤처져버렸네요. 저도 하고 싶은 것들이 많았지만 대학 간 다음에 해야지 하고 생각하면서 계속 입시만을 바라보고 준비했는데도 시험을 망치니까 이런저런 별생각이 다 드네요. 꿈이 사라져서 너무 슬프고, 이 실패를 어떻게 극복해야 할지도 잘 모르겠어요.

두 번째 사연

회사에 다니다가 너무 부당한 대우를 받아 퇴사한 후 은행 대출을 받아서 식당을 열었습니다. 이제는 자영업에서 승부를 보겠다고 생각하고 정말 올인하여 오픈했고 처음에는 꽤 잘 나갔습니다. 하지만 없는 돈으로 투자를 계속하였고 서비스가 좋아야 한다는 생각에 알바도 비싼 가격으로 쓰다 보니 이익은 별로 남지 않았습니다. 소위 말하는 '개업빨'이 끝나니 내리막이더라고요. 알바를 내보내고 잠도 줄여가면서 제 몸으로 막아보려고 했지만 쉽지 않았습니다.

거기에 코로나 타격도 컸고 결정적으로 업장 내에서 손님들 사이 분쟁이 생겼는데 제때 수습하지 못하면서 일이 커져서 안 좋은 소문이 퍼졌습니다. 결국 권리금을 낮춰서 가게를 다른 사람에게 넘겼습니다. 엄청 고생을 했는데 겨우 본전이더라고요.

아내는 제가 회사 다니면서 마음고생을 많이 한 것을 알아서 한 번 더 시도하고 싶으면 하라고 하고, 다행히도 회사 다닐 때 알게 된 거래처 높은 분께서도 제 성실성을 인정해주셔서 그런지 투자를 해주시겠다고 합니다. 장소나 상호 정하는 법, 식재료 구입 방법, 주방이나 카운터 직원 사용하는 법, 마케팅 요령 등 식당 운영에 관한 많은 경험을 얻었지만 실패의 타격이 너무 커서 걱정이네요. 또 실패를 할까 무섭습니다. 회사를 다시 다녀야 하나, 한 번 더 사업을 해야 하나 고민입니다. 잠을 못 자는 날들이 계속되고 있습니다.

조언

이번 주제는 실패입니다. 저도 살면서 이런저런 실패를 한 적이 있고, 그때마다 되게 많은 자책을 했어요. 능력이 부족한 것일까? 노력이 부족한 것일까? 아니면 판단을 잘못한 것일까? 많은 고민을 했었죠. 그런데 아이가 아직 많이 어렸을 때였는데, 잠이 잘 오지 않는지 보채다 겨우 잠이 들었거든요. 문제는 아이를 겨우 재워놓았더니 제가 잠이 다 깨서 뭐 할까 하다가 위인이나 유명한 사람들 인생 스토리를 쭉 찾아보게 되었어요. 어떻게 하다가 이 사람들은 이렇게 잘되었을까 궁금해서요.

그런데 정말 신기한 것이 생각보다 실패나 시련이 정말 많더라고요. 오히려 실패나 시련이 없이 높은 자리에까지 올라간 사람을 찾는 것이 더 어렵겠더라고요. 실패의 내용도 신체적으로 크게 다치거나 생명의 위기에 빠진 경우도 있고, 사업하다가 쫄딱 망해서 극단적인 선택을 하기 직전에 돌아온 경우도 있고, 남들의 모함이나 음모에 빠져서 죄를 뒤집어쓰는 경우도 있고, 정말 다양해요.

또 유명한 사람들의 인터뷰나 자서전들을 보면 멋지고 그럴듯한 내용만 가득할 것 같은데, 실제로는 그 사람들에게 인생에 가장 기억나는 순간을 꼽아보라고 하면 되게 힘든 순간들을 뽑죠. 유년 시절의 불우한 경험, 인생 일대의 위기, 엄청난 고난이나 실패. 어떠한 유명한 사람을 꼽아도 거의 마찬가지고, 제가 변호사생활을 하면서 만났던 소위 높은 분들의 옛날이야기를 들어봐도 위기의 순간들이 한 번씩은 다 있더라고요. 꽃길만 걸으라는 말이 있던데, 실제 꽃길만 걷는 경우는 거의 없는 듯하더라고요.

서론이 조금 긴데, 서론이 이미 중요한 진실을 담고 있죠. 누구나 당연히 실패는 합니다. 더 극단적으로 이야기하면 인생과 실패는 떼려야 뗄 수가 없는 관계라고 생각을 해요.

제게 실패 관련 고민 상담을 부탁하시는 분들께 자주 드리는 말씀이 '인생은 10타수 3안타'입니다. 야구 좋아하시는 분들은 무슨 말씀인지 바로 이해하실 텐데, 아무리 잘 치는 선수도 열 번 정도 기회를 받으면 안타는 세 번 정도밖에 못 치거든요. 다른 스포츠 종목으로 가도 마찬가지예요. 최근 몇 년간 축구의 신이라고 불리었던 메시나 호날두 같은 선수도 정말 골을 많이 넣기는 했지만, 슈팅 수 대비 득점 확률을 통계를 내보면 대략 20% 전후입니다.

스포츠뿐만 아니라 사업에서 엄청나게 성공한 분도, 손을 대서 망한 사업이 하나씩 있습니다. 즉, 인생에서 성공할 수 있는 조건을 많이 갖춘 사람이라고 하더라도 실패는 당연히 할 수 있는 것이에요. 오히려 성공할 확률보다 실패할 확률이 더 높을지도 몰라요.

누구나 실패는 한다는 결론, 허탈하죠. 그런데 여기서 굉장히 차이가 나는 부분이 있어요. 모두가 실패를 하는데, 그 실패에서 얻어가는 것들은 정말 사람들마다 달라요. 실패가 우리 인생에 주는 레슨 같은 것이죠. 결국 실패를 했는데 어떻게 하면 좋을까? 재도전을 할까? 이 부분은 실패를 통해서 내가 무엇을 얻을 수 있는가랑 연관 지어서 생각해봐야 할 것 같아요. 실패를 왜 했는지 모르겠고 무엇을 배웠는지도 모르겠다면 사실 재도전을 해도 확률이 크게 올라가지는 않을 테니까요.

우선 실패가 줄 수 있는 레슨을 찾기 위해서는 실패라는 그 사실 자체를 바라보지 말고 왜 실패하였는가를 바라보는 것이 중요합니다. 물론 실패한 순간은 굉장히 아프고 씁니다. 엄청 힘들어요. 그런데 그 힘든 순간을 받아들이고 마음속에서 가라앉히는 행위와는 별개로 '왜?'를 굉장히 객관적이고 냉정한 눈으로 바라봐야 합니다.

능력이 부족했을 수도 있고, 노력이 부족한 것일 수도 있고. 노력이 부족한 경우에도 흥미가 없어서인지, 아니면 건강이나 가정환경 등 내가 집중할 수 없는 요소가 있었는지, 아니면 외부 요소일 수도 있죠. 가령 첫 번째 내담자 분이라면 올해 시험 문제가 굉장히 특이하게 나왔다거나 아니면 모집정원T/O이 확 줄었다거나일 것이고, 두 번째 내담자 분의 경우 불의의 사고나 최근 코로나 사태 등이 외부 요소죠.

왜 실패하였는지에 대한 분석이 끝났다면, 그다음에는 대책이 무엇일지로 넘어가야 합니다. 능력이 부족한 것이라면 접을지 말지를 고민해야 할 것이고요. 노력이 부족한 것이라면 노력을 현실적으로 더 할 수 있는지, 제반환경이 뒷받침되는지, 생활 습관을 바꿔야 하는 것인지, 친구를 끊어야 하는지 등 이유를 찾아야 합니다. 외부 요소라고 하더라도 분명히 대책 분석은 필요해요. '내가 정보가 부족했던 것은 아닌가?' '외부 요소에 대한 예측 가능성을 높이는 방법은 무엇일까?' '다음에 또 외부 요소가 작용할 수도 있는데, 그때 플랜 비Plan B를 만드는 것이 가능한가?' 등 말이죠.

실패의 이유와 대책에 대한 분석이 끝나고, 다시 도전을 하기로 하였다면 이제 가장 중요한 것은 실패 확률을 줄이기 위한 노력입니다. '누구나 실패는 하나 실패 확률은 사람마다 다르다'는 것을 명심해야 합니다. 제일 중요한 것은 방향성이 갖춰진 노력이에요. 아까 야구 선수 3할 이야기를 했는데, 문제는 이 3할은 정말 잘하는 타자들의 기록이고, 3할이 되지 못하는 2할, 1할 타자도 많고, 아예 경기에 나오지도 못하는 선수도 있습니다. 안타깝지만 그게 경쟁의 현실이니까요. 이들을 구분하는 것은 재능도 있지만 대부분은 엄청난 노력입니다.

물론 노력을 무작정하는 것은 효율적이지 못하고 오히려 부작용이 발생하는 방향으로 갈 수도 있으므로, 노력에 앞서 필요한 것은 방향성입니다. 방향성은 한 번에 갖춰지지는 않습니다. 우선 실패한 이유와 대책에 대한 분석이 잘될 필요가 있고, 노력을 하는 중간 중간에 객관적인 검증을 해야 돼요. 수험생이라면 모의고사를 보는 것이고, 면접을 준비하는 분들이라면 모의 면접을 해보시는 것도 좋고요. 투자를 하시는 분은 3개월, 6개월 단위로 계속 체크를 해야죠. 이러한 포트폴리오가 맞는지, 놓친 부분은 무엇이 있을지 등도 계속 생각해보셔야 할 것이고요.

여기서 혼란스러울 수 있는 부분이 있는데요, '노력을 먼저 하고 도전해야 하는 것이냐', 아니면 '일단 도전을 하고 실패에서 교훈을 얻어서 다음 도전을 좀 더 요령 있고 현명하고 슬기롭게 할 것이냐'입니다. 둘 다 중요하다는 전제하에서 말씀을 드리면, 저는 내부적으로 타이밍을 그어놓고, 그때가 되면 일단 도전을 한번 하는 편입니다. 몇 가지 이유가 있는데요, 타이밍이 노력에 대한 동기 부여가 될 수 있어요. 안 그러면 노력만 하다가 도전이 계속 늦어지는 경우도 있습니다. 그리고 무엇보다 도전을 통한 시행착오들은 내 노력의 방향성이 맞는지 확인하는 좋은 계기가 될 수 있습니다.

가장 경계해야 하는 것은 한 번 실패했다고 아예 포기하거나, 아니면 실패를 한다는 그 당연한 명제가 무서워서 도전하지 않는 것이에요. 무서워서 도전을 하지 않으면 실패를 하지는 않죠. 그런데 이 경우에는 다음 단계로 넘어가기 위해서 무엇이 더 필요한지 알 길이 없어요. "유일하게 실패하지 않는 인생은 도전하지 않는 인생"이라는 말이 있죠. 이러한 인생은 성공도 없습니다.

가끔 말로 걱정 많이 하는 분들이 있어요. 그럼 저는 이야기합니다. 걱정할 시간에 일단 해보시라고. 투자라고 한다면 나한테 무리가 안 되는 범위 내의 아주 소액을 가지고 묻어만 둬보세요. 그 돈 다 잃더라도 얻는 것이 있습니다.

인간에게 실패는 피할 수 없는 것이지만, 어떻게 보면 그래서 가장 아름다운 경험입니다. 실패를 통해서 아픔을 느끼고, 반복하지 않기 위하여 연구와 노력을 통해 발전을 이루어내고, 또 다른 실패에 공감할 수 있게 되고요.

저도 이제는 나이를 먹고 사회 경험이 늘면서, 후배들 중에 제 상황을 부러워하면서 자신들의 고민이나 걱정을 이야기하는 경우들을 보게 됩니다. 그럴 때마다 이런 생각이 듭니다. 그 친구들이 보기에 제가 나름 어느 정도 위치까지 와 있다고 생각된다면, 저를 키운 것은 팔 할이 실패와 열등감이었을 것이라고. 실패의 경험이 있어서 당신들의 이야기를 이해하고, 공감하고, 제 경험을 나눠줄 수 있는 것이라고요. 그리고 당신이 지금 하는 실패도 누군가에게는 소중한 간접 경험이 될 수 있다고. 그렇게 사람들은 연대하고 발전해나가는 것이라고요. 이번 편이 실패로 좌절하고 계신 분들께 조금이나마 위안이 되기를 바랍니다.

하나 더,
변호사의 조언

실패라는 결과를 이유로
법적 책임을 물을 수 있을까?

많은 경우 인간은 자신이 만든 결과에 대하여 책임을 부담합니다. 프로 스포츠 구단의 감독이 성적이 안 나오면 경질되거나 또는 반강제적으로 자진사임을 하게 됩니다. 정치인 역시 경제적, 사회적 지표가 안 나오면 재선이 될 수 없고, 회사에서도 실적이 안 좋은 경영자는 주주들에게 해임당하는 경우가 있습니다(물론 한국의 경우 경영자와 지배 주주가 어떠한 관계인지도 역시 큰 영향을 미칩니다).

이러한 책임은 엄밀히 말하면 법률적 책임은 아닙니다. 계약 또는 신임 관계에서 나오는 책임에 가깝지요. 그렇다면 정말 최선을 다했으나 결과가 좋지 않은 경우에(계약상 책임이 아니라) 단순히 결과만을 가지고 법률적인 책임을 부담시키는 것이 가능할까요?

우선 형사적으로는 결과에 대한 고의나 과실이 있어야 책임을 부담합니다. 가령 운전을 하다가 교통사고를 내서 사람을 다치게 했다고 하더라도 그 과정에서 내가 모든 주의의무를 다 지켰음에도 불구하고 사고가 불가항력적으로 난 것이 밝혀졌다면 업무상과실치상의 책임을 부담하지 않습니다. 즉 엄밀히 말하면 순수하게 결과만 가지고 책임을 부담하는 것은 아니지요.

민사적으로도 근로기준법상의 사용자의 재해보상책임이나, 광업법상의 광해배상책임과 같이 아주 예외적인 경우를 제외하면 행위자의 고의나 과실이 있는 경우 책임을 부담한다는 대원칙은 동일합니다.

즉, 고의나 과실을 가지고 누군가에게 피해를 입히지 않은 이상 실패를 했다고 해서 법적인 책임까지 부담하는 경우는 별로 없으니, 우리 모두 실패를 너무 두려워하지는 맙시다!

《상처》

내 인생만 이렇게 아프고 힘든가요?

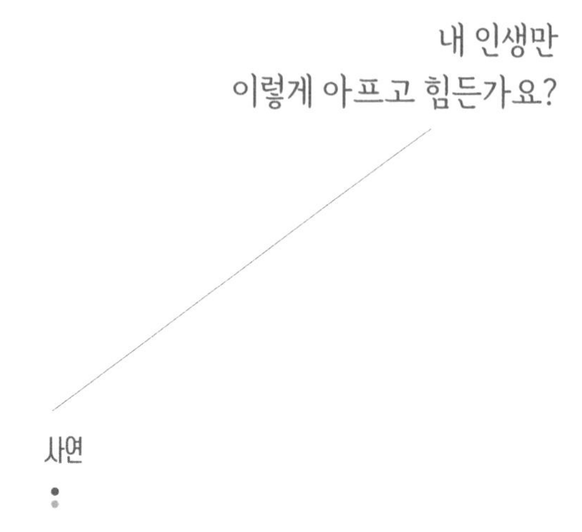

사연

제 인생은 부당함의 연속이었습니다. 좋은 부모님을 만나지 못했고 돈도 없었습니다. 그러다 보니 학교를 제대로 다닐 수가 없었고요. 우울증과 대인기피증이 오기도 하였습니다. 친구도 별로 없습니다. 성인이 된 지금도 할 수 있는 일이 별로 없습니다. 사회에 대한 혐오와 염증만이 남아 있습니다. 밖에 나가도 사람들이 나를 무시할까 봐 두렵고 그래서 사람들에게 다가가지도 못합니다. 더 이상 사람들에게 사랑받기를 바라는 구차한 마음도 없습니다. 거울을 보면 항상 우울한 표정뿐입니다. 극단적인 생각도 수차례 해보았습니다.

한때는 저도 사람답게 남들과 어울리고 사랑받으며 살고

싶다는 생각을 했습니다. 그래서 알바도 해보고 글도 써서 돈도 모으고 연애도 해보았는데, 워낙 가진 것이 없다 보니 올라가기가 너무 힘들었습니다. 지금은 전부 잃어버렸습니다. 이제는 뭘 어떻게 해야 할지도 모르겠습니다. 이미 패배자이니까요. 사람들의 시선이 무섭습니다. 어디서부터 잘못된 것일까요? 어쩌다 이런 운명을 가지고 태어난 것일까요? 부모님과 사회를 어디까지 용서할 수 있을까요? 왜 제 인생만 이렇게 아프고 힘들까요?

조언

이번 주제는 인생의 아픔입니다. 인생의 아픔이나 힘듦을 생각해보면, 가끔 그런 생각이 들 때가 있잖아요. 왜 내 인생은 이렇게 힘든 것일까? 왜 하나의 고생이 끝나면 또다른 힘든 일이 찾아올까? 주변은 다 괜찮은 것 같은데 나한테만 이런 나쁜 일들이 끊이지 않는 것일까? 우울하고, 지치고, 낙담하고, 그러다가 뭔가 다 잃어버리고, 놓아버리고 싶을 때가 있죠.

그런데 반대로 생각해보면, 우선 인생이 힘들지 않을 것이라는 생각은 과도하게 희망적이고, 한편으로는 애초에 가능하지 않은 기대가 아니었나라는 생각이 들어요. 인생은 원래 누구에게나 힘들도록 설계된 것이 아닌가 싶은 거죠. 굳이 예전에 경제학에서 배웠던 수요와 공급 원리같이 주어진 것은 한

정적인 반면 원하는 것은 무한하기 때문에 욕망을 이룰 수 없다는 이야기들을 꺼내지 않더라도, 인생은 힘든 부분이 있어요. 내게 선택권이 주어지지 않은 가족 · 사회 · 환경 때문일 수도 있고요, 아니면 후천적으로 겪게 되는 사건 사고 때문일 수도 있죠. 내가 한때 잘못된 선택을 해서 그 선택과 후회로부터 미련을 버리지 못하게 되고 현재의 나를 잠식해서 고통을 주는 경우도 있죠.

내담자 분에 비하면 제 인생의 아픔이나 힘듦은 아무것도 아니었겠습니다만, 저도 로펌에서 주니어 변호사생활을 할 때 많은 고민을 했었어요. 제가 살면서 노력을 많이 했고 결과도 만들었다고 해서 입사를 했는데, 로펌 주니어 변호사생활은 정말 '과연 오늘은 집에 갈 수 있을까?'의 연속이거든요. 자기 시간이 별로 없고 몸도 엄청 괴롭죠. 잠도 잘 못 자고요. 그러다 보니 가족이나 친구 등 제 개인생활은 하나도 못 챙겼고요.

그래서 그때 '자유'가 너무 그리워져서 큰 프로젝트 하다 말고 로펌에서 잘릴 각오로 배를 째고 휴가를 내서 아프리카에 있는 세렝게티 초원을 갔어요. 참고로 로펌 변호사는 휴가를 가도 노트북 들고 가서 일해야 하는데, 세렝게티는 인터넷이 거의 안 터지거든요. 나름 어마어마한 용기를 냈어요. 요즘은 조금 더 휴가 쓰는 것이 자유로운 분위기이기는 합니다만(웃음).

어쨌든 초원에 가면 기린이랑 얼룩말이 사자랑 코끼리랑 엄청 자유롭게 살 것 같잖아요. 죽어라고 열심히 살았더니 결과가 고작 빌딩 숲에서 탈출도 못 하고 잠도 못 자고 맨날 일만 죽어라 하는 인생인데, 초원에 사는 동물들은 얼마나 행복할까요? 참고로 세렝게티 가볼 만합니다. 지금도 인생에서 가장 기억나는 장면 중 하나가 세렝게티 노을 지는 것이거든요.

그런데 세렝게티에서 가장 충격을 받은 건, 막 자유를 즐기고, 예쁘고, 멋있고, 화려하고, 그런 것들이 아니라…… 정말 사자, 얼룩말, 코뿔소, 코끼리, 임팔라, 기린 할 것 없이 처절하게 생존을 위해 사는 것이더라고요. 모 공중파 방송국에서 창사 특집으로 아프리카 초원에서 치타 가족을 따라가면서 다큐멘터리를 찍어서 방송을 했어요. 그 영상을 보면 치타 가족이 되게 힘들어요. 사자나 하이에나에게 공격당하다가 심지어 새끼를 잃기도 하고, 부상도 당하고, 도망도 치고, 자기들도 먹고살아야 하는데 먹이가 되는 임팔라나 토끼를 찾기는 또 되게 어렵고, 찾아도 정말 미친 듯이 도망을 가죠.

그 영상에서 사자는 좀 여유 있어 보이거든요. 어슬렁어슬렁 쉬다가 사냥감이 나오면 가서 다 잡아먹고, 멋진 갈귀를 휘날리면서. 확실히 먹이사슬의 정점에 있는 포식자 느낌이 나죠. 사회로 비유해본다면 완전 슈퍼 갑들 같은 느낌?

하지만 저는 세렝게티에서 정말 관리가 잘 되고 배가 빵빵한 사자말고, 힘들게 사는 사자들이 더 눈에 들어오더라고요. 사자인데 먹이를 거의 먹지 못해서 갈비뼈가 다 보일 정도로 말랐어요. 심지어 어떤 사자는 물소에게 옆구리를 받혀서 옆

구리 살이 다 패이고 거기에 파리나 벌레가 엄청 꼬여 있어요. 우리가 생각하는 사자가 아닌, 동물들 사이에서 패배해서 죽어가는 사자인 거죠.

그때 무슨 생각을 했냐면, 저희 대다수는 그냥 평범한 조건에서 태어나잖아요. 그런데 사회에서 사자처럼 무엇인가 우위에 있는 조건으로 살아가는 사람들 보면 부럽잖아요. 손 하나 까딱하지 않아도 되겠구나 싶고. 그런데 사자도 힘들 수 있고 생존을 위협받는 것이 생태계구나, 사자로 태어난다고 무조건 다 보장되고 즐겁기만 한 것은 아닐 수도 있겠구나……라는 생각을 했어요.

실제로 대기업 회장, 정관계 높은 분들, 유명한 스포츠 스타나 연예인 등 사회에서 잘 나가는 분들 중에 우울증, 강박증 같이 정신적인 문제를 안고 있는 분들이 적지 않거든요. 가끔은 아주 안타까운 선택을 하는 분들도 있고요. 그런 분들도 인생이 쉽지만은 않은 것이 아닌가 싶어요. 어딘가 높은 곳에 올라가도 떨어지는 건 한순간이고, 오히려 또 높이 있으면 견제하거나 저격하는 사람들도 많고, 그 모든 것들을 신경 쓰다 보니 정신적으로 너무 고독하고 피폐해지는 것이죠. 사실 행복해지려고 그 자리까지 갔을 텐데, 그 자리에 연연하는 순간 행복하기가 너무 힘든 것이에요.

허무한 이야기죠. 그러면 왜 살까? 인생이 아픔에도 불구하고 우리가 살아야 하는 이유가 있을까? 아픔을 극복하거나 치유하는 방법은 무엇일까? 점점 큰 담론으로 가고 사실 답이 별로 없는 영역이기는 한데, 그래도 인생의 아픔에 대하여 이야기를 하자고 해놓고 인생을 원래 아픈 것이라고 하고 끝내면 너무 무책임하니까 조금이라도 수습을 해보겠습니다.

우선 인생이 아픈 것이 당연한데 왜 살아야 하는지, 이유나 목적에 관련해서 말씀을 드리자면 아픈 것과 불행한 것은 다르다는 이야기를 해야 할 것 같아요. 아프면 불행할 수는 있죠. 그렇지만 '인생이 아프면 꼭 불행해야 한다'는 것이 당연한 명제는 아닙니다. 그렇게 살아야만 하는 이유나 운명은 없어요.

한때 나이가 지긋하신 어르신들을 인터뷰하면서 삶의 주요 주제에 대하여 그분들의 의견을 듣는 책들이 유행했는데요, 이런 대목이 나오죠. "행복은 조건이 아니라 선택"이라고. 어떠한 조건들이 갖추어져야 행복한 것이 아니라, 자기가 행복하다고 생각하고 행복을 선택하는 것이 더 중요하다고.

물론 각자의 아픔의 정도나 깊이를 모르는 상황에서 행복을 선택하라고 쉽게 이야기하면 무책임할 수 있겠죠. 그런데 그렇게 행복은 선택이라고 말씀하신 분도 그렇게 객관적으로 쉽거나 행복한 인생을 살고 하신 말씀이 아니었던 것으로 기억해요. 오히려 힘든 순간에 자기 자신을 지키고 버텨내기 위한 주문처럼 한 말씀이 아니었나 싶어요.

그리고 아픈 시간들이 주는 의미들이 있을 것 같아요. 일단은 성숙해지고 사람이 깊어지는 측면이 있겠죠. 내가 힘든 상황을 겪게 되면, 그때의 그 느낌뿐만 아니라 원인, 해결방안 등 굉장히 많은 이슈에 대하여 깊게까지 생각을 하게 되잖아요. 마치 나무뿌리가 엄청 많은 잔뿌리를 내리면서 땅속 깊은 곳까지 내려가는 느낌이랄까요. 그 과정에서 과거에는 하지 못했던 것들을 생각하고, 눈앞에 있어도 보이지 않던 부분들을 인지하게 되죠. 사람이 단단해져요.

그리고 한 가지 더 꼽자면, 다른 사람에 대한 이해의 폭이 많이 넓어져요. 나의 아픔은 남의 고통을 이해하는 씨앗이 된다고도 하더라고요. 아무리 공감능력이 뛰어난 사람도 다른 사람의 아픔에 대하여 직간접적으로 체험을 해본 적이 없다면 이해하기가 쉽지 않거든요. 그런데 내가 비슷한 고민을 해봤다면, 아파봤다면 다른 사람의 고통도 이해할 수 있고, 이러한 것들이 쌓이면서 인간이 사회적인 연대를 만들어나가는 것이겠죠.

그런 의미가 있다고 하더라도 계속 아프기만 하면 행복하기도, 의미를 느끼기도 힘든 것은 사실이에요. 따라서 또 중요한 이슈 중 하나는 내 아픔을 어떻게 극복, 치유해나갈 것인가의 문제죠. 물론 그 아픔의 요인을 제거할 수 있는 상황이면 좋죠. 건강이 안 좋은 분들은 병의 원인을 해결하고, 재정적으로 힘든 분은 좋은 직업을 얻거나 뭐 로또를 맞으시거나, 실연당하신 분은 새로운 사람을 만나는 그런 방법이죠. 그렇지만 단기간에 쉽게 해결되지 않는 경우가 대부분일 거예요. 그러니까 그 아픔에 내가 잠식당하는 것이겠지만요.

여기서 시도해볼 수 있는 것은 자기 인생 안에 아픔을 잊고 즐길 수 있는 잠깐의 소소한 행복거리들을 끼워 넣는 것입니다. 일종의 고속도로 휴게소 같은 개념이죠. 끼워 넣을 수 있는 것의 종류는 매우 다양해요. 여행, 음악, 미술, 독서, 영화, 게임, 운동, 커피, 종교, 대화 등 아주 어긋나는 것들이 아니면 대체로 다 괜찮아요. 이런 것은 현실 도피고 근원적인 해결책은 아니라고 매도하시는 분들도 있는 것 같은데, 전 그러한 견해에는 동의하지 않아요. 이런 것으로는 현실 도피를 할 수 없어요. 도피가 되는 것은 휴게소가 아니라 중독 같은 거죠. 마약이나 도박처럼.

이런 소소한 행복거리를 통해서 아픔을 잊고 벗어나는 순간순간이 별것 아닌 것 같지만, 그래도 얼마간 사람을 버틸 수 있게 해주거든요. 그리고 아픔과 떨어지는 순간들이 반복되면 사람을 그러한 침전에서 끌어올려 주는 데 도움이 많이 돼요. 뭔가 아픔도 약간 자기 반복, 자기 확장을 통해 스스로를 포기하고 놓아버리게 만드는 경향성이 있는데, 적어도 이렇게 점점 악화되는 것들은 막아주고, 또 즐거움이나 잊음을 통해서 새로운 계기를 만드는 경우들도 적지 않더라고요.

그다음 단계는 바로 공감입니다. 사람이 문명의 발달에 따라 많은 것들을 할 수 있다고는 하지만 본질적으로 우주, 지구, 자연, 운명 이러한 거대 담론에 비하면 굉장히 작고 나약하잖아요. 그런데 내 힘으로 어찌할 수 없는 고통스러운 상황에서 자기를 버티게 해주는 힘은 공감이나 연대, 그런 것들인 것 같아요.

힘든 일을 겪은 분들 중에 자기보다 더 힘든 사람들을 돕는 분들이 생각보다 많아요. 이게 단순히 정신적으로 힘든 상황을 잊기 위해 몸을 혹사시키는 것이 아니라, 처음에는 잊기 위해서 하더라도 나중에는 그 사람들의 아픔 속으로 들어가고 치유해주면서, 자신도 치유가 된다고 하더라고요. 그러면서 '이게 내 명이구나' 싶은. 저도 인터넷 카페에서 고민 상담을 하고 팟캐스트를 운영하고 책을 쓰는 것들이 어찌 보면 저 스스로를 위한 것일 수도 있거든요.

너무나 큰 주제를 다루게 되어서 실질적인 고민 해결에 도움을 드릴 만한 말이 얼마나 있었는지 조금 걱정이 되기는 하네요. 앞에 세부적인 의견들은 다들 조금씩 다를 수는 있을 것 같은데, 그래도 딱 한 가지만 짚고 간다면 가장 피해야 할 것은, 아픈 일이 벌어졌다고 해서 자기 자신을 너무 탓하거나 부정하지는 마세요. 어떠한 원인에서 발생한 것인지, 내담자 분의 실제 과오가 있었는지 저는 몰라요. 그런데 어떠한 경우에도 지금의 자기 자신을 너무 학대하거나 부정하시지는 않으셨으면 좋겠어요. 말씀드렸다시피 아무리 잘하고 완벽했어도 아플 수는 있습니다. 그러니까 지금 아프신 것이 본인의 잘못 때문에 그런 것은 아닙니다. 그러니까 스스로를 너무 부정하거나 학대하지 마시고, 그냥 가끔 스스로를 좀 쓰다듬어주세요. 손으로도 좋고 마음으로 쓰다듬어줘도 좋고요.

하나 더,
변호사의 조언

아픔을 치유해주는 공익 변호사들을 어떻게 지원할 수 있을까?

본질적으로 변호사의 업은 인간의 아픔을 치유해주는 측면이 있습니다만, 경제적인 부분이 결부되어 있지 않다고 하기는 어렵습니다. 그런데 우리나라뿐만 아니라 전 세계적으로는 의뢰인과 수임료 관계로 얽혀 있지 않고 소수자, 사회적 약자 등의 아픔을 치유해주기 위하여 공익적인 법률활동을 하는 선한 집단들이 있습니다. 이들을 보통 공익변호사라고 합니다. 국내에서는 대표적으로 공감(www.kpil.org)이라는 공익인권법 단체를 포함한 다양한 공익 변호사 집단이 활동하고 있습니다(인터넷 검색을 하시면 쉽게 공익 변호사 단체들을 확인하실 수 있습니다.).

변호사로서의 경제적 안정보다 사회적으로 어려운 분들의 고통을 덜어드리는 길을 선택한 것만으로 박수 받아야 하는 분들이라고 생각합니다. 저같이 평범한 사람에게는 참 자신 없는 길이기도 하고요. 다만 아쉬운 부분은 높은 로스쿨 학비로 인하여 많은 분들이 현실적인 선택을 할 수밖에 없는 상황입니다. 저도 얼핏 몇몇 기사들을 찾아본 정도이기는 한데, 미국의 경우 연방 차원에서 공익 대출금 면제 제도The Federal Public Service Loan Forgiveness Program-"PSLF", 로스쿨 차원의 대출금 상환 프로그램Loan Repayment Assistance Programs-"LRAPs"을 통해 공익적 활동을 하는 변호사들에 대한 등록금 상황을 유예하거나 면제하는 제도들이 있는 것으로 보입니다. 반면 한국은 아직 이러한 지원이 가시화되어 있는 것 같지는 않고요. 앞으로 한국 내에서도 공익 변호사의 활동을 지원할 수 있는 여러 제도들이 도입되어, 많은 분들이 소신껏 신념을 펼치면서 보다 어려운 분들의 아픔을 경제적 부담 없이 치유해줄 수 있는 날들이 오기를 바랍니다.

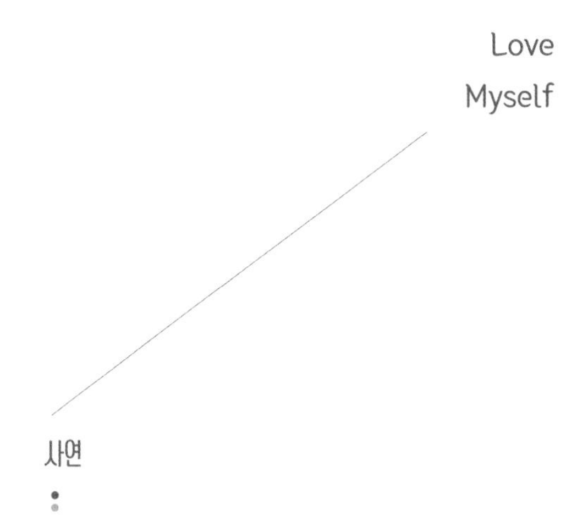

사연

저는 30대 초반의 여성으로 현재 의료계 쪽에서 일하고 있습니다. 어릴 때부터 가정폭력이 심한 가정에서 방치되어 자라다가 보육원에 가게 되었습니다. 어머니, 아버지와 교류가 끊긴 지는 이미 몇 년이 되었습니다. 어디서 무엇을 하고 계시는지 알지 못하고, 사실 별로 알고 싶지도 않아요.

어린 시절에 사랑을 많이 받지 못하고 자랐기 때문인지, 새로운 인간관계를 맺어도 타인에 대한 신뢰가 없고 모두가 적으로 느껴져서 너무나 외롭습니다. 세상에 내 편이 아무도 없는 것 같고 외로움이 끊이질 않습니다. 이성친구도 계속 만나지만 항상 불안하고 상대에게 집착하게 되어 고통스럽습니다. 또한 항상 소극적이고, 남들에게 미움 받을까 봐 지나치게 눈치를 보는 성격을 고치고 싶습니다.

절 사랑해주는 부모님이 계셨더라면 과연 이렇게 살고 있었을까 싶고 이러한 결핍이 모두 가정환경에서 비롯된 것 같아서, 바꿀 수 없는 것에 대한 원망이 깊어지는 것이 정말 힘든 일입니다. 스스로 노력해서 일어나자, 남의 시선을 신경 쓰지 말자고 매일같이 스스로에게 암시를 해도 잠시만 괜찮아질 뿐 다시 무기력해지고 우울한 마음이 듭니다. 제가 무너지지 않기 위해서는 어떻게 해야 할까요?

조언

어릴 적 가정환경으로 인하여 지금까지 외로움, 우울함, 불안, 소심함 등 여러 불편한 감정을 겪고 계신 분이네요. 원인은 내담자 분께서 짐작하신 것이 맞습니다. 어릴 때 있었던 가정폭력이나 애정의 결핍 때문에 자존감이 낮은 자아를 형성하게 된 것이지요.

아이는 성장과정에서 부모의 말이나 행동, 표정을 그대로 따라 하게 됩니다. 일종의 미러링이지요. 미러링은 주로 IT 쪽에서 많이 쓰는 용어이기는 한데, 꼭 IT가 아니어도 일종의 모방행동에서 자주 나오는 표현입니다. 그래서 보통 부모로부터 많은 애정을 받는 아이는 사랑을 주고받는 법, 남과 교류하는 법을 쉽게 배우고, 무엇보다 자기 스스로를 존중하는 법을 알게 됩니다. 부모가 자신을 존중해주니까요.

반면 어릴 적에 보육자로부터 충분한 관심과 애정을 받지 못한 경우에는 자존감이 낮아지거나, 애정 결핍에 빠지거나, 상호 교류하는 것에 어려움을 느끼게 되고, 그러면서 우울감이나 외로움, 불안 등을 느끼게 됩니다.

너무 안타까운 일이지요. 내담자 분께서 이러한 환경이 아니었으면 좀 더 좋았을 것이고요. 그런데 더 안타까운 것은 지나간 과거를 바꿀 수 있는 방법은 없습니다. 부모나 과거 환경에 대한 원망도, 잠깐의 화나 슬픔을 잊게 해주는 데 약간의 도움은 될 수 있습니다만, 궁극적인 상황을 바꿔주지는 못하지요.

가끔은 오히려 이러한 과거에 대한 원망이 현재에 대한 자기 합리화로 바뀌거나 다른 제3자에 대한 분풀이 등 엉뚱한 곳으로 튀는 경우들이 있고요. 과거에 대한 원망을 100% 완전히 하지 않을 수는 없을 것이에요. 참으려고 하다가도 과거의 인과로 인하여 힘든 순간이 올 때면 나도 모르게 울컥하고 다시 튀어나올 것이고요.

부모님이나 환경에 대한 원망이 막 마음속에서 솟아나올 때는 그대로 분출되게 두세요. 막으면 또 그대로 화가 되니까요. 다만 원망이라는 감정이 나왔을 때 너무 긴 시간 동안 침전되지 않도록 할 필요는 있습니다. 즉, 필요한 만큼 분출한 다음에는 다시 긍정적인 부분으로 전환을 해야 하지요.

제일 필요한 것은, 내담자 분께서 받지 못했던 '애정' 내지 '사랑'을 지금부터라도 스스로에게 채우는 것이에요. 자동차에 휘발유가 떨어지면 기름을 넣듯이 말이죠. 그리고 사연을 보면 어느 정도는 인지하고 계신 것 같은데, 이러한 애정이나 사랑은 절대 연애로 채워지지 않아요. 연애에서의 사랑은 상호 대등한 관계, 상호 매력적인 관계가 유지된다는 전제에서 계속될 수 있습니다. 그런데 내담자 분에게 필요한 애정은 오히려 과거 부모님이 충분히 주지 못한, 무조건적이고 일방적인 사랑이나 믿음에 가까워요. 어린아이를 바라보는 부모의 눈빛 같은.

어린아이에 대한 부모의 사랑은 자기의 체력, 시간, 재력을 포함한 인생 전반에서의 상당한 희생을 감수하는 것인데, 이러한 사랑은 부모 자식 관계의 특수성 때문에 나오는 것입니다. 그렇기 때문에 더 고귀하다고 볼 수 있죠. 물론 너무 지나쳐서 나중에 대가를 바라거나 집착하게 되는 경우도 있지만요. 어쨌든 연인 관계에서 유년기에 받지 못한 사랑의 부족분을 채우려고 하신다면 상대방에게 과도한 요구를 하거나 집착하게 됩니다. 이러한 감정은 상대방을 많이 힘들게 합니다. 상대방은 내담자 분의 부모가 되고 싶어서 내담자 분과 연애를 하는 것이 아니거든요.

결국 지금 상태에서 내담자 분에게 사랑을 채워줄 수 있는 사람은 본인 자신밖에 없습니다. 제 느낌으로는 여기까지도 잘 아시는 것 같고 다만 방법론이 잘 안 되시는 것 같네요. 저도 전문가는 아닙니다만, 제가 자존감을 높이기 위해서 효과적이라고 생각하는 방법들을 한번 말씀드립니다. 물론 아래를 실행해보셨는데 충분하지 않다고 생각되시면, 자기를 사랑하거나 자존감을 높이는 방법에 대한 다른 전문 서적을 참고해보셔도 좋겠습니다.

우선 하루하루 일상생활에서 '나' 스스로가 주체이자 '목적'이 될 수 있어야 합니다. 말, 글, 사진 등 일상생활에서 표현하는 모든 것을 '나' 중심으로 바꿔보세요. 오늘 내 기분은 어떤지, 오늘 나는 무엇을 하고 싶은지, 이러한 일이 있었을 때 나는 왜 이렇게 느끼고 반응했는지, 이렇게 '나'를 표현하는 연습을 해보세요. 단순히 생각만 그렇게 하지 말고 대화를 할 때도 '나'를 주어로 해서 이야기를 하거나, 아니면 혼잣말을 하더라도 난 어떻지, 이렇게 끊임없이 '나'에 대해서 생각을 해보세요. 아니면 일기장을 만들어서 내 기분이 어떤지, 난 오늘 어떤 하루를 보냈는지, 스스로에게 대화를 시도해보는 것도 나쁘지 않습니다.

SNS를 하신다면 프사들을 쭉 보시고 '나'를 찍어서 올린 것이 얼마나 되는지 보세요. 별로 없다면 이제부터 당분간은 의식적으로 '나'를 찍은 사진을 올리도록 하세요. 외모가 마음에 100% 차지 않는다면 포토샵을 해서 올리셔도 상관없습니다. 거울도 더 자주 보면서 자신과 대화를 해보세요. 물론 거울과 대화는 스스로에게 좀 더 자신감을 심어주는 방식으로 마무리

하는 것이 좋습니다. '~야, 오늘 하루도 고생했어' '오늘도 좋은 하루 보낼 수 있겠지? 파이팅!' 이런 식으로요. 중요한 것은 나 스스로를 인생의 피사체로 만드시라는 것입니다.

다음으로 낮은 자존감을 올리는 좋은 방법은 자신의 인생에 '성취'를 주는 것입니다. 실수를 하지 않는 사람은 없고, 100% 인정받거나 사랑받는 사람도 없어요. 그런데 자존감이 충분한 사람과 그렇지 못한 사람의 차이는 이러한 갈등, 실패, 실수의 상황에서 얼마나 탄성을 가지고 올라가는지입니다. 어려운 환경에서 출발하셨음에도 의료계 직업을 얻으신 것을 보면 내담자 분께서 충분한 능력을 가지고 계시고 노력도 많이 하셨으리라고 생각합니다. 따라서 남들보다 열등하다고 생각하실 이유가 없어요. 생각만으로 잘 안 바뀐다면, 작은 성취들을 통해 성취를 습관으로 만들어 자존감을 올리는 것이 좋습니다.

장기적으로는 스스로에게 재미, 즐거움, 흥미 같은 것들을 안겨주세요. 즐거움이나 재미 같은 감정은 스스로에게 줄 수 있는 최고의 감정 중 하나입니다. 계속 자신의 감정을 품고 있게 되고 내면의 소리에 귀를 기울이게 해줍니다. '나 오늘 즐거웠어?' '나는 무엇을 하면 재밌을까?' '난 뭘 하고 싶은 것일까?' 계속 생각하면 자존감도 올라갑니다. 스스로의 인생을 즐겁게 만드는 것은 자신감이나 자존감을 채워줄 뿐만 아니라 본인을 남들에게도 매력적으로 만들어줍니다.

재미있고 즐거운 사람은 매력적입니다. 주변에 사람이 끊이지 않아요. 타인을 완전히 100% 믿고 의지하는 세상을 만들

수는 없습니다. 그저 내가 그들에게 매력적인 사람이 된다면 내 주변에 사람이 자연스럽게 몰려들고, 그들이 알아서 내 주변을 떠나지 않는 것뿐입니다. 경제적으로 꼭 돈이 많이 드는 것을 찾을 필요도 없습니다. 길거리 음악만 해도 내가 즐겁고 행복하다면 사람을 끌어당기는 법입니다.

이 단계까지 준비가 된다면 그다음에는 애정을 주고받아도 큰 문제가 없는 상황이 됩니다. 물론 여기서 말하는 애정은 연애에 한정한 것은 아닙니다. 지인, 친구, 제3자 등 누구에게 애정을 주었다 돌아오지 않아도 스스로 다시 치유하고 일어서는 상황이 되는 것이지요.

만약 그러한 부분에 자신감이 없다면 동물이나 식물을 키우면서 애정을 주는 연습을 해보는 것도 좋습니다. 연애의 경우에는 앞에서 말씀드렸듯이, 부모와의 애정관계를 투영할 경우 건강하지 못하게 될 수 있으니, 내가 대등해질 수 있다는 생각이 든 다음에 하시는 것이 안전합니다. 물론 진짜 좋은 사람이 있음에도 연애를 하지 말라는 말씀은 아니고, 다만 지금 연애를 하시게 된다면 이 부분은 조금 염두에 두고 하시는 것이 좋을 듯합니다.

글로 이렇게 정리해보았지만, 성인이 되어서 자존감을 올리는 것이 그렇게 쉽지는 않습니다. 그래도 용기 내셔서 글을 주신 것만으로도 충분히 잘될 가능성이 있다고 생각합니다. 이제부터는 너무 눈치 보거나 남에게 해주려고 하지 마시고 본인 것도 조금 더 챙기세요. 자기 인생에서 자기만큼 소중한 사람은 없습니다. 당신은 사랑받기 위해 태어난 사람이라는 노랫말도 있잖아요. 힘내시기 바랍니다.

이 분께는 이렇게 답장을 하고 받은 사연을 추가로 소개해 보려고 해요.

상담사님~, 감사합니다. 정말 많은 위로를 받았어요. 마음이 착잡하고 갈 길을 잃은 기분이었는데…… 울컥하네요. 친구들에게도 깊게 말하기 힘든 부분들이었고, 인생 전반이 우울하고 침체된 느낌이었어요. 부모님이 있는 친구들이 마냥 너무 부러웠고요.

특히 저에게 사랑을 채워줄 수 있는 사람은 저 자신밖에 없다는 말이 가장 와 닿네요. 연애할 때도 왜 항상 집착하는 마음과 불안한 마음이 생기는지도 확실히 깨달았습니다. 정말 힘들고 아픈 감정이에요. 그렇지만 상대는 하나의 동등한 인격체이지 저의 부모님이 아니니…… 그 당연한 사실을 인지하지 못해서 그렇게 매번 마음고생을 심하게 했는데 이것도 정말 제 자신에게 할 짓이 아닌 것 같아요. 고치겠습니다!

직업도 보육원을 나와 스스로 생계비를 벌면서 독학하여 얻은 것입니다. 항상 멘탈이 약하다 생각했던 제가 독하고 강한 면도 있다는 것을 알았었는데, 시간이 흐르니 그것을 잊고 산 것은 아닌가 싶네요. 제 자신이 힘없는 사람이라 생각하거나 세상 탓, 남 탓 하기보다 그 누구도 아닌 제 자신을 위해 살고 싶어요.

하루아침에 자존감을 올리는 것도 말이 안 되고 잘못된 사고를 교정하는 것이 진짜 힘들겠지만, 말씀해주신 방법들 실천하면서 지금의 다짐이 흐려질 때마다 조언해주신 부분 계속 읽을게요. 하루하루 심적으로 무너져가던 저에게 정말 큰 도움이 되었습니다.

소중한 시간을 쓰셔서 마음을 나눠주신 것과 제 얘기 들어주셔서 정말 감사합니다.

소개해드린 이유는, 제가 상담을 좀 잘한다고 뻐기려는 건 전혀 아니고, 이 분이 새삼스럽게 더 대단하다는 생각이 들어서입니다. 사실 상담을 하다 보면 이런 답장이 오는 분들보다, 오히려 좌절에 좌절로 빠져드는 분들이 훨씬 많으세요. 내담자 분께서도 사실 그렇게 쉽지 않은 인생을 사시는 것 같은데, 이 정도로 평정을 유지하시면서 감사를 표현하시고, 본인을 돌아보시는 것이 정말 대단하다고 생각이 들었어요. 제가 내담자 분과 같은 환경에서 같은 인생을 살았다면 이 정도로 강한 의지를 보일 수 있을지 자신이 없거든요. 이번에도 제가 상담을 드린 것이 아니라 제가 더 많이 배웠습니다. 다시 한 번 내담자 분께 감사드리고, 꼭 일상에서 행복을 얻으실 수 있기를 바라겠습니다.

하나 더,
변호사의 조언

가정폭력,
아동학대 대한 규제 현황 및 대응

가정 내에서의 폭력에 대하여는 크게 가정폭력범죄의 처벌 등에 관한 특례법(이른바 가정폭력처벌법), 아동학대범죄의 처벌 등에 관한 특례법(이른바 아동학대처벌법), 가정폭력방지 및 피해자보호 등에 관한 법률(이른바 가정폭력방지법) 등이 특별법으로 우선 적용됩니다. 가정폭력처벌법에 의하면 교육기관, 의료기관, 보호시설 종사자들에 대하여는 가정폭력범죄를 알게 된 경우 반드시 신고를 해야 하며, 가정폭력에 대한 수사나 처벌이 완료되기 전에도 피해자와 가해자의 격리 및 가해자의 접근금지 등 가정폭력의 재발을 막기 위한 임시조치들을 할 수 있습니다. 또한 친권 행사 제한, 치료 위탁, 상담 위탁 등의 보호처분 결정을 내릴 수도 있습니다. 아동학대처벌법 역시 가정폭력처벌법과 비슷한 의무나 조치 등을 규정하고 있습니다. 그리고 가정폭력방지법은 가정폭력 실태조사, 예방교육, 상담소 설치 등 가정폭력을 근절하기 위한 국가의 의무를 규정하고 있습니다.

그럼에도 불구하고 가정폭력과 관련된 우울한 뉴스들이 계속 나오고 있습니다. 최근 언론보도들에 따르면 가정폭력의 신고율은 여전히 낮고 재범율도 높습니다. 코로나 사태로 인한 가정 내의 갈등 역시 계속 증가하고 있고요. 수사 · 사법기관의 미온적인 태도도 많은 지적을 받고 있습니다만 무엇보다 가정의 문제는 가정 내에서 해결해야 한다는 인식으로 인하여 문제가 조기에 해결되지 못하고 상당히 악화된 다음에 세상에 알려지는 경우가 많습니다. 그러나 법률은 가정폭력이나 아동학대는 '누구든지' 신고를 할 수 있음을 명확하게 하고 있습니다. 가정폭력은 수사기관에 신고가 가능하며 아동학대범죄의 경우 수사기관뿐만 아니라 시, 도, 자치구의 지역 아동보호기관에도 신고가 가능합니다. 이제 남은 것은 우리 각자의 주변 어린이들에 대한 관심입니다. 아동은 한 가정에서만 키우는 것이 아니라, 우리 사회 전체가 함께 키우는 것이라는 생각이 보편적으로 자리 잡기를 희망합니다.

몸이 아프다고 마음까지 아파야만 하는 것은 아니잖아요!

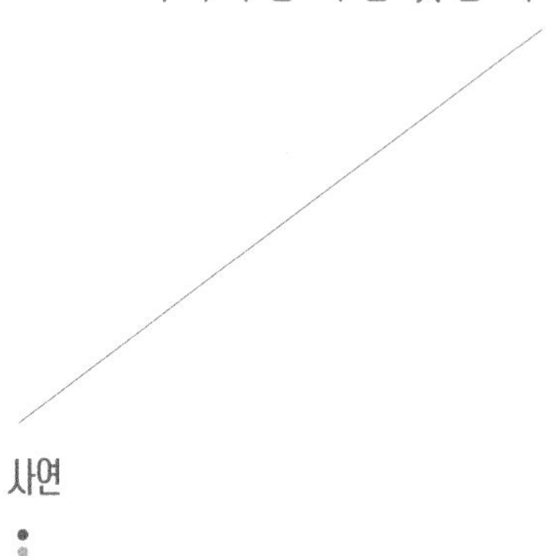

사연

안녕하세요. 상담을 받고 싶습니다. 제 사고방식이 좀 이상하다는 걸 알고 고치려고 했는데 쉽지 않습니다. 저는 소심해서 결정하는 데 고민을 정말 많이 합니다. 뭔가를 결정하기가 너무 어렵습니다. 또 속마음을 터놓고 이야기할 친구가 한 명도 없네요. 자꾸만 사회와 단절된 채 저 혼자 뒤떨어진다는 느낌을 많이 받게 되었습니다.

중학교 때 부모님 사이에 불화가 생겨서 공부에 집중을 못하게 됐고 그 후로도 공부하는 척만 하는 헛모범생이 되었습니다. 친구들이랑 잘 놀지 않게 되었고 지금 와서 보니 마음을 털어놓을 친구도 없고 대인관계도 잘 못하게 되었습니다. 처음에 만났을 때 인사하는 것까지는 잘하는데 그 이후에 친해지는 과정을 잘 못해요.

성인이 되면서 장애증상이 와서 우울감이나 대인관계에 대한 기피가 더욱 커졌습니다. 원인불명인 병인데, 인지는 아무런 문제가 없습니다만, 약간의 보행 문제와 손 떨림과 같은 신체적인 문제가 조금 있습니다. 다행히도 좋은 의사 선생님께서 봐주시고는 있는데, 병원에 가서 진료를 받고 오면 다시 기분이 우울해집니다. 여태까지 10년 넘게 고생했는데, 앞으로도 치료약이 나올 때까지 기약 없이 이렇게 계속 병원을 다녀야 하나 싶어서 막막합니다. 이렇게 사는 것이 맞는지 의구심도 많이 들고요.

운명이라는 것이 있다고 생각합니다. 얼마 전에 어떠한 책을 읽었는데 삶에서 이미 일어난 일에 시비를 걸지 말고 어떻게 살지를 고민하라고 하더라고요. 그래도 자신감이 떨어지고 우울해지는 부분은 어쩔 수가 없습니다. 스트레스가 많아서 우울증 약을 먹고 있습니다. 고칠 건 고쳐야 사회생활이 정상적으로 가능함을 알고 있습니다.

소심한 성격을 바꾸고 싶습니다. '성격이 쿨하다'라는 소리를 듣고 싶어요. 진짜로 쿨해지고 싶습니다. 그러면 깊은 친구도 생기지 않을까 싶습니다. 기회가 되면 연애와 여행도 해보고 싶습니다. 병원을 다니고, 상황도 이래서 많이 못 해봤는데, 무슨 느낌일지 궁금합니다. 도와주세요.

조언

처음 받았을 때 이 분께 조금이라도 도움을 드려야 한다는 생각과 함께, 내가 알지도 못하는데 함부로 가볍게 이야기를 하면 안 되지 않을까……라는 두 가지 걱정이 계속 왔다 갔다 했습니다. 같은 질환을 앓는 환우들이 모여 계신 인터넷 카페도 들어가서 글들도 읽어보았고요. 그래도 내담자 분이 원하시는 것이 어설픈 동정이 아니고, 정말 고민에 대한 의견을 여쭤보시는 것이어서 인간 대 인간으로 최선을 다해서 의견을 드리려고 합니다. 제가 같은 병에 걸려본 적은 없습니다만 아픔도 나름 공통적인 부분이 있으니 참고하실 수 있는 부분이 있지 않을까 싶습니다.

우선 제 주변에 있었던 두 분의 이야기로 시작해보려고 합니다. 한 명은 과거에 굉장히 친했던 형이고 한 명은 같은 과 지인입니다. 그 친한 형은 굉장히 성격이 밝고, 어디서든 즐겁고, 모두와도 잘 어울리는 분이었습니다. 별명이 박카스였어요. 한 제약회사에서 만든 에너지드링크 이름과 관련이 있는 것은 아니고, 로마 신화에서 술의 신인 바쿠스Bacchus에서 따온 것이었어요. 제가 가급적 사연이나 상담 내용을 개인정보나 신원이 드러나지 않도록 최대한 조심하는데, 이 박카스는 진짜입니다. 이 형이 혹시 이 책을 읽게 되면 다시 연락이 닿게 되기를 바라는 간절한 마음을 담은 것도 있습니다. 제가 20

대 초반에 힘든 일들을 겪을 때 손을 내밀어준 몇 안 되는 분으로, 저의 20대 초중반에 너무 중요한 사람이었습니다. 촉망받는 의대생이기도 했고요.

그런데 저는 다행히도 20대 초반 힘든 몇 년을 버티고 나서부터는 어느 정도 자리를 잡을 수 있었는데, 이 형이 어느 순간부터 표정이 밝지 않더라고요. 알고 보니 턱관절 쪽 질환이 있었습니다. 계속 통증 때문에 잠 못 자고 수면제 먹고, 학교생활은 잘 안 되고. 군대를 갔는데, 군대에서는 괜찮았다고 하더라고요. 그런데 제대를 하고 다시 의대 복학을 했는데 통증이 계속 올라와서 한방 · 양방 굉장히 여러 가지를 찾아보더니, 어느 순간 저희 모임에서 사라졌어요. 이 형이 사라진 지 벌써 10년이 넘었습니다. 이 형이 다니던 학교 학사과나 지인들을 통해 여기저기 알아봤는데 찾을 수가 없더라고요. 그 사이에 저는 결혼하고 아이 낳고 많은 시간이 흘렀는데 이 형은 잘 있나, 글을 쓰는 와중에도 궁금합니다.

두 번째 분은 제가 예전에 시험 준비할 때 알게 된 분인데, 이 분은 선천적인 데다가 고시 스트레스 때문인지 장이 많이 안 좋았다고 하더라고요. 단순히 안 좋은 정도가 아니라 엄청 심각해서 시험을 보다가 시험을 끝까지 다 치르지 못하고 중간에 나와야 하는 일도 있었을 정도라고 하더라고요. 온갖 양약, 한약, 건강보조제를 다 먹어보고 나중에는 신경안정제도 먹어보다가 끊었을 때 불면증이 엄청 심하게 와서 고생도 많이 했다고 합니다. 우울증이 되게 심하게 왔었대요. 시험을 포기해야 하나, 진로를 바꿔야 하나. 그런데 그러다가 어느 순간 그냥 받아들였다고 하더라고요. '이것이 앞으로 스트레스 좀 덜 받고 몸 관리 잘하라는 하늘의 뜻이구나' 했다고 합니다. 어차피 스트레스 받는다고 바뀌는 것도 아니라고 하면서요.

지금도 가끔 보면 사회생활을 하는 데 약간은 불편하고 남들보다 훨씬 신경 써야 하는 것도 많지만 그래도 예전만큼 스트레스를 받지는 않는다고 하더라고요. 딱히 이러한 부분을 숨기거나 부끄러워하지도 않고요. 나이를 먹어보니까 어차피 다들 이제는 지병持病이 생긴 상황이어서, 특별히 자신이 더 불행하다고 생각하지는 않는다고 합니다.

두 사연의 차이가 무엇일까요? 사실 첫 번째 사연의 형님이 두 번째 사연의 지인보다 더 아프고 고통스러웠을 수도 있어요. 인간의 고통은 주관적인 것이라 제가 짐작하기는 어렵죠. 그런데 제가 든 예를 떠나서 주변을 보시면 아시겠지만 지병이나 특이한 병으로 고생하시는 분들이 다 같은 우울과 좌절과 스트레스를 가지고 인생을 살지는 않더라고요.

다소 철학적인 이야기를 해볼게요. 모두에게 질병은 슬픈 일이지만, 거시적으로 인간이 과연 생명의 유한함이나 질병이라는 측면에서 자연의 섭리를 이길 수 있을까? 없죠. 이겨서도 안 돼요. 아마 인간이 영원히 살고 아프지 않는다? 이러면 인간이 무한해지겠죠. 가능할까요? 그러면 시간도 가지 않고, 후손도 생기지 않고, 발전도 없겠죠. 결국 생물학적으로 죽지 않게 된다면 인류가 살기 위해서 서로를 죽이는 시대가 오겠죠. 바닷가재 이야기도 있잖아요. 바닷가재는 노화를 막는 텔로머레이스가 활성화되어 있어서 생물학적으로 노화가 오지 않죠. 그렇지만 바닷가재가 영생을 하는 것은 아니잖아요? 잡아먹히거나 세균에 감염되거나 다른 방식으로 죽고, 개체수가 조절되는 거죠.

결국 인간에게 평생의 질병이라는 것은 언제, 어떻게 오냐의 문제는 있겠지만 언젠가는 옵니다. 베르나르 베르베르라고 한국에서도 유명한 프랑스 작가가 한 소설에서 인간을 탄생시킬 때 무엇인가 레시피 조합하듯 만드는데 거기서 '지병'이라는 것도 한 요소로 넣는 부분이 있어요. 어릴 때는 잘 몰랐는데, 나이를 먹으니 참 적절한 비유구나 싶었습니다.

내담자 분 사연은 참 안타까워요. 그래도 드릴 수 있는 말씀은, 조금 더 빨리 온 것이죠. 조금 더 나쁜, 현대 의학으로 해결이 어려운 지병이 왔죠. 안타깝지만 이걸 바꾸는 것은 단기간에는 쉽지 않을 것이고요. 다만 이렇다고 하더라도, 거동이 약간 불편하실 수는 있더라도 할 수 있는 한 삶을 살아야 하는 것 같아요. 이 부분은 받아들이고, 보다 궁극적으로 자연을 이길 수 없는 인간의 유한성을 받아들이고, 그렇지만 내게 주어진 유한성 안에서는 최선을 다해야 하지 않을까 싶어요. 이 분께서도 아마 최선을 다하고 싶어서 고민 상담을 하신 것이 아닐까 싶습니다.

내담자 분께서 궁금한 부분이 성격적인 것, 교우관계, 연애, 여행 네 가지로 이해되는데, 성격 부분은 우울하고 다소 소심한데 쿨해지고 싶다 정도로 이해를 해볼게요. 우울한 것은 아마 지금의 건강 때문에 그런 부분이 클 텐데, 그러한 것을 받아들이고 이 상황에서, 이 유한성에서 내가 무엇을 해볼 수 있을지, 현재 상황은 받아들이고, 나쁜 부분은 내려놓고, 그럼에도 불구하고 앞으로 어떻게 갈 것인지 약간은 앞을 보면서 가는 수밖에 없을 것 같아요.

키에르케고르라는 철학자가 죽음에 이르는 병으로 '절망'이라고 했는데, 반대로 나의 유한성을 살리는 것은 '희망'이라고 생각해요. 앞으로에 대한 희망, 그 부분을 찾기 위해서 노력을 해야죠. 여기서 친구, 연애, 여행같이 내담자 분께서 하고 싶은 것들에 대한 희망을 가지고, 그것들을 하나하나 채워나가 보겠다는 식으로 사셔야 할 것 같아요.

성격 두 번째는 소심인데, 기질적인 문제라 바뀌기가 쉽지 않습니다. 그래도 이야기를 해본다면, 내담자 분의 상황에서 가장 중요한 것은 남들을 너무 신경 쓰시지 않아야 된다는 것입니다. 사람은 본인이 만족스러운 상황이 아니면, 남들보다 건강에 문제가 있을 때는 되게 움츠러들게 됩니다.

그런데 사람은 기본적으로 다른 사람에 대하여 큰 관심이 없어요. 막 욕하고 씹고 비교하는 말들이 난무하지만 사실 얼마 안 돼서 바로 까먹습니다. 내가 예상하는 것보다 남들은 나를 거의 인지하거나 기억하지 못합니다. 모든 사람에게는 자기 자신이 제일 중요하거든요.

그러니까 남 눈치 보지 마시고, '세상에서 내가 제일 중요하다. 내 생각, 내 행동, 내 의지, 내 선택이 제일 중요하다. 다른 사람과 달라서 갈등이 생길 수도 있고, 내가 무언가를 잘못했을 수도 있다. 그러나 여전히 내가 제일 중요하다'는 생각을 계속 반복적으로 머릿속에 두는 연습을 하세요.

친구를 만드시는 것은 상담자 분께서 이미 학교 다니실 나이는 지난 것 같네요. 그렇다면 사회에서 사람을 만들어야 하는데, 방법론 측면에서는 1) 기존 친구나 기존 사회 집단에 있는 관계를 개선하거나 발전시키는 것, 2) 아니면 현재 본인과 흥미나 공감대가 비슷한 곳, 취미도 좋고요. 그러한 부분을 찾으세요.

그리고 계속 접촉을 하시는데요, 진행이 잘 안 된다고 하면 초반에는 연습을 하고 미션을 정하세요. 오늘은 3명과 이러한 대화를 해보기, 방에서 연습도 해보시고, 그걸 계속 늘리세요. 연락처 몇 개 받기, 5명과 대화하기, 다음 약속 잡기. 그러다 보면 조금은 친구가 될 가능성이 보이는 사람들이 있을 거예요. 어차피 어떠한 집단에서 모두랑 친구가 되는 것은 불가능해요. 처음에 1~2명이랑 친해지면서 차근차근 늘리는 것이거든요. 이것을 하면서도 계속 머릿속으로 염두에 두세요. '내가 중요하다. 내가 생각하는 나의 약점에 다른 사람은 큰 관심 없다. 자신감을 갖자. 나를 받아들이지 못하는 사람과는 그냥 친구가 안 되면 그만이다' 이런 식으로요.

연애는 다른 편에서 좀 더 말씀드리겠지만 요약하면 자신감과 10타수 3안타입니다. 누가 대시를 해도 당연히 안 될 수 있어요. 그러니까 차여도 괜찮다고 생각하시고 마음에 드는 분이 있으면 솔직하게 호감을 표시하시고 어필해보시는 것이 좋습니다. 물론 차이면 아픕니다. 그런데 차일 수 있어서, 아플까 봐 대시를 안 하신다면 결실을 얻을 수 있는 가능성은 없습니다.

다만 내담자 분은 그 앞 단계에서, 일단 현실에서 애착을 가질 수 있는 사람을 찾고 애착 대상에게 자연스럽게 관심을 표시하시는 연습을 조금 하셔야 할 것 같아요. 말씀 들어보면 본인의 상황이나 성격 이런 것 때문에 아예 엄두를 내지 못하신 것 같은데, 그러실 필요 없습니다. 충분히 사랑을 하실 수 있는 나이이고, 사랑을 하실 수 있는 상황이에요. 극단적으로는 전쟁 때 수용소에서도 사랑은 핀다고 하잖아요. 사랑을 할 수 없는 나이나 상황은 없다고 생각해요. 물론 상대가 안 받아줄 수 있습니다. 그런데 그건 절대로 내담자 분의 잘못이 아닙니다. 누구나 실패 확률은 70%가 넘어요. 그러니까 일단 '내가 애정을 가질 수 있는 대상이 있을지?'라는 관점에서 주변을 살펴보시고 관계를 맺어보세요.

마지막으로 여행입니다. 셋 중에 제일 간단해요. 다니세요. 경제적으로 어떠신지 모르겠지만, 여행에 있어서 돈은 문제가 안 됩니다. 내 사정에 맞게 다니면 돼요. 실제로 여행에서 보면 길에서 돈 구걸하거나 히치하이킹 하는 분들 많고, 중간 중간에 돈 떨어져서 알바를 하거나 물건을 팔면서 다니는 사람 많아요. 저도 젊었을 때는 당연히 형편이 지금보다 못해서 버스비 아낀다고 몇 시간씩 걸어다니고, 열대지방이었는데 선풍기도 고장난 방에서 열 명 넘는 사람들과 함께 잔 적도 있어요. 그러면서 물론 별별 에피소드도 많았죠.

중요한 것은 일단 출발하셔야 한다는 점입니다. 신체적으로 불편하신 부분이요? 내담자 분께 실례 되는 말일지 모르겠는데, 책이나 유튜브 같은 데 보시면 아예 신체 일부를 쓰지 못하는데 여행 다니신 분들 스토리 엄청 많아요. 저도 다니면서 몸이 불편한 친구들 만나봤는데, 주로 외국 친구들이기는 했지만 전혀 거리낌 없어요. 그냥 똑같은 사람이고 더 도움을 바라지도 않고, 더 특별한 취급을 원하지도 않아요. 그냥 자신의 속도로 당당하게 다니고, 그러면 여행자들 사이에서 다 똑같습니다. 언어요? 말 몰라도 손짓 몸짓만으로도 생존에 필요한 이야기는 할 수 있고, 요즘에는 휴대폰 앱 같은 것으로 웬만한 것들은 다 해결됩니다.

제가 너무 쉽게 이야기한 것은 아닌지…… 계속 걱정이 되는데, 그래도 아마 사연을 주시면서 이러한 마음이시지 않을까 싶어서. 마지막 말씀을 드릴게요.

몸이 아프죠. 억울합니다. 억울한 것은 당연해요. 특히 사람은 주변, 자신이 생각하는 준거집단의 평균점과 비교하면서 감정을 많이 형성하는데, 주변에 없는 병이라면 더 억울하죠.

그 감정이 완전히 사라지는 것은 불가능할 거예요.

그런데 여기서 '억울해 억울해 억울해 억울해 억울해!'라고 외치고 끝나는 삶과, '억울해. 하지만 할 거야 할 거야 할 거야 할 거야 할 거야' 하는 삶은 조금 다르지 않을까 싶어요. 억울한 것? 알아주는 사람 거의 없어요, 슬프게도. 저도 이렇게 사연으로 풀어드리지만 사실 이 분의 문제를 해결할 수도 없고, 완전하게 이해한다고 자신 못 하겠어요. 그래서 상담하는 내내 되게 죄송해요. 그렇지만 그 마음을 무릅쓰고 한마디 드린다면, 몸은 아프실 수 있어요. 그래도 우리에게 주어진 마지막 날까지, 마음만은 아프지 않으셨으면 좋겠어요.

하나 더,
변호사의 조언

장애인 지원

몸이 불편하신 분들에 대한 지원 법령 중 가장 대표적인 것은 장애인복지법입니다. 장애인복지법에 의하면 장애인 등록이 된 분들에 대하여는 재활, 자립지원, 산후조리도우미, 교육비, 자동차 구입, 보조견 보급, 자금 대여, 생업 지원, 시험 편의 제공, 공공시설 우선 이용, 국 · 공유 재산 우선 매각, 장애수당 등 여러 지원책을 두고 있습니다. 뿐만 아니라 장애인 고용촉진 및 직업재활법은 일정한 규모 이상의 사업체에게 특정 비율 이상의 장애인을 채용하도록 하는 여러 규정을 두고 있습니다. 이러한 법률을 집행하기 위하여 국가는 여러 단체들을 설립하고 있습니다. 지방자치단체 차원에서 조례로 장애인 복지 규정을 두고 있는 경우도 있고요.

그런데 이러한 여러 법규나 단체들에도 불구하고 장애인에 대한 복지에는 사각지대가 있기 마련입니다. 특히 이 책이 출간되는 2021년 시점에는 코로나-19로 인한 사회적 혼란이 심각한 상황인데, 코로나-19 때문에 장애인에 대한 돌봄 서비스나 여러 지원이 줄어들고 복지시설도 이용할 수 없게 되어 장애인들이 겪는 고통이 상당합니다. 장애인에 대해서는 코로나 사태에 대한 실시간 정보제공 역시 잘되고 있지 않습니다. 고용 불안정성 역시 장애인과 같은 취약계층에게 가장 먼저 다가오고 있고요.

세계화, 신자유주의, IMF, 기후변화, 코로나 사태 등 굵직굵직한 사건사고가 일어난 후에는 항상 사회계층 간의 간격이 벌어진다는 말이 있습니다. 궁극적으로는 우리 모두가 연대하여 같은 눈높이에서 불편함을 찾고 개선책을 모색할 수 있는 사회가 되어 장애인에 대한 복지 문제도 점차 해결할 수 있기를 기대해봅니다.

PART 2

사회생활도 고민입니다

뒤처지고 있어요

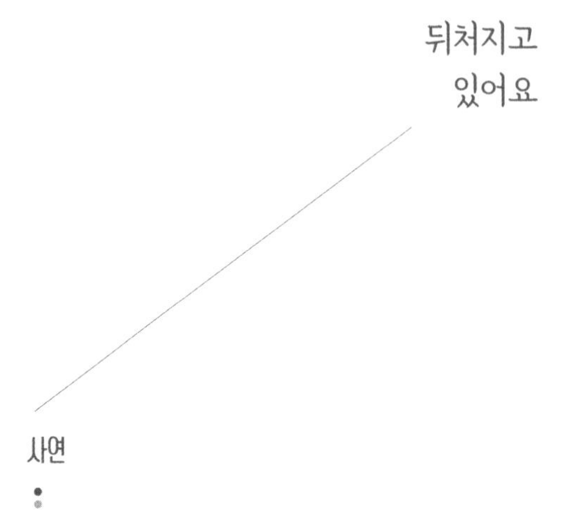

사연

저는 10대 학생입니다. 지난 1년 반은 정말 다시는 겪고 싶지 않은 지옥이었어요. 그래도 많은 분들의 도움을 받아 극복하고 앞으로 다시 살아보려고 합니다. 물론 또 다시 힘든 일이 닥치면 그때 가서는 포기할 수도 있겠지만, 지금은 일단 살아보려고요. 그런데 다시 살려고 보니 고민이 많아요. 1년 넘게 거의 인생을 포기하다시피 살았는데 그 공백을 메울 수 있을지 모르겠어요.

무엇보다 그 기간 동안 공부를 많이 하지 못한 것이 가장 걱정입니다. 힘든 상황에서 벗어나자마자 공부하고 경쟁해야 한다니……. 이제는 자기만의 공부 방법을 찾아서 입시 준비도 해야 하는데, 공부는커녕 삶에 의지도 없었던 제가 잘 적응할 수 있을지 모르겠어요.

공부뿐만 아니라 친구 관계도 문제예요. 초·중·고등학교 기간 동안 친구들의 따돌림으로 상처를 받았습니다. 이제 와서 친구를 사귀려고 보니 저처럼 관계 맺는 데 서툰 아이는 없더라고요. 물론 이번 학년에서는 착한 아이들을 만나서 잘 지냈지만, 나중에 다시 왕따를 당할까 걱정이 되는 부분은 있습니다. 전학 간 학교 선생님께서는 왕따를 주도한 친구와는 떼어놓겠다고 하시긴 했지만 그래도 불안해요. 다시 따돌림을 당한다면 그때는 정말 못 살 것 같아요.

따돌림을 당하지 않는다고 해도 친구들과 잘 지내지 못할까 봐 두려워요. 다른 애들은 친구랑 같이 다녀본 경험이 많아서 상황 판단이랑 대처도 잘하고, 친구를 최대한 배려할 수 있는 방법을 잘 알잖아요. 근데 저는 경험이 없다 보니 그런 걸 잘 못해요. 오랜 공백을 메울 수 있을지, 다른 친구들과 비슷한 수준까지 따라잡고 적응할 수 있을지 걱정이에요.

조언

내담자 분께서 걱정하시는 부분은 크게 학교에서 집단 따돌림, 이른바 왕따 문제로 인한 관계 맺음에 대한 두려움과, 그리고 늦음에 대한 조급함으로 보입니다. 교우관계 뿐만 아니라 학업에도 많이 뒤처졌을 텐데 이러한 공백을 잘 메우고 다른 친구들만큼 공부를 잘할 수 있을지에 대한 걱정이죠. 그리고 이번 상담은 늦음에 대해 조금 더 중점을 맞춰보려고 합니다. 물론 집단 따돌림이나 관계 맺음에 대한 부분도 인생에서 상당히 중요하죠. 그런데 일단 사연 주신 분이 가장 고민하시는 부분은 늦음에 대한 걱정이므로, 그 부분을 다루겠습니다.

먼저 던질 수 있는 화두는 인생의 속도인데요. 내담자 분이 아니더라도 늦었다고 생각하는 분들을 사회에서 만날 일은 많습니다. '대학 입시에 늦었다' '취직에 늦었다' '결혼에 늦었다' '아이를 낳는 시기가 늦다' '남들보다 돈을 모으는 속도가 늦다' 이런 것도 있고, '회사에서 잘나가는 정도가 남들보다 느리다', 이직을 할 때도 '이제는 타이밍이 늦은 것 같다', 새로운 것을 배울 때도 '아, 이제는 좀 늦은 것 아닐까?', 심지어 다이어트를 계획하시는 분들 중에도 '이 나이에 살 빼서 뭐 해. 어디 잘 보일 데도 없는데' 하시는 분들도 봤어요. 혹시 찔리시는 분들 있는 건 아니겠죠(웃음)?

내담자 분께서는 다른 학생들보다 1~2년 정도 남들에게 뒤처진 부분에 대한 고민이 많으신 것 같은데 드리고 싶은 말씀은요, 인생은 마라톤에 많이 비유를 하죠. 마라톤 중계를 보시면 처음에 수많은 선수들이 막 뛰어나가죠. 그중에 빠른 선수도 있고 느린 선수도 있어요. 그런데 처음에 빨리 뛰어간다고 그 선수가 끝에 가서 좋은 성적을 내는 것이 아닙니다. 오히려 처음부터 끝까지 같은 페이스를 유지하고, 흔들리지 않고, 속도가 빨라지거나 느려지지 않는, 이런 선수들이 좋은 결과를 얻죠. 그래서 연습할 때도 페이스 조절하는 연습을 제일 많이 한다고 하잖아요.

내담자 분께서는 학생이신 것 같은데 아직 인생이라는 레이스를 시작한 지 얼마 안 된 것이에요. 우리가 보통 7~80살 정도 산다고 할 때 산술적으로 비유하면 마라톤 42.195km 중 5~10km나 뛴 수준이라고 해야 할까요? 그 단계에서 조금 순위가 뒤처졌다고 느껴질 수는 있죠. 그런데 꼭 좋은 결과를 내야 행복하고 성공한 인생은 아니겠지만, 설사 좋은 결과를 내고 싶다고 하더라도 현재의 순위보다 앞으로 어떻게 꾸준하게 뛸 것인가가 훨씬 더 큰 영향을 미칠 가능성이 높습니다.

조급하신 마음은 충분히 이해가 되지만 인생은 생각보다 굉장히 길고요, 학생 때의 순위는 사회생활을 하면서 정말 많이 뒤집혀요. 중학교 · 고등학교는 말할 것도 없고, 한국은 대학교를 많이 서열화하는데 생각보다 나온 대학의 순위와 인생의 성공이 일치하지 않는 경우가 많습니다. 지금의 차이는 한참 지나신 다음에 돌이켜보면 생각보다 크지 않을 수 있어요.

조금 더 원론으로 가본다면, 인생에 빠르고 느림이 있나요? 있다면 그 기준은 무엇일까요? 남들이 세워놓은 가치? 물론 내담자 분께서 학생이신데, 학교는 보통 몇 살에는 몇 학년을 다니고, 어떠한 과정을 배우고 하는 것들이 조금 일정한 편이기는 하죠. 그런데 그렇다고 하더라도 그것이 꼭 절대적인 기준은 아니에요.

등산이라고 생각을 해볼게요. 내담자 분께서 어떤 날은 새벽에 올라가기 시작해서 내려올 수도 있고, 어느 날은 느지막한 오후에 산에 올라갔다가 석양을 보면서 내려올 수도 있어요. 어느 것은 옳고 어느 것은 그른 것인가요? 그렇지 않을 것 같아요. 물론 새벽에 올라갔다 오시면 하루를 더 길게 쓸 수도 있죠. 그런데 오후에 가신 분은 대신 오전에 다른 일을 했을 수도 있잖아요. 보고 오는 것도 다를 것이고요.

가끔 산에서 축지법 연습하듯이 달리기 하시는 분들이 있어요. 물론 운동 목적으로는 산에서 달리기 하면 더 칼로리 소모가 많을 수는 있죠. 그렇다면 산은 무조건 빨리 오르는 것이 정답일까요? 저는 아니라고 생각해요. 산을 빨리 오르고 내리면 다른 곳에 쓸 수 있는 시간도 상대적으로 많고, 운동효과도 클 수는 있죠.

그렇지만 한편으로는 부상을 당할 위험이 높을 수도 있어요. 산을 천천히 오르면 빨리 오를 때 보지 못했던 꽃, 나무, 시냇물 소리, 다람쥐 이런 다양한 것들을 더 즐기면서 갈 수 있고, 다른 등산객들과 더 교류를 많이 할 수도 있죠. 그러니까 이 부분도 결국 자신의 페이스에 맞게 가면 그게 그냥 정답입니다.

빠르고 느린지를 생각할 때 다른 사람들을 신경 쓸 필요도 별로 없다고 생각해요. 다른 사람들은 나의 빠르고 느림에 관심이 없습니다. 앞선 상담에서 말씀드렸다시피 사람은 본능적으로 자기중심적이기 때문에 다른 사람에게 관심이 많지 않아요.

관심도를 테스트하는 실험 결과가 굉장히 많이 있거든요. 예를 들어 사람 많은 장소에서 이상한 행동을 시켰을 때 다른 사람들이 자신을 얼마나 인지하고 기억할지 관련해서 자신은 정말 많은 사람들이 자기를 기억할 것이라고 생각하는데, 막상 다른 사람들에게 물어보면 인지도가 아주 낮은 경우가 많습니다. 길 지나다니는 사람들은 다른 사람에게 관심이 별로 없어요. 여러 장의 사진을 섞어놓고 가장 마음에 드는 얼굴을 고르라고 하면 대부분 다 자기 얼굴을 합성하거나 변화시킨 사진을 골라요. 그만큼 사람들은 자기 자신에게만 관심이 많아요. 남 때문에 빠르고 느리다를 걱정하실 필요도 전혀 없습니다.

마지막으로는 남들이 공부하는 동안 고민하고 방황하셨을 수 있는데, 그 경험 자체도 내가 앞으로 어떠한 마음가짐으로 사느냐에 따라서는 매우 유익하고 뜻깊을 수 있는 경험이라고 생각해요. 본인 입장에서는 '지금의 경험은 헛된 것인가?' 하고 생각할 수 있어요. 남들은 다 학교 멀쩡하게 다니면서 수업 듣고 학원 다니고 했는데 그 시간 동안 나는 전혀 앞으로 못 나간 것 같아요. 앞으로 나가기는커녕 방황하면서 헛된 시간을 보냈다? '아 큰일이네, 시간 날렸네, 뒤처졌네' 이렇게 생각할 수 있어요.

그런데 다시 여행 이야기를 해보자면, 어떤 두 사람이 멋진 궁전을 보러 가기로 계획을 했다고 해볼게요. 그중 한 사람은 딱 정해진 시간에 차도 오고 아무런 문제도 안 생겨서 궁전 문 열 때 일찍 도착해서 하루 종일 궁전을 마음껏 감상하는 하루를 보냈습니다. 다른 한 사람은 출발하려고 하는데 비도 오고 몸 컨디션도 안 좋은데 친구랑은 엇갈리고 교통수단도 꼬이고 그래서 겨우겨우 도착했는데 궁전이 문을 닫았어요. 그래서 막 그 앞에서 구시렁거리고 있다가 똑같은 처지에 있는 여행자를 만나서 둘이 같이 비 맞으면서 식당 찾아서 밥 먹고 술 마시면서 수다를 떨었다고 해볼게요.

과연 어느 여행이 나중에 사람들에게 여행 에피소드 자랑할 때 더 사람들에게 흥미롭게 들릴까요? 제 생각엔 후자의 경험일 것 같거든요. 물론 여행 당일 밤에는 첫 번째 분은 '아, 오늘 너무 재밌었어, 여행 잘했다' 그럴 것이고, 두 번째 분은 '오늘 운수 지지리도 없네. 완전 하루 망쳤네. 에이. 잠이나 자야지' 하겠지만, 먼 미래에는 어떠한 하루가 더 나에게 도움이 될지 아무도 모릅니다.

제 여행 이야기를 조금 해보면, 책과 지도가 없는 여행을 하는 것이 버킷 리스트 중에 하나였어요. 그런데 혼자 여행을 다닐 때 어떤 영어도 잘 안 통하는 나라에서 시작하자마자 책과 지도를 홀랑 다 잃어버렸어요. 그때는 스마트폰이 없던 시절이었거든요. 그래서 어떻게 할까 고민하다가 그냥 버텨보자고 생각하고 마구잡이로 돌아다녔어요.

그런데 시간이 지나고 보니 그 나라가 오히려 가장 재밌는 이야깃거리를 많이 준 여행지가 되었더라고요. 식당을 찾거나 길을 물어보거나 교통수단을 탈 때 현지 사람들이랑 더듬더듬 소통하고 헤매면서 다녔는데, 생각보다 다닐 만했고 친절하게 도와주는 분들이 너무 많았어요. 식당에서도 현지인들이 그냥 주문해주는 대로 먹었어요. 제가 무엇을 봤고, 무엇을 먹었는지는 잘 몰라요. 단지 제 머릿속에는 사람들이랑 재미있게 어울렸던 추억만 남더라고요. '살면서 무언가가 계획대로 안 되면 그냥 그대로 살면 되는구나'라는 일종의 생존 경험도 좀 더 쌓았습니다.

실제로도 빠르고 좋지만 획일화된 경험을 한 사람과, 고생스럽고 힘들지만 다양하고 남들 안 해본 경험이나 고민을 많이 한 사람 중에 나중에 어느 사람이 더 잘될까 하면 후자인 경우도 굉장히 많아요. 왜냐면 나중에 세상으로 나가면 정말 온갖 상황이 생기고 다양한 사람을 만나는데, 그때 가면 어릴 때 했던 고생이나 고민이 되게 유용한 지혜를 주는 경우도 많거든요. 다른 사람들을 이해할 수 있는 폭도 더 넓을 것이고요.

조금 정리를 해보면, 지금 약간 느리다고 해도 긴 인생에 비추어보면 충분히 만회가 가능합니다. 다만 꾸준하게 성실하게 페이스를 잃지 않고 학업을 성취하시는 것이 좋고요. 보통 1년 반을 쉬었으면 만회하는 데 1년 반이 걸린다고 보면 됩니다. 만약 올해부터 제대로 한다면 내년 말 정도가 되어야 비슷한 궤도에 올라올 수 있을 텐데, 힘든 순간이 오시더라도 오늘의 마음을 잊지 않고 꾸준하고 성실하게 지내시기를 바라겠습니다.

두 번째로 남들보다 조금씩 늦을 수도 있는데, 그렇다고 하더라도 꾸준히 하면 언젠가는 그 목적지에 도달하게 됩니다. 그리고 늦게 도착한 목적지도 내 인생에는 소중하고, 나름의 의미가 분명히 있습니다.

마지막으로 내가 남들 대다수가 간 길로 가지 못하고 다른 경험을 했다면, 지금은 그 경험이 하찮게 느껴지실 수 있겠지만 나중에 보면 그 경험도 소중한 경우가 많습니다. 그 경험들을 원망하고 후회하기보다는 어떻게 활용할지 고민하시는 것이 더 중요합니다.

걱정은 충분히 이해가 됩니다만 절대로 좌절이나 포기를 할 시점은 아니라고 생각이 들어요. 특히 아직 학생이시고요. 아직도 힘든 시간에서 벗어나지 못하셨을 것이기는 한데 그렇지만 그 시간 동안 내가 살아야겠다고 생각한 이유들이 있을 텐데, 힘든 순간마다 그때의 마음을 가지고 고비들을 잘 넘기시기를 바라겠습니다.

인생에서 제일 중요한 것은 자신의 속도와 방향입니다. 언젠가 내담자 분께서 가려는 길에서 제일 앞에 있는 나를 발견할 수 있을 것이고, 내담자 분과 비슷한 경험을 하신 분들께도 좋은 길잡이가 되실 수 있을 겁니다. 힘내세요!

하나 더,
변호사의 조언

학교폭력과 따돌림으로부터 아이들을 보호할 수 있는 최소한의 장치들

어느 순간 학교폭력이나 왕따와 같은 무시무시한 단어들을 우리 일상에서 접하는 것이 더 이상 낯설지 않게 되었습니다. 요즘에는 인터넷 카페, SNS, 메신저 등을 통해서도 따돌림을 하거나 집단적으로 괴롭힘을 하는 이른바 사이버 불링cyber bullying 사례들도 점점 늘고 있습니다. 집단적 따돌림이나 괴롭힘은 어른들도 견디기 힘든 것입니다만, 자아를 성장시켜 나가야 하는 아동 · 청소년기에는 아이들의 자존감이나 정서적 안정을 크게 해쳐 신체적, 정신적 발달에 큰 지장을 줄 뿐만 아니라 학업에도 매우 안 좋은 영향을 미칩니다. 더 극단적으로 사회범죄화 되는 사례들도 점점 늘고 있고요(이 때문에 소년범에 대한 처벌을 강화해야 한다는 목소리가 점점 커지고 있습니다). 또래학습의 장場인 학교에서 이러한 일이 벌어지고 있다는 현실이 매우 안타까울 따름입니다.

개정된 학교폭력예방 및 대책에 관한 법률은 학교폭력 사건이 발생한 경우 교육청 산하 학교폭력대책심의위원회를 통해 가해학생에게는 서면사과, 봉사활동, 출석정지, 전학, 퇴학 등의 조치를 내리고, 피해학생에게는 심리상담, 일시보호, 학급교체 등의 조치를 취할 수 있도록 하고 있습니다. 기존 학교별 학교폭력대책자치위원회를 통한 해결에 한계가 있다고 보고 이를 교육지원청 차원에서 관리하려는 것이지요. 다만 피해학생 및 보호자의 동의가 있는 경미한 사건은 학교 내에서 종결됩니다. 아직 이러한 개정 효과가 어떠한지에 대하여는 알기 어려우나, 종래 사건을 키우고 싶어하지 않으려는 학교 측의 비협조나 증거 수집의 어려움, 가해학생에 대한 온정주의 등으로 피해학생에 대한 충분한 보호가 이루어지지 못하였다는 비판을 벗어날 수 있을지 주목됩니다. 참고로 학교폭력은 학교에 신고하는 것 외에 안전드림(www.safe182.go.kr)이나 국번 없이 117번을 통해서도 신고하실 수 있습니다.

외람되지만 부모님들께 드리고 싶은 말씀도 있습니다(아이를 키우는 아빠로서 저 스스로에게도 하는 말입니다). 사춘기가 되면 부모님보다는 또래집단과의 관계나 소통이 더 중시되므로 부모와 자식 간의 관계가 예전보다 소원해 지는 것을 완전히 막을 수는 없습니다. 그렇다고 하더라도 아이가 아예 말을 하려고 하지 않거나, 방에서 나오지 않거나, 밥을 먹지 않는 등 바깥과의 소통을 단절한다는 생각이 들면 조금 경각심을 가지시는 것을 권합니다. 앞에 말씀드린 세 가지는 따돌림이나 학교 폭력 등으로 고통 받는 아이들이 마지막으로 보내는 주요 시그널들입니다. 어떠한 이야기를 해야 할지 모르겠다고요? 일단 공부 이야기, 대학 진학 이야기만 빼고 생각하세요. 결론을 미리 내리지도 말아주세요. 무엇에 관심이 있고 무엇을 좋아하는지 최소한 한 가지 정도는 알아두시고, 가치판단을 하지 말고 같이 관심을 가져주세요. 그 정도면 최소한의 안전장치는 될 것입니다.

인맥, 관리인가요? 관계인가요?

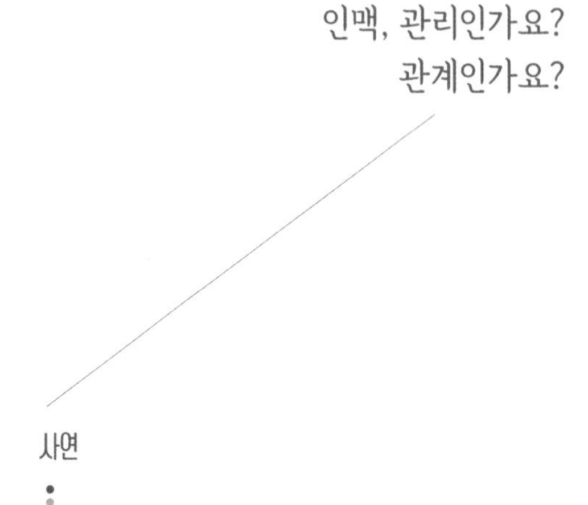

사연

내성적인 사람도 인맥을 만들 수 있는 방법이 궁금합니다. 어렸을 때부터 친구가 조금은 있었지만 인맥이라고 할 정도는 아니었습니다. 고등학교 다닐 때는 동네친구 몇 명 정도랑 친하게 지냈는데 지금은 각자 다른 지방에 있거나 일을 하고 있어서 자주 보기 어렵습니다. 대학교에서는 약간 아웃사이더로 살기도 했고 혼자 지내도 큰 불편함이 없어서 동기나 선배 몇 명 정도만 친하게 지내게 되었습니다. 동아리도 해봤는데 제가 적극적으로 나서는 스타일이 아니어서 그런지 친해지기가 쉽지 않더라고요. 몇 번 나가다 말았고 지금은 거의 연락이 닿는 사람이 없습니다.

대학을 졸업하고 사회인이 되었습니다. 회사에 가면 조금 더 많은 사람들과 친하게 지내게 될 줄 알았는데 다들 일만 하고 집에 가는 분위기입니다. 저희 회사는 회식도 별로 없고요. 해도 부장님 말씀 듣느라 다들 집중도 안 하고 재미도 없습니다. 그렇게 사회생활을 몇 년 하다 보니 쉴 때 놀 친구가 없습니다. 회사 사람들과는 당연히 주말에 만날 일도, 이유도 없고요. 연애를 하거나 다른 사회 활동을 하는 것도 없고요. 학교 때 친구들도 바빠서 그런지 만나자는 연락도 뜸하고 요즘에는 메신저 단체 방에서도 다들 별말이 없습니다.

결혼식, 장례식 등 경조사 연락이 오면 나름 열심히 챙기는데 겉도는 인맥만 많고 실속은 없는 것 같습니다. 말주변도 없고 먼저 말을 거는 성격도 아니어서 가도 매번 이야기하는 사람 몇몇만 이야기하고 조용히 밥 먹고 오는 정도입니다. 그래도 안 가면 나만 따돌려질까 불안하니 안 챙길 수도 없고요. 인맥이 사회생활에 큰 영향을 미친다고 하는데, 점점 친구나 인맥은 줄어가고 있는 것 같고 어떻게 해야 할지는 모르겠고 마음만 불편합니다. 주변에서는 취미 동호회를 알아보라고 하는데, 딱히 취미도 없고 어차피 허울뿐인 관계만 생길 것 같아서 또 망설여지네요. 어떻게 하면 좋을까요?

조언

이번 주제는 인간관계 또는 인맥 관리입니다. 특

히 사회에 나오시게 되면 내담자 분처럼 인맥을 어떻게 맺고 유지해야 하는지에 대하여 어렵다거나 또는 불편하다고 생각하시는 분들이 많죠. 물론 인맥 관리도 정답은 없고 사안마다 굉장히 많은 변수들이 있습니다만, 제 나름의 방법이나 원칙을 한번 공유해보려고 합니다.

일단 원칙을 몇 가지 키워드로 정리를 해보려고 합니다. 첫 번째 키워드는 '진정성'입니다. 무슨 뜻이냐면, '관리'라는 표현을 쓰니까 무슨 일이나 숙제처럼 생각을 하게 되고 부담을 느끼고 결과에 조급해지죠. 인위적으로 의무적으로 해야 하니 자연스럽지도 못하고 불편하고, 결과에 연연하다 보니 잘 안 되는 것 같고요.

이렇게 이해관계를 앞에 놓는 대신 새로운 사람, 다양한 사람들을 만나고 공유함으로써 삶에 대한 이해를 넓힌다든지 삶을 풍요롭게 만든다, 더 나아가서 이 사람이 나를 만나서 만나지 않은 것보다 무엇이 나아졌는가 등 '내가 줄 수 있는 것들이 무엇이 있을까'라는 관점을 가지고 접근하자는 것입니다. 물론 그렇게 하려면 상대방 자체에 관심을 가지고 진정성을 가지고 다가가셔야 합니다. 이 사람은 어떠한 사람이고, 어떠한 상황에 놓여 있고, 무엇에 관심이 있는지를 파악해보는 것이죠.

나랑 이해관계가 정말 크게 얽혀 있는 사람에 대해서도 마찬가지에요. 어느 정도 사회에서 만나면 상대방도 나와 이해관계가 있다는 것을 모르지 않습니다. 다만 이 사람이 나를 어떠한 이유로 만나고 싶어하는지는 다른 문제예요. 이해관계를 너무 노골적으로 드러내고 접근하는 것이 잘 보여서 상대방이 확 부담을 느끼고 어색해지거든요. 차라리 마음의 방향을 바꾸어 도움이나 이해관계보다는 진정성이나 관심 측면에서 관계 맺음을 시도하자는 것이죠. 도움도 오히려 그렇게 관계가 맺어졌을 때 오는 경우가 더 많더라고요.

두 번째 키워드는 '즐거움'입니다. 마찬가지로 부담을 줄여야 한다는 뜻인데요, 의무라고 생각하지 않고 관계 맺음 자체를 즐겨야 합니다. 아무리 내게 도움이 되거나 좋은 것도 즐겁지 않으면 지속적으로 하지 못해요. 우리가 무엇인가를 배울 때도 그런 말을 하잖아요. 사랑에 빠져야 빨리 는다고요.

관계 맺음에서 내가 즐거운 포인트를 만드는 것이 좋습니다. 사람마다 다를 겁니다. 예를 들어 술 드시는 것이 좋아서, 아니면 취미 활동을 하고 싶은데 같이하면 더 즐거우니까, SNS를 열심히 하시는 분들은 온라인 친구들을 많이 만드는 경우도 있고요.

저 같은 경우는 인간 자체에 대한 호기심이 강한 편이고 다양한 사람이 주는 새로운 직간접적 경험, 생각들이 저를 풍요롭게 만들어준다고 생각해서 그러한 부분을 즐기는 편입니다. 저와 완전 다른 새로운 이야기를 듣는 것 자체가 신기하고 재밌으니까요. 그러다 보니 저랑 같은 직종보다는 다른 세계나 영역에 있는 분들이랑 만나는 것이 좀 더 즐겁고, 더 자주 만나게 되더라고요. 본인이 즐거워하는 분야에서 관계 맺음을 시작하면 조금 더 수월합니다.

세 번째 키워드는 '마라톤'입니다. 혹시 마라톤 해보셨나요? 마라톤까지는 아니어도 장기적인 목표에 대하여 구체적인 계획을 세워서 실천해보신 적이 있으신가요? 장기적인 목표를 세웠을 때 금물은 초반에 무리하는 것입니다. 초반에 오버 페이스를 하다가 도저히 감당이 안 되고, 목표에 다다르지 못하였다고 쉽게 좌절하고, '나랑은 잘 맞지 않은 일이야'라고 포기하는 경우가 많죠. 이처럼 인간관계라는 것이 하루아침에 될 수 있는 것은 아닌 것 같아요. 꾸준하게, 천천히, 시행착오를 겪으면서 어떻게 시간이 지나다 보면 나름 내 안에 어떠한 그릇을 갖추게 되는 것이겠죠. 따라서 초반 성과나 숫자에 집착할 필요는 전혀 없고요. 몸이 상할 정도로 무리하게 사람을 만난다거나 모임을 돌리는 것도 금물입니다. 오래 못 해요. 어차피 인생은 마라톤이에요.

대략적인 원칙에 대하여 설명 드렸으니 이제 구체적인 실천 방법론을 말씀드릴까 합니다. 첫 번째는 개인적으로 약속을 잡을 때 원칙은 '약속의 포트폴리오portfolio'를 잘 짜는 것입니다. 저 같은 경우는 한 달 치 정도를 미리 구성을 해요. 이번 달에는 내 여력이 어느 정도 있는지 살펴보고 전체 개수를 대략적으로 잡습니다. 그리고 어릴 적 친구들, 같은 직종, 회사 등 익숙하고 편한 사람을 하나의 그룹으로, 반대로 아직은 서로 알아가고 친해져야 하는 분들을 다른 그룹으로 구분하여 약속 숫자를 조정해요. 가급적 후자 그룹과의 약속 비율을 늘리려고 합니다. 익숙함에서 벗어나 새로운 영감이나 아이디어를 줄 수 있을 테니까요. 물론 살다 보면 가정사, 개인사, 회사 급한 일정 등으로 인해서 변수가 되게 많아지기는 하는데요, 그래도 큰 틀에서는 지키려고 노력을 합니다.

두 번째는 연락입니다. 아웃 오브 사이트, 아웃 오브 마인드Out of sight, out of mind라고 되게 유명한 말이 있잖아요. 한국말로 하면 '눈에서 멀어지면 마음에서도 멀어진다' 정도가 될 것 같은데, 여기서 '눈에서 멀어진다'를 '연락한다'로 바꾸어도 그대로 적용이 되는 것 같아요. 사회생활을 시작하시면 일이나 가정생활이 있어서 다들 바쁘고 자주 보는 건 쉽지 않습니다. 그렇지만 현대 사회는 만나지 않더라도 연락할 수단이 되게 많습니다. 쉽고 시간도 많이 안 들어요.

문제는 어색하지 않게 연락을 하고 나름 이 사람의 마음에 나를 새겨야 하는 것인데, 그렇기 위해서는 연락할 명분을 잘 생각해야죠. 연락거리는 두 사람이 공유하는 기억이 있는 매체면 좋고, 적어도 상대방에게 의미가 있는 것들을 타고 들어간다고 생각하면 될 것 같아요. 예를 들어 어떠한 장소에 대한 기억이 있거나, 아니면 상대방이 근무를 하는 곳이라고 하면 근처를 지나가는데 생각이 나서 연락드린다고 하면 되고, 물건이라면 이 물건을 보는데 교수님 잘 계시는지 궁금하더라…… 이런 식이 될 것이고요. 생일, 기념일, 휴가 등 상대방에게 이벤트가 되는 날짜들을 생각해볼 수도 있죠. 고마웠던 일이 있으면 그에 대한 답례 연락 같은 것을 적절한 방식으로 할 수도 있죠. 이런 것들을 자연스럽게 본인만의 몇 가지 패턴을 만들고 꾸준하게 일주일에 한 명은 기존에 연락 안 하던 분들에게 해보자……라는 식의 루틴을 만들어서 6개월, 1년 이렇게 꾸준히 하시면 꽤 관계가 살아나는 분들이 있습니다.

이 부분에서 많이 받는 질문 중 하나가 연락을 먼저 했을 때 답변이 얼마나 오고, 실제 약속이나 관계 연결로 되는 비율이 얼마나 되냐는 것인데요, 객관적으로 확률이 아주 높지는 않아요. 아예 답이 없거나 뚱한 사람도 분명 있습니다. 간단히 보자면 답장 단계에서 반 날아가고, 약속 잡는 단계에서 또 반 날아가는 수준? 그런데 안 이어지는 분들은 연락을 시도하였든 아니든 어차피 끊어질 인연입니다. 연락 한 번에 들어가는 통신비, 전기세나 시간이 아까워서 연락 못 하는 분들은 없잖아요. 단지 '내가 너무 들이대나? 나대나?' 하는 민망함이나 부끄러움 때문에 주저하게 되는 경향이 큰데요, 그런데 막상 마음을 다르게 먹으면 또 별것 없더라고요. 어차피 그런 분들은 제가 연락한 것 하루도 안 되어서 까먹습니다. 저도 그분들께 연락드린 것 그냥 까먹으면 되죠.

세 번째는 만남의 방법인데요, 다들 나름의 노하우나 원칙이 있으실 텐데 제가 조금 첨언을 한다면, 꼭 한두 가지 방법에 집착할 필요는 없다는 것이죠. 예를 들어 가장 보편적인 것이 저녁 식사를 겸한 술자리일 텐데, 술자리도 일대일을 선호하시는 경우 또는 일대일보다는 여럿이 시끌벅적하게 있는 것을 좋아하시는 분들도 있고, 장소나 주종도 취향에 따라 많이 다르죠.

요즘에는 술자리가 아닌 경우도 늘고 있고요. 좋은 식사를 하고 끝내는 방법도 있고, 티 타임Tea time도 있고, 특히 가족 관계에 기반한 자리라면 부부동반 모임이나 짧은 여행도 있고 되게 다양하죠. 골프나 독서, 등산 등도 시간, 건강, 가족 관계 등을 지나치게 해치지 않는 선에서는 좋고요. 특정한 방법에 집착할 필요 없이 조금 오픈마인드로 내 상황이나 다른 사람의 상황에 맞게만 하면 될 것 같아요. 어차피 중요한 것은 관계의 맺고 유지할 수 있도록 대화를 하고 친밀감을 형성할 수 있는가이지, 어떠한 형식을 가지고 만나는가가 꼭 중요한 것은 아닐 것이라고 생각합니다.

원칙과 방법을 큰 틀에서 말씀드렸는데, 마무리로 두 가지 정도만 말씀드리면, 우선 인맥은 금맥보다 귀하다는 것입니다. 이것은 제가 만든 말은 아니고 예전에 집안 어른께서 해주신 말씀인데요, 제가 머릿속에 있던 생각을 이렇게 잘 압축적으로 정리하는 문장은 없었던 것 같습니다. 사람이 주는 풍요나 즐거움은 금 이상이라고 생각을 하고요.

그리고 인간관계는 거미줄 치는 것과 비슷하다고 생각합니다. 무슨 뜻이냐 하면 거미줄은 하나, 두 개 쳤을 때는 의미가 없어요. 그때는 집 형태도 아니고 원하는 것이 전혀 걸리지도 않아요. 그런데 아무 생각 없이 계속 치다 보면 어느새 그럴듯한 모양과 구조를 갖추게 되고 그때가 되면 생각하지도 않았던 일도 벌어지고 하나하나의 시너지도 막 발생합니다. 이렇게 되면 긍정적인 학습 효과가 생겨서 더 열심히 하게 돼요. 선순환이 벌어지는 것이죠. 그러니까 너무 짧게 잘라서 하나하나 유리 · 불리를 생각한다기보다는 나만의 집을 짓는다는 생각으로 장기적으로 꾸준하게 접근을 하시는 것이 어떨까 싶습니다.

하나 더,
변호사의 조언

인맥 활용의 합법적인 테두리는 어디까지인가?

사람들이 인맥을 쌓기 위한 이유는 무엇일까요? 제가 앞에서 진정성, 즐거움 이런 부분을 말씀드리기는 했지만 사람들의 머릿속에 이해관계라는 단어가 빠질 수는 없어 보입니다. 가족이어도 나에게 피해만 끼치면 같이 있기가 힘든데, 사회에서 알게 된 사람을 내게 전혀 도움이 안 되는데 유지한다는 것은 쉽지 않지요.

그런데 인맥을 통해 도움을 받는다는 것은 어디까지 인정될 수 있는 것일까요? 예를 들어 사적私的 영역에서 사람이나 영업의 기회를 소개 받는 정도는 큰 문제는 아닐 것입니다. 실질적이거나 절차적인 편의를 봐주었다면 어느 정도의 이익을 어떠한 관계와 상황에서 어떠한 대가로 주었는지에 따라 달라질 수는 있으나, 공적 영역보다는 개인의 재량이 넓을 것 같습니다.

이러한 인맥의 활용이 공적 영역으로 들어오면 조금 더 복잡해집니다. 소위 말하는 로비스트의 문제인데요, 한국은 로비스트라는 개념을 법적으로 정의하고 규제하는 시스템이 아닙니다. 그렇지만 한국에 로비스트가 과연 없는가라고 하면 또 장담은 하기 힘들죠. 주기적으로 정부나 국회의 고위공직자들을 상대로 한 음성적 로비가 문제가 되기도 하고요. 기업이나 대관 전문 부서를 만들고 전문가들을 채용하는 것 역시 국가기관과의 의사교환을 원활하게 하기 위한 측면이 분명 존재합니다. 언론에서 로비스트가 그다지 호의적으로 다루어지지 않았기 때문인지 아니면 공정성에 대한 높은 기대 때문인지 대관이나 로비스트에 대하여 그렇게 우호적인 분위기는 아닙니다만, 로비스트가 꼭 문제라고 생각하지는 않습니다. 국가기관이라고 해서 모든 것을 다 알고 있는 것은 아니므로, 그들에게 판단에 도움이 될 만한 정보를 제공해주고 상호 이익이 될 수 있는 결론을 이끌어나가는 것을 꼭 잘못되었다고 보기는 어려운 부분도 있습니다.

다만 한국은 명확하게 행위 측면에서 불법적인 청탁을 금지하고 있습니다. 판례는 공무원이 그 직무의 대상이 되는 사람으로부터 금품이나 이익을 받은 때에는 사교적 의례 형식을 빌려 금품을 주고받았다 하더라도 뇌물로 보고 있습니다. 또 이른바 김영란법으로 더 유명한, 부정청탁 및 금품 등 수수의 금지에 관한 법률(줄여서 '청탁금지법')이 있습니다. 청탁금지법은 공직자에 대한 부정청탁뿐만 아니라 청탁과 관계없이 일정한 금액 이상의 금품을 주고받는 행위도 금지합니다. 즉, 부정 청탁이 있는 경우에는 금품 수수에 관계없이 처벌하고, 설사 청탁이 확인되지 않더라도 일정한 금액 이상의 금품이 오간 경우 처벌하죠. 이는 금품 수수와 청탁 사이의 대가성 입증이 어려운 경우도 규제가 필요하다고 보았기 때문입니다.

김영란법은 허용과 금지되는 조항이 복잡해서 실무상 적용이 어렵다는 비판도 있습니다만, 그래도 나름 국내 대관 업무를 일정한 규제의 틀 안으로 끌고 들어왔다는 좋은 평가가 조금 더 대체적인 것 같습니다. 어쨌든 인맥의 적절한 활용은 좋지만, 내가 선을 넘는 것은 아닌지에 대한 불안감이 있다면 이러한 법령을 필수적으로 확인해보시기를 권고 드립니다.

이 일이 내게 맞는 걸까요?

첫 번째 사연

구직활동을 어떻게 해야 할지 몰라서 연락드립니다. 대학교 때 서빙이랑 판매 아르바이트를 해보았는데 매일 새로운 사람을 만나서 일하는 것에서 많이 긴장과 불안을 느꼈습니다. 그래서 사람들 대하는 것보다는 앉아서 일하는 것이 좋겠다고 공기업 시험 준비를 시작했습니다. 아무래도 안정적이고 주변에서 대우도 받고 소속감도 느낄 수 있을 것 같다는 생각도 들었고요. 주변에서 많은 사람들이 준비하다 보니 영향을 받은 부분도 없지 않은 것 같습니다.

그런데 공기업에 가고 싶은 의욕만 있지, 어떻게 실행해야 할지를 잘 모르겠습니다. 필기시험 준비를 해도 머리에 별로 남는 것이 없고, 자기소개서나 면접 준비도 잘 안 됩니다. 계획도 잘 못 세우는 편이고 이러한 많은 정보들을 어떻게 제 상황에 적용할 수 있을지도 잘 모르는 것 같아요. 마음은 조급한데 진도는 잘 안 나가는 상황이 반복되다 보니 자신감이 많이 떨어졌네요.

몇 차례 시험에 떨어지다 보니 이제는 멍하니 손을 놓고 있습니다. 공기업 준비를 계속 해야 하는지, 아니면 다른 직역으로 가야 하는지도 모르겠어요. 구직 활동이 길어지다 보니 사람도 잘 안 만나고 취미도 없습니다. 그렇다고 무엇인가를 막 열심히 준비하지도 않은 채로 나이만 계속 먹어가네요. 스스로 점점 자신감만 떨어지고 내가 사회에 무슨 가치가 있는 것일까 하는 생각까지도 들기는 합니다. 어서 취업에 성공해서 돈도 벌고 가족들에게도 잘 하고 독립적으로 살고 싶은데 어떻게 해야 할까요? 상황을 어떻게든 바꾸고 싶습니다.

두 번째 사연

이것저것 꿈을 향해 달려가다 보니 30대를 넘었습니다. 제게는 두 가지 꿈이 있습니다. 첫 번째는 만화 그림 작가가 되는 것이고 두 번째는 결혼을 해서 가정을 꾸리는 꿈입니다. 첫 번째 꿈을 향해 걸어왔지만 잘되지 않았습니다. 그림 공부를 시작했으나 그림 하시는 분들 대부분이 원하는 꿈을 위해 미래를 포기하고 지금 하는 일에만 매진하고 계셨습니다. 그렇게 살 자신이 없었습니다. 결혼해서 가정을 이루고 싶다는 미래에 대한 불안감이 컸습니다.

그림을 포기하고 돈을 벌기로 선택하니 또 막막하더라고요. 누군가 건설업은 퇴직도 없고 기술을 배워 경력도 쌓이면 돈도 많이 벌 수 있다고 하면서 건설 쪽을 추천했습니다. 그래서 건설 쪽 일을 시작하게 되었습니다. 그런데 현실을 좇아 일을 시작해보니 막막한 것은 마찬가지였습니다. 사장님이나 사수를 잘못 만나기도 하고, 월급도 생각보다는 훨씬 적습니다. 건설 쪽도 자기가 개업을 하지 않으면 큰돈을 벌기는 어려운 것 같습니다.

일단 놀 수 없어 일은 하고 있는데요, 어떻게 해야 될지 고민입니다. 원하는 공부를 다시 해도 이 정도 돈은 벌 수 있을 것 같은데 그냥 원하는 공부를 다시 해야 할지…… 아니면 좀 더 돈이 잘 되는 분야를 찾아야 할지. 고민이 계속되어서 머리가 아프고 답답하네요.

조언

정말 안정된 직장을 가지기 어려운 세상이 온 것 같습니다. 취업난, 인턴, 비정규직이라는 말을 듣기가 어렵지 않고, 공무원 시험은 역대급 경쟁률을 기록하고 있고요. 사연들이 자기 일 같아서 공감하시는 분들도 꽤 계시리라고 생각합니다. 두 번째 내담자 분처럼 현재 하시는 일에 만족하지 못하는 경우도 많죠. 취업이나 진로 결정 등 직장 관련 상담은 제가 고민 상담을 진행하면서 가장 많이 들어온 주제이기도 합니다.

꿈을 향해 달려나가다가 막다른 길에 몰렸다고 느껴서 많이 답답하신 상황인 것 같네요. 그 기분은 저도 충분히 이해합니다. 다만 두 분 다 많아도 30대 초반 정도이실 것 같은데 아직 무엇인가를 바꿀 수 없을 정도로 많은 나이는 전혀 아닙니다. 지금부터 준비해서도 충분히 결과를 낼 수 있습니다. 전체적으로 조금 다운되어 있는 느낌을 받았는데 그러실 필요는 없습니다. 인생에 늦은 시기라는 것은 전혀 없어요.

우선 첫 번째 내담자 분께서는 공기업에 가시고 싶은 마음은 있는데 어떻게 준비해야 할지 잘 모르시겠고 성취도 안 나면서 우울해지신 상황으로 보입니다. 일단 목표 설정부터 생각해볼게요. 내담자 분께서 정말 공기업에 가시고 싶은 걸까? 라는 생각을 해봤어요. 약간 친구 따라 강남 간다고 주변에서 많은 분들이 준비하시고, 사람 만나는 것은 싫다 보니 일단 시험 준비를 해보자고 하신 것이 아닌가 싶거든요.

왜냐면 정말 뭔가를 죽어도 달성해야겠다고 하는 마음이 있다면 조금 더 방법을 찾아가게 되거든요. 준비해보셔서 아시겠지만 경쟁률이 굉장히 세잖아요. 그 사람들을 이겨야 하는

데, 지금처럼 계획도 잘 안 세워지고 준비가 잘 안 되는 상황에서는 좋은 결과를 얻기가 어렵죠. 결국 무엇인가를 바꿔봐야 하는데, 방법뿐만 아니라 애초에 내가 진짜 이것 아니면 죽어도 좋을 정도로 공기업을 원하는지 생각해보세요. 되시면 당연히 좋지만 다른 일 한다고 실패한 인생 아니거든요. 공기업에 들어가신다고 인생이 100% 무조건 쭉 활짝 펴거나 행복해지는 것은 아닙니다. 가면 또 그 안에서 경쟁이 있고 갈등이 있죠. 따라서 마음에서부터 목표가 맞는지 다시 한 번 생각해보세요.

그럼에도 불구하고 이것을 해야겠다고 하시면(물론 내담자분의 자유입니다) 목표를 달성하기 위해서 정확히 무엇을 해야 하는지 생각해야 합니다. 우선 동기부여가 중요합니다. 왜냐하면 시험에 대한 정보나 준비할 수 있는 방법은 주변에 많은데, 동기부여가 안 되면 몸이 안 움직여지거든요. 내가 노력을 해야 하는 목적, 꿈, 이유 등을 한번 생각해보면 좋겠어요. 달성했을 때 미래의 내 모습은 무엇일까요? 회사에서 수트를 입고 멋있게 일하는 자신감 있는 나의 모습? 경제적 안정과 화목한 가정? 주변 사람들의 인정? 어느 것이 되어도 좋은데, 본인이 되고 싶은 모습을 상상해보고 힘들 때마다 그러한 모습을 떠올리면서 넘어가야 합니다.

목표도 맞고 동기도 찾았다. 그렇다면 그다음은 계획과 습관을 잡고 규칙적이고 꾸준하게 하시는 것이 중요합니다. 공부 계획은 스스로 세우실 수 있으면 좋은데, 안 되면 합격수기나 학원에서 알려주는 방법 중에서 몇 개를 비교해보고 마음에 드는 것으로 하세요. 어떠한 방법이든 '꾸준하게' 하면 되는 것이지, 학원이나 합격하신 분께서 알려주시는 방법들 중에 어떠한 방법이 절대적으로 더 낫거나 못한 경우는 별로 없습니다. 내비게이션 프로그램이 여러 개 있지만, 시중에서 많이 쓰는 것들 대충 비슷한 결과를 가져오잖아요? 내가 길을 잃지 않고 '규칙적으로' 살기 위한 수단이므로, 계획이나 방법론 자체를 비교하는 데 너무 많은 시간을 들이실 필요는 없습니다.

하나의 계획이 정해졌다면 습관을 만들어서 꾸준히 하시는 것이 매우 중요합니다. 성공하신 분들 중에도 사소한 습관을 강조하는 사람들이 많아요. 일본 야구선수 중에 이치로라는 선수가 있어요. 야구 좋아하시는 분들은 잘 아시죠. 물론 호불호는 상당히 많이 갈립니다만(웃음). 어쨌든 일본과 미국 모두에서 엄청난 성취를 거둔 선수인데, 선수로 뛰는 기간 동안 먹는 음식, 출근하는 시간 이러한 것들을 완전히 맞춰놓고 딱 그대로 살았다고 하죠? 일종의 루틴인데요, 습관이 잡히면 몸이 알아서 하거든요. 아주 중요해요.

습관이 잘 잡히시지 않았다면 사소한 것부터 잡으시는 것이 좋아요. 처음부터 거창한 목표를 세우면 몸이 받아들이지 못하니 차근차근 하신다는 마음으로 일어나는 시간, 밥 먹는 시간, 운동하는 시간, 공부하는 시간들을 정해보면서 슬슬 공부의 페이스를 올리세요. 처음에는 정말 낮은 목표를 세우고, 1~2주일단위로 올리고, 스스로 안 되는 부분에 피드백feedback을 주면서 바꾸면 몇 달 안에 자기 관리의 요령이 생길 것이에요.

그렇게 계획을 세우고 습관을 만들어서 꾸준하게 한번 해보시고, 힘든 순간에는 마음속에 있는 동기부여를 통해 이겨내시고, 한 번만 더 해보세요. 그런데도 정말 안 된다면, 그때는 꼭 이 길이라고 생각하실 필요는 없을 것 같습니다.

하나 더 붙이면 무엇보다 필요한 것은 '자신감'입니다. 지금 실패 때문에 자존감이 낮아진 상황인데요. 취업이 안 되어서 자신감이 떨어질 수 있다는 것은 충분히 이해합니다. 저도 살면서 부침이 있는 시기는 너무 힘들더라고요. 하지만 아직 대학 졸업하신 정도면 인생의 성공과 실패를 논하시기는 조금 이릅니다. 인생은 꽤나 길고 길도 다양해서, 지금 남보다 빠르고 느리고는 생각보다 중요하지 않아요. 조만간 더 큰 성공이 올 수도 있습니다.

실제로 성공하신 분들 수기를 읽어보면 20대 중반에 쫄딱 망하거나 엄청 고생 많이 하신 분들 많습니다. 결국 이것을 어떻게 극복하느냐의 차이예요. 매일 나가시기 전에 나는 소중하고, 내가 잘할 수 있는 일은 세상 어딘가에는 반드시 있으니 힘든 하루 속에서도 부지런히, 재밌게 살자고 반복해보시면 생각이 꽤 달라지는 것을 느끼실 수 있을 겁니다. 암튼 구직에서 좋은 결과가 있기를 바라겠습니다.

두 번째 사연은 처음 상담을 진행했을 때는 꿈에 대한 미련일까 싶었는데, 말씀 나누다 보니 조금 더 금전적인 안정감을 추구할 수 있는 방법을 찾고 싶으신 것 같았어요. 그런데 건축이 아니라 어느 분야를 가더라도 더 쉽게 더 돈을 많이 벌면서 망할 위험도 적은 직업이 과연 있을까 싶습니다. 제 생각에는 어느 분야든 남이 간 길을 따라가고, 다른 사람 밑에서 돈을 번다는 것은, 그만큼 덜 위험한 대신 더 적게 버는 것이 아닌가 싶어요.

달리 말하면 저는 아직 인생에서 꿈과 안정과 많은 돈, 이 세 가지를 모두 추구할 수 있는 길은 못 봤습니다. 설사 있더라도 이런 길이 세상에 있다는 것이 알려지면 모든 사람이 다 뛰어들어요. 그러면 공급이 늘어나니까 수익이 N분의 1이 되죠. 실제로 어느 동네에서 커피숍이 잘된다, 치킨집이 잘된다 소문나면 그 옆에 바로 쭉 차리잖아요. 제가 건설업에 대해서 잘 모르고, 그중에도 어떠한 일을 하시는지 등의 정보가 없어서 구체적인 의견을 드리기는 어렵습니다만, 직군이나 사장님, 사수로 인한 위험은 어디나 비슷하고 큰 차이는 아닐 것 같아요.

말씀하신 대로 수익을 확 올리시고 싶다면 건설업 안에서 개업을 하시는 것도 방법이죠. 물론 개업의 위험부담이야 당연히 잘 알고 계실 것이지만, 많은 수익을 위해서라면 위험을 감수할 수밖에는 없는 것 같아요.

다른 분야를 지금 새로 개척하신다는 것도 무엇인가 정보가 있고, 네트워크가 되어 있고, 내 의지가 엄청 강하다면 몰라도, '이 분야에 들어와 봤는데 돈이 생각만큼 안 벌리니 다른 분야나 한번 알아볼까?' 정도면 힘들어요. 염두에 두시는 분야 역시 이미 진입자들이 많고 치열한 경쟁이 벌어지고 있을 확률이 높습니다. 완전히 새로운 사업이라면 몰라도요.

물론 그럼에도 불구하고 다른 분야로 꼭 가고 싶다고 생각이 드시면 몇 가지는 염두에 두세요. 일단 최대한 현재 회사를 그만두시기 전에 새로 하시고 싶은 것과 그 일에 도전하기 위해서는 어떠한 자격이나 경험이 추가로 필요한지도 알아보세요. 예를 들어 앱 개발을 하고 싶다고 하면 내가 어떠한 내용의 앱을 잘 알고 자신이 있는지, 다른 앱과의 차별성과 타깃 고객은 누구인지, 시장성은 있는지, 필요한 기술이나 자본은 어느 정도인지 등을 최대한 리서치하고 그 업계에 가 있는 분들도 만나서 이야기도 들어봅니다. 그다음에 회사 다니면서 여력이 되는 부분까지는 진행을 해보는 것이에요. 아주 간단한 파일럿형 앱이나 플래시를 만들어서 뿌려보기도 하고요. 그러면서 정말 많이 배우거든요.

이 부분을 회사에 있을 때 해야 한다고 말씀드리는 것은, 무작정 때려치웠는데 나와서 보니 새로운 분야가 생각보다 덜 매력적이거나 가능성이 너무 낮은 상황일 수도 있어요. 그런데 이미 전 직장으로는 돌아갈 수 없다면 엄청 난감하죠. 특히 요즘같이 취업이 불안정한 상황에서 잘 다니고 있는 직장을 단순히 새로운 분야에 관심이 있다는 이유로 그만두는 것은 말리고 싶어요. 그것보다는 훨씬 더 구체화된 강한 열망이 있어야 새로운 분야에서도 버팁니다.

마지막으로 계속 그림을 하시면서도 그 정도를 벌 수 있다고 생각하시면 그 길도 나쁘진 않죠. 다만 하고 싶으신 길을 선택한다면 수익이 내가 예상한 수준에 못 미치더라도 버틸 정도로 좋아할 것인지는 한번 생각해보시면 좋겠네요. 앞에 나가신 선배님들을 만나서 말씀을 들어보는 것은 항상 강력 추천드리고요.

진로를 찾는 과정에서 두 분 모두 약간의 조급함이나 우울함이 느껴지는데, 제가 아주 조금 더 경험한 사람으로서 말씀드리면, 너무 조급해하지 마시고 지나간 시간의 시행착오를 후회하지 마세요. 지나간 시간은 후회해도 돌아오지 않습니다. 지나간 시간이 줄 수 있는 가장 큰 의미는 '앞으로는 어떻게 살아야겠다'는 미래에 대한 가르침입니다. 지금부터 진짜 원하는 목표를 잘 정하시고, 꾸준히 차근차근 하시면 충분히 '내가 원하는 삶을 살고 있구나'라고 느끼실 수 있는 날이 언젠가 올 것입니다. 인생에서 중요한 것은 속도보다는 방향이니까요.

하나 더,
변호사의 조언

경쟁업체
이직제한 약정의 효력

많은 직장인들에게 가장 중요한 고민 중 하나는 언제, 어떻게, 어디로 퇴사할지입니다. 회사 측에서는 희망퇴직, 정리해고, 구조조정 등의 방법으로 회사의 인력을 효율적으로 운용하고 싶어하고, 개인 역시 급여나 직급, 업무 측면에서 더 만족스러운 제안이 있을 경우 상당히 높은 확률로 이직을 합니다. 이제 가족 같은 회사라는 말은 옛말이 되었고, 회사는 회사고 나는 나인데 단지 회사에서 근무하는 기간 동안만 근로계약으로 묶인 것이라고 생각하는 사람들이 더 많죠. 회사를 위해서 나를 과도하게 희생하지 않겠다는 생각들을 하고 있고요. 실제로 한 직장에서의 평균 근속 연수는 점점 짧아지고 있습니다.

그렇지만 회사 입장에서는 인력을 효율적으로 운용하고 싶어하는 한편, 유능한 인력이 경쟁회사에 스카우트되는 것은 막고 싶어합니다. 특히 그러한 인력이 회사의 중요 기술이나 영업비밀을 다루고 있다면 더 그럴 것이고요. 이를 방지하기 위한 대표적인 수단 중 하나가 전직금지 약정, 즉 퇴사 후 일정한 기간 동안 경쟁사로 이직하지 않겠다는 것입니다. 대부분의 근로자가 근로계약서를 서명할 때 개인정보동의서, 보안서약서(비밀유지 각서) 등과 함께 잘 읽어보지 않고 서명하는 것이 전직금지약정입니다.

문제는 회사를 퇴사한 경우에 발생합니다. 잘 다니고 있는 동안은 문제가 없는데, 퇴사 후 얼마지 않아 경쟁사로 이직할 경우에는 이 약정에 따라 전직을 금지하는 가처분이 내려지거나, 손해배상을 당할 수 있습니다. 안타깝게도 근로자들 상당수가 내용을 잘 모르고 있는 경우가 많습니다.

전직금지약정의 경우 약정 기간, 약정의 대가, 근로자가 수행한 업무, 전직금지에 대한 대가성지급 여부 등 여러 사실관계에 따라 유 · 무효 판단이 달라집니다만, 본질적으로는 근로자가 누릴 수 있는 헌법상 직업의 자유와 회사가 지켜야 하는 보호가치 있는 영업비밀 사이의 이익형량이라고 보시면 됩니다. 혹시 지금 이직을 고려하시는 분께서는 자기가 과거에 전직금지약정에 서명한 것은 아닌지, 앞으로 옮기시려는 직장이 전직금지약정에서 금지하고 있는 업무에 해당할 가능성은 없는지를 한번 점검해보시기 바랍니다.

회사에서 찍혔어요

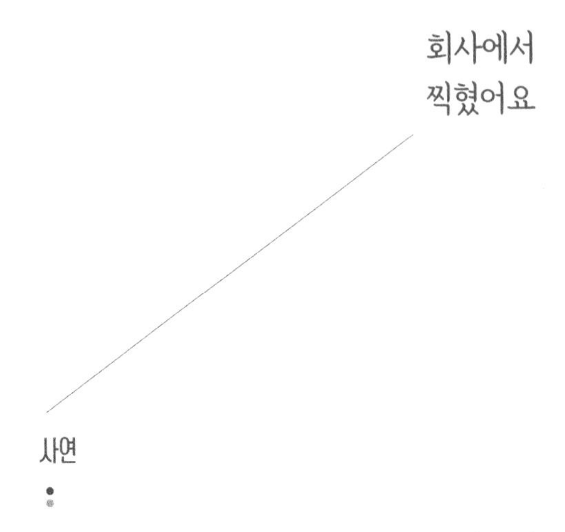

사연

안녕하세요. 저는 평범한 직장인입니다. 지금 회사와 인연을 맺은 후 열정과 노력으로 열심히 근무했습니다. 덕분에 많은 경험을 쌓았고, 좋은 인간관계도 맺었습니다. 고과도 잘 받았고, 승진도 느리지 않았고요. 시기하는 사람들이 없지는 않지만, 무엇보다 제가 열심히 하면 그런 사람들도 저를 인정해줄 것이라 믿었습니다. 매일매일 행복한 것은 아니지만 그래도 큰 불만은 없이 잘살고 있었습니다.

그러다 얼마 전에 다른 계열사에서 새로 오신 분께서 저희 부서 임원이 되셨습니다. 모시던 상사가 바뀐 것이 처음이 아니므로 크게 신경 쓰지는 않았습니다. 처음에는 그 임원분께서 잘해주셨고 소통이 잘 된다고 생각했습니다. 같이 큰

건을 처리하면서 많이 배우기도 하였습니다. 그런데 몇 달 전 정도부터 많은 것이 변하기 시작하였습니다.

발단이 무엇인지는 잘 기억나지 않습니다. 제가 그분이 지적을 할 때 순종적으로 대응하지 않고 제 의견을 말한 적이 있기는 합니다. 다른 동료 직원을 꾸짖을 때 동료 직원을 감싼 적도 있습니다. 두 가지 모두 다 개인적인 감정은 아니고, 순수하게 회사를 위해서, 그리고 그 임원 분께도 도움이 된다고 생각해서였습니다. 그러나 그분은 다르게 판단하신 것 같습니다. 이러한 일이 있고 나서 그 임원 분은 주요 업무에서 저를 배제시키는 것은 물론, 제 과거 업무들을 보면서 회사 규정을 위반한 것이 있는지 찾아내기 시작하였습니다. 병원에 다녀오거나 급한 용무가 있어서 자리를 몇 분만 비워도 호통을 쳤습니다. 무엇보다 다른 임원, 직원들에 대하여 공개적으로 저에 대하여 나쁜 말들을 하기 시작하였습니다.

제가 오랫동안 쌓아두었던 회사 내에서의 평판, 실적, 인간관계 모든 것이 무너지기 시작하였습니다. 그 임원 분이 무서워서인지 동료 직원들이 예전처럼 제게 잘 다가오지 않는 것도 많이 서운하고 마음이 아픕니다. 주변에서는 여태까지 좋은 상사만 만난 것이고 이런 분들도 사회에는 많으니 네가 참고 적응하라고 하는 사람도 있습니다. 돈 때문에만 일하는 것은 아니지만, 그렇다고 회사를 쉽게 그만둘 수는 없는 노릇입니다. 어떻게 하면 좋을까요?

조언

회사 내 인관관계로 인해 곤란한 처지에 놓이신 분의 사연인데요. 꼭 유의하셔야 할 사항은 회사처럼 '일'을 하기 위해서 모인 집단이라도 그 일은 '사람과' 한다는 것입니다. 물론 컴퓨터나 다른 첨단 기기의 도움을 엄청 받죠. 그러나 앞으로 AI시대가 오면 어떻게 될지 모르겠으나, 지금까지는 일을 만들고, 기획하고, 협업하고, 결정하고 이런 주요 의사결정이나 판단은 '사람'이 합니다. 완전히 개인사업을 하지 않는 한, 일에서 사람이 차지하는 비중은 결코 적지 않아요. 오히려 일 자체보다 사람이 훨씬 힘듭니다.

군대 다녀오신 분들은 알 거예요. 임지나 자대를 어디에 배치받는지가 군대생활에 엄청난 영향을 끼치죠. 보통 좋은 곳은 대체로 부대시설이 좋고, 업무 강도가 높지 않고, 휴가나 외박 외출도 자유롭고, 나왔을 때 놀기 좋은 곳이 가깝다거나 하는 요소들이 있고요. 반대는 시설이 진짜 열악하고 훈련도 힘들고 군기도 엄하고 위치도 최전방이나 완전 산골, 아니면 외딴 섬 뭐 이런 곳들을 말해요. 보통 후자를 '격오지'라고 합니다.

그런데 이런 지리적 요소 말고도 '인적 격오지'라는 표현도 있어요. 뭐냐면, 임지가 위치상으로는 나쁘지 않아요. 일도 많지 않고 다른 외부적 조건이 괜찮은데, 같은 부대에서 모셔야 하는 선임이나 부사관, 장교, 참모장, 사단장 등 이런 윗분들이 너무 힘든 분들인 경우예요.

한국말로 말씀하시지만 소통 장애가 있는 분들도 있고, 너무 군기를 너무 강하게 잡거나, 아니면 위에 잘 보이려고 위에는 엄청 아부하고 잘하면서 밑에다가 그 스트레스를 다 푸시는 분들도 있고요. 아니면 내로남불이라고 하나요? 자기는 온갖 편법에 꼼수 다 쓰시면서 아래에는 엄청 엄하게 구는 사람들도 있죠. 심지어 하급자에게 돈 꿔달라고 하거나 자기 친인척 사업 도와달라는 경우까지도 있어요. 물론 몸으로 괴롭히는 아주 나쁜 사례들도 있습니다. 다양하죠. 이러면 아무리 다른 조건이 좋아도 군대생활이 진짜 고달파집니다. 일이고 뭐고 그 사람 보기가 너무 싫어요.

그런데 이게 군대만의 일은 아니고 집단마다 비슷해요. 관에서도 '꼰대' '벙커' 이런 표현을 쓰는 경우가 있죠. 저도 변호사생활을 하면서 여러 고객, 여러 집단과 일을 해봤는데, 일 자체의 난이도보다 어느 분과 일을 하느냐가 힘든 정도를 결정하는 경우가 많아요. 회사에서 보통 그렇게 이야기하죠. 직장 상사가 바뀌면 내가 아예 새로운 회사에 들어가서 일하는 것과 비슷한 정도의 변화가 있고 적응이 필요하다고. 저는 이 말에 완전 동의합니다. 어떤 상사가 오시느냐에 따라서 삶이 완전히 달라지는 경우가 많습니다.

심지어 이 분들은 잘 변하지도 않습니다. 사실 바뀔 이유가 없어요. 직급에 따른 차이죠. 임원이 직원에게 주는 영향력과 직원이 임원에게 주는 영향력의 차이가 커요. 윗분들일수록 맞지 않는 직원이 있다고 자기 스스로를 바꿀 필요성을 느끼기 쉽지 않습니다. 상담자 분의 임원께서도 비슷하신 것 같고요. 뿐만 아니라 사람은 보편적으로 어느 정도 나이를 먹고 행동이나 습관, 성격이 자리 잡히면 잘 바뀌지 않습니다. 그것이 가장 익숙하고 편하니까요.

어쨌든 내담자 분의 상사께서는 여러 이유로 인하여 궁극적으로 내담자 분을 '자기 사람이 아니다'라고 판단을 하게 된 것 같아요. 회사에서 계속 올라가셔야 하는데 라인에 두고 싶지 않은 분이 된 겁니다. 그렇다면 복직을 했을 때, 그분이 그간에 태세전환을 해서 상담자 분을 인간적으로 존중해주실 것 같지는 않아요. 공개적으로 자기 부서 직원에 대하여 안 좋은 이야기를 하는, 이런 부분은 어느 정도 선을 넘은 느낌이거든요. 그 임원 분께서 계속 계시는 한 인사 고과 같은 것도 좋게 받기 어려울 것 같습니다.

그 상황에서 선택을 하셔야 합니다. 나를 바꿀 수 있느냐? 내담자 분도 아주 어리시지만은 않은 것 같으니 나를 바꾸는 것이 쉽지 않겠지만, 그래도 나는 남보다는 바꾸기 쉽습니다. 적어도 내 의지로 할 수 있는 부분이기는 하잖아요. 물론 임원 분에 대한 속내까지는 잘 안 바뀌실 수도 있습니다만 겉이라도 바꿔야죠. 물론 내가 왜 이런 사람 비위를 맞춰서 바꿔야 하냐고 울컥하실 때가 있겠지만 저를 포함한 많은 생계형 직장인들의 비애라고 생각하시고 영혼은 잠시 집에 두고 정신승리 하셔야죠. 그분이 말도 안 되는 말씀 하시면 속으로 좋아하는 노래라도 부르고 계세요.

이 방법을 선택하신다면 적당히 바꾸는 것이 아니라 '확' 바꿔야 합니다. 내가 마지못해 임원님 말씀을 듣는 것이 아니라 '생각해보니 임원님 킹왕짱. 임원님 말씀이 다 맞았어요. 제가 어리석었고 앞으로 잘 모시겠습니다' 거의 세뇌 수준으로 나와야 해요. 그분께 완전히 내가 바뀌었다는 인식을 심어주셔야 해요. 임원까지 가신 분이셔서 사람을 많이 접해보셨기에 간파될 수도 있고요. 그렇게 해도 임원 분 라인에 남은 자리가 없으면 그쪽으로 들어가기는 어려울 수도 있어요. 어쨌든 그 분과 같이 가려면 이 정도 마음을 먹으셔야 해요.

위에서 말씀드린 길을 못 가겠다면 피하는 것도 방법입니다. 제가 내담자 분의 정확한 상황을 알지는 못합니다만 내부에서 다른 부서, 다른 사업장으로 전직 신청을 하는 방법도 있고요, 아니면 이직도 생각해보셔야 할 것입니다. 오랫동안 정든 직장이라고 하신 것 같습니다만 직장은 엄밀히 말하면 계약관계입니다. 그 계약이 종료되면 추억이나 기억만 있지 관계는 거의 '남'이나 다름이 없는 수준이 되고요. 이제는 경험하셨겠지만 사람이 바뀌면 내 머릿속에 좋은 추억으로 있는 그 회사도 더 이상 아니게 되더라고요.

전체적으로 보면 나오는 것을 상당히 염두에 두시는 것 같은데, 나오게 되었을 때 유의할 점을 몇 가지 말씀드릴게요.

1. 가급적 퇴사하기 전에 이직할 회사를 결정하고 나오시는 것이 좋습니다. 좀 치사한 이야기지만 임자 있는 사람이 더 매력적이잖아요. 회사도 마찬가지여서 안에 계실 때 좀 더 좋은 조건들이 들어오는 경우가 많습니다. 그리고 일단 안에 붙어 계시면 월급은 나오잖아요. 실업자가 되어서 구직하시면 지금과 포지션이나 여유가 크게 달라질 수 있습니다.

2. 임원 분과 관계 마무리를 현명하게 해야 합니다. 사회에서의 인간관계는 크게 세 가지 정도라고 생각하는데요, 1) 회사 밖에서 만나도 친구가 될 수 있는 사람. 극소수죠. 2) 직장 동료이긴 하나 친구는 아니어서 딱히 계속 만나거나 연락이 이어질 것 같지는 않은 사람. 대부분이 그렇습니다. 3) 마지막은 '적'입니다.

지금 임원 분이 내담자 분을 친구로 느낄 리는 만무하고, 2번 아니면 3번인데, 가급적 적敵인 관계로 마무리를 짓지는 않으시는 것이 좋습니다. 2번은 사회 밖에서 그냥 연락 안 하고 인사 안 하고 좀 데면데면한 사이 정도니까 나한테 이득도 없지만 크게 피해를 주는 경우도 아닌데, 3번은 다릅니다. '적'으로 인식하고 있다면, 이직에 큰 장애물입니다. 예를 들어 이직할 때 전직 회사 동료, 특히 상급자들에게 평판 조회를 하는 경우가 많은데 여기서 극단적으로 부정적인 코멘트가 들어가면 치명적입니다. 평판조회를 통해서 누구를 붙이기는 어렵지만, 누구를 떨어뜨리기는 되게 쉽습니다. 아무리 이력이나 업무 능력이 좋더라도 평판이 안 좋게 들어오면 그분을 뽑는 것이 꺼려집니다. 아까 말씀드렸듯이 회사는 '사람'과 일을 하는 조직이거든요. 그래서 마지막에는 감정 다 버리시고 그분께 먼저 감사 인사라도 드리고 나오는 것이 좋습니다.

3. 이것은 아주 극단적이고 예외적인 경우이기는 합니다만, 만약 이미 '적'이고 도저히 돌이킬 수 있는 상황이 아니라고 한다면, 차라리 상처를 내고 나오시는 것도 고려해볼 수는 있습니다. '네가 나의 이직이나 앞으로 사회생활에 공격을 하면 나도 똑같이 한다. 다치고 싶지 않으면 서로 건드리지 말자'라는 시그널을 보내줘야 해요. 방법은 여러 가지가 있죠. 저도 업무하면서 사내 감사실에 투서하거나, 인권위 같은 국가기관에 진정을 넣거나, 언론기관에 제보하는 경우 등 여러 사례를 봤습니다. 어쨌든 칼이 뽑힌 상황이면 휘두르세요. 상처의 깊이는 중요하지 않아요. 상처를 낼 수 있다는 두려움을 주는 것이 중요합니다. 물론 내담자 분은 그 정도 상황까지는 아니신 것 같으므로 2번과 같이 잘 마무리를 하고 나오시는 것을 추천드립니다.

4. 다른 동료들과도 잘 마무리하시는 것이 좋습니다. 임원분이 그렇게 공격적으로 나오시는 상황에서 다른 동료들이 내담자 분 편을 들기는 어렵습니다. 그쪽이 훨씬 영향력이나 권력도 강하고, 특히 자기 부서 직원을 그렇게 공격하는 것을 보면 다들 조용히 있죠. 너무 서운해 하실 필요는 없어요. 직장이나 사회생활이 사실 그렇습니다. 남보다는 내가 사는 것이 먼저일 테니까요. 그래서 멀어지게 된 상황을 이해하시는 것

이 좋습니다. 또 그분들 중 상당수는 마음으로는 내담자 분 편이신데 겉으로 드러내지 못하시는 것일 수도 있어요. 그리고 특히 나간 후에도 1)과 같이 친구처럼 지내시고 싶은 사람들이 있다면, 그분들께는 가능한 방법으로 인사를 잘하고 나오세요. 그동안 고마웠던 점들을 이야기하면서 앞으로도 잘 지내고 싶다고 하시면, 그쪽에서도 미안한 부분이있어서 이직 후에도 잘 지낼 수 있는 분들을 몇 분이라도 만드실 수 있을 것입니다. 직장생활, 특히 퇴사 후에는 친구처럼 지낼 수 있는 분을 만들기가 매우 어려운데, 그만큼 퇴사하시기 전에 소원해진 관계를 복구하시는 것은 중요합니다.

마음고생 많으셨겠습니다만 좋은 경험이 될 수는 있을 것 같습니다. 내담자 분께서는 현재 중간 관리자 정도의 역할이실 것 같은데, 이 역할은 안타깝지만 열정이나 성실함만 가지고 할 수 있는 것이 아닙니다. 영어 표현으로 코디네이터Coordinator라고 하죠. 중간에서 협업하고 조율하는 역할입니다. 위, 아래 분들이나 다른 부서, 다른 회사 또는 관이나 해외 등과 협업할 일도 많고 그때마다 점점 개성이 다른 사람들을 만나게 됩니다. 결국 사람에 대한 적응력이 점점 더 중요해집니다. 그러한 측면에서 예방주사를 맞으셨다고 생각하시는 것이 좋습니다.

마지막으로 말씀드리면 여태까지 좋은 보스를 많이 만나셨던 것이 오히려 행운이냐는 말씀도 하셨는데, 직장생활이나 인생살이 모두 다운down이 있어야 다시 업up이 있더라고요. 앞으로 더 올라갈 일이 많아서 잠깐 쉴 시간 주는 것이라고 생각하시고, 이 기회에 기분전환하시고 생각 많이 다듬으시고 그러세요. 무엇보다 가족들과 시간 많이 보내시고요. 업무가 줄어들면 안절부절못하는 분들이 많으신데, 다시 바빠지시면 이런 시간이 다시 안 옵니다. 꿀 같은 시간이라고 생각하시고 조금은 마음 편하게, 길게 보시고 즐기세요. 아무튼 잘되시길 바랍니다.

하나 더,
변호사의 조언

직장 내 괴롭힘?

2019년 7월 16일부터 시행된 근로기준법 제76조의2는 '사용자 또는 근로자가 직장에서의 지위 또는 관계 등의 우위를 이용하여 업무상 적정범위를 넘어 다른 근로자에게 신체적 · 정신적 고통을 주거나 근무환경을 악화시키는 행위' 이른바 직장 내 괴롭힘 행위를 하는 것을 금지하고 있습니다. 같은 법 제76조의3은 직장 내 괴롭힘을 알게 된 경우 누구든지 사용자에게 신고할 수 있고, 사용자는 지체 없이 사실 확인을 위한 조사를 해야 하며, 피해근로자에게 필요한 보호 조치를 하고, 괴롭힘 사실이 확인된 경우 행위자에 대하여 징계나 근무 장소 변경 등의 조치를 하도록 하고 있습니다. 뿐만 아니라 신고근로자나 피해근로자에 대하여도 해고나 그 밖의 불이익한 처분을 하지 못하도록 규정하고 있습니다.

물론 이 규정이 현실적으로 잘 적용될 수 있느냐에 대한 우려도 있습니다. 사용자 또는 사용자에 준하는 수준의 임원들이 가해를 하는 비중이 상당한데 이들이 조사를 공정하게 할 수 있을지도 의문이고 무엇보다 불이익 처분에 대하여는 형사 처벌 조항이 있으나 회사가 조사를 충실하게 하지 않은 것에 대하여는 어떠한 규제수단이 없기 때문입니다. 물론 고용노동부나 그 산하기관, 인권위원회에 진정을 제기하는 경우도 있습니다만, 근로자가 그렇게 마음을 먹기도 쉽지 않고 증거를 충분히 수집하는 것 역시 상당한 난관입니다.

그래도 사회 전반적으로 직장 내 괴롭힘을 근절해야 한다는 점에 대한 이해나 관심이 높아지고 있으며 언론 등에서도 직장 내 괴롭힘을 한 회사나 사용자를 다루는 기사들이 늘어나고 있는 것은 고무적인 현상입니다. 직장 내의 불필요한 갑질이 사라질 날을 기대해봅니다.

뷰티 인사이드

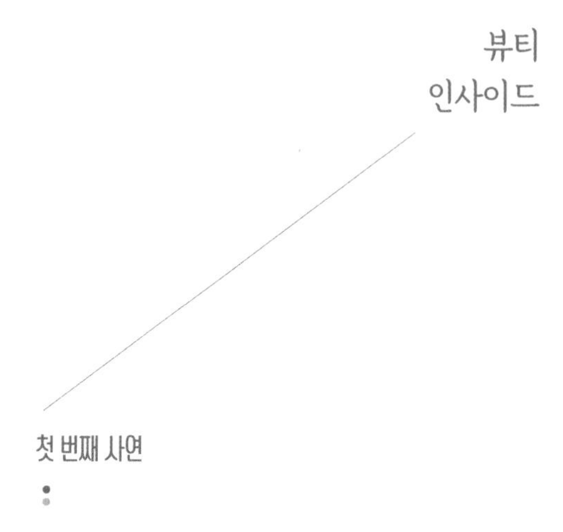

첫 번째 사연

안녕하세요. 저는 평생을 언니와 비교당하며 살았습니다. 언니는 예뻐서 늘 친구들 사이에 둘러싸여 있는데 저는 못생기고 뚱뚱해서 친구가 없습니다. 중 · 고등학교 다닐 때는 자존감도 바닥을 찍어서 사람들과 눈을 잘 마주치지도 못하고 피하면서 학교를 다녔던 것 같습니다. 대학생이 되고서는 예전처럼 살고 싶지 않아서 일부러 꾸미면서 다녔는데도 살이 안 빠져서 그런지 별로더라고요. 가족들도 뚱뚱해서 연애를 못 한다는 등 막말이 심합니다.

자꾸 그런 말을 듣다 보니 노력도 안 하게 되고, 밖에도 잘 나가지 않게 되네요. 언니는 예쁘다는 이유로 멋있는 남자랑 연애하는 것이 부러우면서도 질투가 납니다. 사랑받고 싶어서 다이어트도 하고, 소심한 성격이 문제 같아서 성격을 고치려고 일부러 사람들을 많이 만나려고 노력하는데 잘 안 됩니다. 다시 태어나는 것 말고는 할 수 있는 게 없는 걸까요?

두 번째 사연

제 못난 외모는 자존감 하락의 젤 큰 원인입니다. 저는 이목구비가 다 별로이고 얼굴형도 이상하거든요. 직장에서도 다른 동료들끼리 외모 칭찬하면 안 좋은 이야기를 들을까 봐 가까이 가지도 못합니다. 그래서 조용히 일만 합니다. 그러다 보니 다들 저를 무서워하는지 가까이 오지 않습니다.

성형외과 상담도 받았는데, 고친다고 크게 달라지기는 어려울 것이라고 합니다. 왜 저는 돈을 열심히 벌어도 얼굴 하나 못 고칠까요? 하루라도 미남이 되어 많은 사람들의 주목을 받고 살고 싶습니다. 잠자고 일어났을 때 잘생겨져 있으면 좋겠어요. 하지만 내일 아침도 저는 그냥 제 얼굴이겠죠. 매일 사람들이 저를 비웃을 것 같은 생각에 너무 힘들어요.

조언

두 분 모두 외모 때문에 스트레스가 많으시네요.

첫 번째 분은 다이어트 문제가 가장 크시고, 두 번째 분은 얼굴 스트레스가 있으시고요. 외모는 참 불공평, 좌절 같은 생각을 많이 하게 하는 요소죠. 공부나 운동은 어느 정도 타고나는 것도 있지만 꾸준히 노력을 하면 대체로 굶어 죽지 않는 수준까지는 올릴 수 있거나, 공부나 운동 안에서 세부적인 여러 가지 중에 한 가지 정도는 내가 잘할 수 있는 경우가 많죠.

심지어 공부, 운동을 다 못하더라도 살 길을 찾을 수는 있어요. 대부분 공부나 운동 잘하는 것을 선호하는 이유는 좋은 직업을 구해서 경제적으로도 안정되고 사회에서 인정받자는 것이잖아요. 그런데 친화력, 성실성 등 다른 좋은 성품이 있다면 공부나 운동 모두 약간 부족하더라도 충분히 나름 역할을 하는 사회 구성원으로 지낼 수 있습니다.

반면 외모는 매일 접하고, 비교하고, 평가된다고 생각하면 스트레스를 받게 될 수 있죠. 특히 내담자 분들처럼 본인의 외모가 남들에 비해 뒤떨어진다고 생각하시고 자존감이 낮아질 경우에는 더 문제가 되죠. 내가 쉽게 바꿀 수 없고 타고나는 부분인 데다가, 외모가 삶에서 차지하는 비중이 적지 않다는 것이 더 불공평이나 좌절을 느끼게 하는 요소입니다.

외모가 삶에 적지 않은 영향을 미치는 것은 맞죠. 저도 나이를 먹으면서 외모를 극복할 수 있는 요소들이 많이 생기다 보니 이제는 조금 둔감해졌나 싶긴 한데, 어쨌든 딱히 외모 때문에 우대를 받은 기억은 별로 없어요. 학교 다닐 때 여드름이 많이 나서 친구들이 온갖 별명을 다 붙여서 속이 많이 상하기도 했고요. 지금은 뭐 그 친구들과도 그럭저럭 잘 지내기는 하지만, 어릴 때는 정말 화나는 일이 많았습니다.

외모가 괜찮으면 정말 '확실히' 유리한 부분이 많습니다. 영화배우, 탤런트, 가수 등 연예인이 되고 인기를 얻기 위해서 가장 중요한 것이 외모이겠고, SNS를 해도 외모가 훌륭한 분들 페이지를 훨씬 더 많이 보죠. 심지어 아나운서나 스포츠스타 이런 직군도 진행을 잘하거나 운동을 잘하는 분보다 외모가 뛰어난 소위 '얼짱'이 더 인기가 좋은 경우도 많아요. 변호사도 예쁘고 잘생긴 사람이 더 금방 유명해집니다(웃음). 전신성형을 해서 인생이 달라지는 만화나 영화 스토리들도 있잖아요. 그런 걸 볼 때마다, 아 저게 내 일이었으면 좋겠다, 이런 생각 다들 한 번씩 하시죠. 에이, 이 더러운 세상.

그렇지만 여기서 좌절하고, 어쩔 수 없다고 그냥 살 것이면 상담을 할 이유가 없겠죠. 어떻게 하면 조금이라도 지금의 이 아픔과 괴로움을 해결할 것인가인데요, 외모에 대한 상담은 두 가지를 모두 다 말씀드려야 할 것 같아요. 이 외모를 가꿀 수 있는 방법과 이 외모를 끌어안고 사는 방법은 무엇이 있을까죠. 대부분 첫 번째에 훨씬 더 관심이 많으시겠지만요.

사실 다이어트나 얼굴 가꾸기 자체는 시중에 있는 책, 블로그, 유튜브에 정보가 엄청 많아요. 뿐만 아니라 헬스 트레이너나 피부과, 성형외과 등 전문가 분들도 많고요. 제가 아는 지식이 그분들에 비해서 현저히 낮기 때문에 더 좋은 말씀을 드릴 수 있을지는 모르겠고, 일단 큰 틀에서 원론적인 이야기해 보면, 다이어트의 기본 원리는 덧셈 뺄셈이잖아요. 흡수한 칼로리가 많으면 살이 더 찔 것이고, 반대면 빠지죠.

하지만 쉽게 여기까지만 생각하고 덤비면 절대 안 된다는 것은 많이 경험해 보셨을 거예요. 인류가 수백 만 년 이상 진화하고 살아오면서 몸에 밴 본능 때문에, 아예 안 먹고 굶으면 기아 상태와 같은 기분이 되기 때문에 칼로리 소모를 줄이고, 엄청 먹도록 만들어서 요요현상이 올 가능성이 높죠. 이러한 부분이 있기 때문에 현명하게 다이어트를 해야 한다고 많이 말을 하죠.

다이어트에서 중요한 것은 꾸준함인 것 같아요. 다이어트는 6개월, 1년 이렇게 보고 하는 것이 아니라 평생의 생활 습관을 바꾸겠다고 마음먹고 꾸준하게, 내가 양립할 수 있는 수준의 생활 습관을 잡는 것이 중요하다고 해요.

가령 나는 친구도 많고, 친구들이랑 맛있는 것 먹는 것을 좋아해요. 그런 분이 어느 날은 맛있는 것, 특히 칼로리 많은 음식 많이 드시고 그 다음 날 살 뺀다? 불가능합니다. 직업 특성상 술자리가 많은 직장인이 술이랑 안주 드실 것 다 드시면서 살 뺀다? 안 빠집니다. 그것도 아니면 가족, 친구, 직장 동료와 밥을 먹을 때 철판 깔고 나만 다른 것 먹을 정도의 용기가 있다? 없으면 안 돼요.

그래서 다이어트를 되게 외로운 직업이라고 표현하는 분도 봤는데요, 평생 노동이나 경제활동을 하듯이 할 수 있어야 하고요, 그 과정에서 욕망을 참거나 사람들과의 친밀도가 줄어들 수 있는 것도 감수해야죠.

이러한 맥락에서 운동 습관이나 식습관을 잡아주기 위해 퍼스널 트레이닝PT을 권하게 되더라고요. PT가 엄청 비싸죠. 저도 엄두가 안 나서 몇 번밖에 못 가봤는데, 받으면 확실히 효과는 있다고 하더라고요. 물론 경제적으로 어려운 분들의 경우 꼭 PT를 하지는 않으시더라도 스스로 꾸준하게 절제를 할 수 없다면 친구, 가족 등 외부적인 규제를 두는 것이 안전하기는 해요. 다이어트 프로그램에서 많이 하는 것들이 며칠, 몇 개월 단위로 사진 찍어서 계속 비교하잖아요. 어떠한 모욕감을 주려는 것이 아니라, 꾸준하게 생활 속에서 이루어지고 있는지를 외부에서 계속 체크하는 것이죠.

얼굴의 경우 적극적으로 개선을 하시려면 피부과, 성형외과, 마사지 이런 데에 다니시는 것이고, 그게 아니더라도 화장, 머리 스타일, 액세서리, 옷 등으로 다양하게 커버하는 방법이 있습니다. 아마 이런 정보는 저보다 훨씬 더 많이 아실 것이라고 생각해요. 적극적으로 병원이나 기관에 다니면서 외모를 좋게 가꾸시면서 자신감이 올라가고 사회적으로도 더 나은 관계를 맺거나 좋은 직업을 얻게 되는 경우도 많기 때문에 이러한 노력을 꾸준하게 하시는 것은 당연히 권장합니다. 자기를 가꾸면서 자신을 더 사랑하게 되고, 이러한 분들이 건강관리도 더 잘하시고요.

다만 외모를 확 바꾸기는 어려울 수도 있고, 의지나 상황이 여의치 않는 분들도 있죠. 그러한 분들께는 마음으로 받아들이는 방법에 대한 팁을 몇 가지 더 알려드리고는 싶어요. 바꾼다고 해도 내가 원래 타고난 체질이 있을 것이고, 그렇다면 이것을 어느 정도 감싸 안고 사는 방법도 배워야겠죠.

우선 내 외모는 전혀, 누구에게도 사랑받을 수 없는가? 이건 사람마다 외모의 기준이 같은가라는 질문과 연결될 텐데요, 저는 그렇지는 않다고 생각합니다. 시대별, 세대별, 장소별로 선호하는 외모가 다 달라요.

예를 들어 살 문제라고 해봐요. 한국에서 뚱뚱하다고 생각하는 몸매가 미국이나 유럽에서는 건강하고 볼륨감 있다고 생각할 수 있습니다. 인도 같은 나라는 더 심해요. 뚱뚱한 것이 부의 상징이어서, 좋은 호텔이나 기차 일등석 가면 엄청 살집이 좋은 분들이 비싼 사리Sari(인도의 전통 의상)를 몸에 휘감고 다니는 걸 쉽게 보실 수 있습니다. 심지어 한국에서도 여성과 남성이 생각하는 몸매 좋음의 정의가 상당히 다르다고 생각해요. 개인별로는 말할 것도 없고요.

물론 이렇게 말씀드리면 내가 한국을 떠날 수 없는데 무슨 의미가 있냐고 반문하실 수 있을 텐데요, 한국을 떠나라고 이야기하는 것이 아니고 결국 내 외모에 대한 판단은 '내가 준거집단이라고 여기는 사람들'의 생각을 내가 가지고 있는 프리즘으로 확대 해석한 것이라는 거죠. 무슨 우주의 절대적인 진리에 따라서 좋고 나쁨을 정한 것이 아닙니다. 즉, 나는 이렇

✂ 점선을 따라 가위로 오려 보내주세요.

고민을 적어주세요!

선정되신 분에 한해 저자인 배태준 선생님이
고민 상담을 보내드립니다.

점선을 따라 가위로 오려 보내주세요.

보내는 분

불리고 싶은 이름 :

답변을 받을 메일 주소 :

우편요금
수취인 후납

발송유효기간
2021.6.1~2022.5.31

서울마포우체국
제40985호

북스토리

04037 서울특별시 마포구 양화로 7길 6-16
서교제일빌딩 201호

엽서 뒷면에 고민을 적어주세요!

게 생겼으니 누구에게도 사랑받을 수 없다, 라는 단정은 하실 필요가 없어요.

두 번째로 내가 사랑받지 못하는 것이 반드시 외모 때문만은 아닙니다. 가령 연예인 중에도 미남미녀가 아님에도 인기 좋은 사람 많아요. 그런데 그분들이라고 해서 자신보다 잘생기고 예쁘고 몸 좋은 사람이 있다는 걸 모르지 않아요. 알지만, 자신의 현재 외모에서 개성과 매력을 뽑아낸 것입니다. 남들과 다른 매력인 거죠. 그분들 인터뷰를 보면 악플이나 비난이 있는 것도 잘 알아요. 그럼에도 불구하고 남들에게 없는 특징이 내게 있다면, 나를 좋아할 사람도 어딘가에는 있다는 믿음이 있어요. 즉, 나의 현재 상황을 모두 '외모' 탓으로 돌리는 것도 옳지 않아요. 외모에 기반한 부분은 있지만, 결국에는 본인 스스로 자존감을 떨어뜨린 부분이 더 클 수도 있어요.

가끔 살면서 크게 다쳐서 외모를 많이 상한 분들께서 책으로 쓰시거나 강연하신 내용을 보면, 당연히 처음에는 너무 힘들었다고 하더라고요. 떨어진 자신을 받아들일 수 없어서 극단적인 생각도 많이 하고. 그런데 다시 일어난 분들은 대부분 지금의 나를 내가 아니면 누가 사랑해줄 것인가로 돌아가더라고요. 현재의 내 외모를 인정하고, 받아들이고, 포용한 다음 앞으로 나아가는 거죠. 외모 스트레스 많이 받는 분들께서는 이런 분들 책이나 강연도 보시면 도움이 많이 됩니다.

대체로 자기를 사랑해주는 사람이 없는 환경에서 자라시고, 사랑받지 못하는 이유가 '외모'라고 생각하는 분들 중에 이러한 자존감이 떨어지는 경향이 더 많이 나타나요. 외모도 영향이 전혀 없는 것은 아니겠지만, 사랑을 받지 못하는 이유를 찾는 과정에서 외모가 먼저 떠오르는 거죠. 왜냐면 사랑을 받지 못한 분들 대부분이 그 이유를 자기 자신에서 찾게 되는데, 외모가 제일 눈에 잘 띄고 찾기 쉽거든요.

어린 시절에 자주 접하는 가족, 친구들로부터 외모에 대하여 안 좋은 이야기를 듣게 되면 이러한 경향이 더 심해지는데, 주변 사람들 중에 그런 분들이 있다면 아주아주 나쁜 사람들이에요. 특히 외모를 가지고 사람 놀리는 것은 아주 나쁩니다. 저도 피부 때문에 온갖 이야기를 들어봤는데, 진짜 그러면 안 된다고 생각해요.

그런데 생각해보면 다른 사람들의 생각을 제가 바꿀 수 없더라도, 그러한 나쁜 말들 때문에 내가 나를 사랑하는 것을 포기할 필요는 없어요. '약간의 뻔뻔함'이 필요해요. '네가 뭔데 나한테 그런 X소리를 지껄여?' 이런 식인 거죠. 대놓고 그렇게 받아치기는 힘든 상황이더라도, 마음속으로는 무시를 해야죠.

물론 쉽지 않지만 이러한 상황에서 나라도 나를 감싸고 아끼고 사랑해야죠. 중요한 것은 내가 나를 사랑하지 않으면 아무도 나를 사랑해주지 않습니다. 인간에게 이타적인 본성이 있다고 하지만, 솔직히 말하면 남과 경쟁하고 비교하고, 어쩌면 공격하는 본능도 없다고 보기는 어려워요. 그런 상황에서 내가 나 스스로를 남들보다 부족하다, 약하다라고 하면 아무도 나를 지켜주지 않습니다.

마지막으로 결국 외모를 가꾸는 것은 내 자존감을 높이기 위한 방법으로 너무 중요하지만, 궁극적으로는 어떠한 방식으로든 나 자신을 높일 수 있다면 꼭 외모가 아니어도 극복은 가능해요. 예를 들어 어릴 때 외모가 별로인 친구가 성인이 돼서 돈을 엄청나게 벌었거나 사회적 지위가 아주 높아져서 동창회에 나갔다고 합시다. 그러면 그 앞에서 외모로 무시할 수 있는 사람 없을걸요? 뿐만 아니라 사회생활하면서 자신감이 생긴 분들은 표정이나 자세, 말투가 좋아지면서 외모도 좀 더 괜찮게 보여요. 본질은 내가 나를 인정하고, 존중하고, 사랑할 수 있느냐의 문제가 더 커요.

요약하면 세상 사람 모두가 싫어하는 외모는 없고, 외모도 중요하지만 그것을 내가 사랑받지 않는 이유라고 생각하여 내 자존감을 깎는 태도나 마음이 더 문제이고, 다른 방식으로라도 자신감을 올리면 극복이 가능한 문제라고 생각합니다.

물론 생각은 하루아침에 바뀌지 않습니다. 그런데 살 빼고 얼굴 바꾸는 것도 하루아침에 안 되는 것은 똑같습니다. 난 왜 이렇게 태어났을까? 억울하죠? 불공평하죠? 인생은 원래 불공평하고 억울한 일 많습니다. 억울함을 누가 알아주거나, 풀어주지 않아요. 어쨌든 타고난 것들, 지나간 것들은 어쩔 수 없는데, 나는 계속 살아야 되잖아요.

내가 나로 하루를 살아야 한다면, 바꿀 수 있는 것은 최대한 바꿔보시고, 바꿀 수 없는 것은 인정하되 다른 부분으로 극복하려고 나가야죠. 오늘 당장 일어나서 생각도 바꾸고 어떻게든 자존감을 올려보려고 노력해야죠. 지금 이 순간이 외모 때문에 상당히 고통스러울 수 있지만, 행복해지고 싶은 것이잖아요. 그럼 행복해지러 가야죠. 그런데 행복은 자리에 그냥 주저앉아서 울고 있다고 오지 않습니다. 찾으러 가야 해요. 나 스스로를 알고 인정하고 이해하고 감싸주기 위해서 떠나야 해요. 굉장히 길고 긴 여행이겠지만 끝에 가면 분명 무엇인가 달라진 것이 있을 겁니다.

하나 더, 변호사의 조언

외모를 기준으로 한 채용차별 금지 원칙과 현실

2014년 1월 시행된 채용절차의 공정화에 관한 법률은 구직자 본인의 용모, 키, 체중 등 신체적 조건을 기초심사자료에 기재하도록 요구하거나 입증자료로 수집하여서는 안 된다고 규정하고 있습니다. 남녀고용평등과 일 · 가정 양립 지원에 관한 법률 위반 제7조의2 역시 여성 근로자를 모집하고 채용하는 과정에서 이러한 신체적 조건을 제시하거나 요구하지 못하도록 하고 있습니다.

그렇지만 현실에서 외모가 채용 과정에 반영되지 않는다고 생각하는 사람들은 많지 않은 것 같습니다. 최근 언론 보도에 의하면 취업준비생의 43.7%가 외모 때문에 차별을 받은 경험이 있다고 하였고, '용모가 단정한 자' 등 외모에 대한 선호를 채용 기준으로 삼겠다는 함축적 의미가 들어간 채용공고를 본 경험은 무려 78.4%라고 하네요. 사실 접객이 많은 직군의 경우 한국은 외국에 비하여 성별, 나이 대, 키 등 주요 조건들이 한쪽에 편향되어 있는 경우가 많아 보이기는 하고요.

물론 외적 조건으로 차별을 당해 채용 절차에서 불합격한 경우 법 위반이나 손해배상을 주장하는 것이 이론상 불가능하지는 않겠지만 입증이 상당히 어려울 것이고, 한국의 좁고 힘든 채용 시장에서 문제제기를 하였다가 자칫 찍힐 수도 있다는 걱정 때문에 현실적으로 이의를 제기하기는 쉽지 않을 것입니다. 민간 사업주 입장에서는 외모가 괜찮은 사람을 세우면 수익성이 더 좋아진다고 생각할 수도 있고요. 단기간에 해결하기는 쉽지 않은 문제인데, 결국에는 사회에 만연한 외모로 인한 줄 세우기가 당연하다는 것에 대한 문제 제기를 하고, 공공영역이나 미디어 등 시각적 영향력이 큰 분야에서부터 다양한 신체조건의 사람들을 동등하게 노출하려는 노력이 필요할 것입니다. 민간의 경우에는 어느 정도 규제와 지원의 양면책을 제시하여야 할 것이고요. 무엇보다 우리 스스로가 자신감을 잃지 않고 외모 차별의 문을 부수기 위해 끊임없는 노력을 해야 할 것으로 보입니다.

PART 3

사랑할 때 우리가 고민하는 것들

맞나요?
썸?

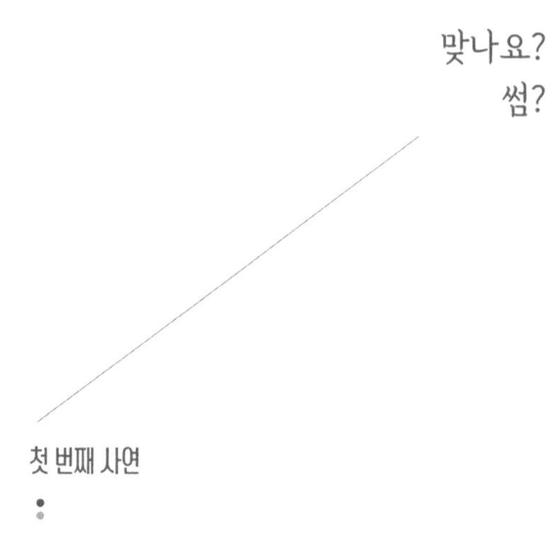

첫 번째 사연

데이팅 앱을 통해 만난 누나가 있습니다. 처음부터 괜찮다고 생각은 했었는데, 잘 안 되었습니다. 그러다 이 누나가 자신의 후배를 소개해줘서 사귀다가 헤어진 적도 있고요. 그렇게 몇 년이 흘렀습니다. 어쩌다가 다시 그 누나와 연락이 닿았는데, 그 누나도 남자친구가 없는 상황이었습니다. 그 후로 평소 누나랑 연락이 잦아지면서 처음에 있었던 마음이 다시 생겼습니다.

문제는 누가 봐도 커플처럼 보이는 행동을 하고 있다는 점입니다. 매일 일상적인 대화를 나누고 사진이나 소소한 인터넷 기사거리를 공유합니다. 둘이 드라이브, 쇼핑도 하고요. 자기가 잘한 행동 있으면 '나 예뻐? 잘했어?' 이런 말도 합니다. 얼마 전에는 회사 여직원 이야기가 나왔는데 계속 예쁜지, 관심 있는지, 나이는 나보다 어린지를 물어보는데 질투를 하는 것인지 애매하더라고요.

이 누나도 제게 관심이 있는 것일까요? 아니면 저 혼자만 착각을 하고 있는 것일까요? 예전에 소개받았던 애랑 사귀었던 것도 있어서 이 누나랑 관계가 깊어지는 것이 가능할지 걱정도 많이 됩니다. 제가 헛다리를 짚어서 대시했다가 잘못되면 멀어질까 봐 두렵기도 하고요.

두 번째 사연

남자 대학생입니다. 친하게 지내는 여자 후배(A)가 한 명 있습니다. 정확히 말하면 고등학교 1년 후배인데, 제가 대학을 재수해서 학번은 같습니다. 전 원래 이 후배 이전에 같은 학번에 좋아했던 다른 친구(B)에게 작업을 한 적이 있었습니다. 제 친구가 B에게 작업하는 것을 도와주겠다고 해서 제 친구도 같이 만나는 자리를 몇 번 만들게 되었고, 그러면서 셋보다는 넷이 만나는 것이 나을 것 같아 숫자를 맞추다 보니 A가 들어오게 되었습니다. 아무튼 넷이서 같이 과제도 하고 게임도 하고 술도 종종 먹었는데, B에 대한 작업은 잘 안 되었고, 넷의 모임은 와해되었습니다.

시간이 흐른 후 A와는 다시 종종 연락을 하는 사이가 되었습니다. 넷이 볼 때도 A가 괜찮은 아이라고 생각했었습니다. 그런데 어느 순간부터 A와 썸인지 아닌지 약간 애매한 상황이 되었습니다. 매일 서로 안부를 묻고 일상적인 연락을 하고 있습니다. 서로 힘든 일이 있으면 위로해주기도 하고요. 주로 학교 근처이기는 하지만 그래도 일주일에 한두 번은 보면서 밥도 먹고 데이트 비슷한 것들을 합니다. 얼마 전에는 고향 집에 다녀왔다고 하면서 선물도 사 왔습니다. 도서관 앞 사람 많은 곳에서 제 옷매무새를 만져주기도 하였고, 얼마 전에는 공연 표가 있다고 제게 같이 보러 가자고 했는데, 제가 일정이 안 돼서 못 갔고요.

하지만 또 자기에게 대시하는 남자 이야기도 편하게 하면서 이 남자 심리가 어떤지 물어보기도 하는데, 그럴 때는 그냥 저를 편한 남자사람으로만 대하는 것 같기도 합니다.

A랑 연락하고 만나는 것이 좋고 편하기는 한데, 무슨 관계인지 잘 모르겠습니다. A가 무슨 생각으로 그러는지도 모르겠고요. A랑 잘되고 싶은 마음도 있기는 한데, A도 제가 B에게 대시를 했다 차인 것을 알 텐데 민망하고 부끄러운 부분도 있네요. 저 어떻게 하면 좋을까요?

조언

다들 각자의 이때를 떠올리시면서 '흠, 좋을 때지'

싶으세요, 아니면 '아이고. 쯧쯧, 답이 보이는데 왜 답을 못 찾나?' 그러실까요? 어떠한 생각을 하실지는 각자 상황마다 다를 것 같기는 한데, 뭔가 누군가와 연인관계가 형성되거나 그 감정을 가지는 이 시점 전후만큼 격렬하면서도 극적인 감정이 많이, 자주 찾아오는 시기는 없는 것 같습니다.

우선 드리고 싶은 말씀은 짝사랑이나 썸, 이 관계가 이루어질까에 대한 상담은 정답이 본인에게 있고 이야기를 들어주는 주변 사람의 의견이 맞지 않는 경우가 많아요. 왜냐면 그 관계에 대한 설명이 굉장히 주관적이고, 단편적인 정보만 주어지거든요. 특히 저 같은 경우는 배경 지식 없이 말씀 주신 것만으로 판단하기가 쉽지 않은 부분이 있고요. 두 번째는 답이 본인 마음에 있는 경우, 설사 그게 답이 아니더라도 내가 어떠한 행동을 해야 하는지는 또 다른 문제예요.

예를 들어 이 사람을 꼭 잡고 싶지만 누가 봐도 가능성이 매우 낮은 경우들이 있어요. 그렇지만 그러한 상황이라는 것을 알면서도 장기적인 관점에서 계속 친구로 지내는 경우도 있고, 아니면 다른 사람을 알아보는 경우도 있거든요. 그런데 이 두 가지 선택 중에 무엇이 정답일까요? 정답이 없더라고요. 진짜 절대 안 될 것 같은 관계가 맞는데 시간이 엄청 흘러서 되는 경우도 있고요, 또 잘되었는데 알고 보니 연인이나 부부 관계로는 너무 어울리지 않는 사람들이었던 경우도 있어서 어렵습니다.

어쨌든 그러한 선택이나 최종 판단의 몫은 사연 올리신 분들의 것이라는 전제하에서, 상황에 대한 분석 정도만 해볼게요.

이 사람들이 나랑 이렇게 연락을 자주 하고 만나는 것이 자신에게 호감을 표시하는 것인지 아닌지 잘 모르겠다는 질문은, 연락을 먼저 자주 하는 쪽의 성별, 나이, 그리고 이 분들 성향이 어떠한지에 따라 조금 다를 수는 있어요. 일반론으로 가면 여자 분이 '먼저' 연락을 자주 하고, 약속도 잡고 만나자는 이야기도 한다면, 여자 분이 아주 사교성이 강해서 정말 친구를 무한대로 늘리는 스타일이 아니라면 전혀 감정이 없는 것은 아닐 것 같아요.

연락의 경우 남자들보다 여자들이 동성끼리 훨씬 연락을 자주 해요. 아무래도 여자들이 좀 더 관계를 중시하기 때문이겠죠. 따라서 여자들은 동성 간 연락만으로 충분히 관계 유지에 대한 욕구가 채워질 가능성이 높으므로, 심심하거나 놀 사람이 없다는 이유만으로 같은 남자에게 지속적으로 연락을 하는 일이 많지는 않아요. 게다가 먼저 쇼핑이나 공연장에 가자고 할 이유도 없죠. 여자들끼리 충분히 할 수 있는 일이잖아요. 선물 사는 것도 그렇고요.

남성 내담자 분에 호감이 없는 상태는 아닐 것 같아요. 물론 이 남자 분들께 아주 푹 빠졌다거나, 가만히 있어도 여자 분께서 먼저 대시할 것이다는 아니에요. 보통 여자는 호감만으로 대시를 하지 않습니다. 남자보다 훨씬 더 안정성에 대한 욕구가 강하고, 남자보다 더 많은 확신이 필요하기 때문입니다.

어장 관리가 아닐까 걱정을 하셨는데, 어장은 확실히 느낌이 다르죠. 어장은 연락을 하면 짧은 답이 오고요. 만나자는 약속도 몇 번 연락하면 한 번 만나는 정도죠. 하루에 연락을 자주 하고 매주 만나는 정도는 별로 없어요. 왜냐면 이 사람이 나한테 대시하는 상황을 원하지 않기 때문에 감정을 그 정도까지 올리지 않습니다. 그런데 내담자 두 분의 사연은 어장보다는 확실히 연락이나 만나는 빈도가 많기는 해요.

다만 두 번째 내담자 분 사연에서 여성 분이 다른 남자 이야기를 한다고 하는데, 이건 진짜 친구사람이라고 생각해서 그러는 경우도 있고, 아니면 내담자 분이 어떠한 반응을 보이는지 알고 싶어서 하는 경우도 있기는 하거든요. 어느 정도 내용일지에 따라 다를 것 같기는 한데, 그래도 연락이나 만남의 빈도만 놓고 봤을 때는 내게 마음이 없지는 않은 것 같다는 말씀은 드릴 수 있을 것 같아요. 아니면 두 번째 여성 분이 내담자 분과 그 남자를 두고 저울질할 수도 있죠.

내담자 분들께서 또 걱정하시는 부분이 내가 그 누나 분의 친구와 사귀었다거나, 내가 썸녀의 친구에게 작업을 하다 차인 적이 있는데 내가 이 사람들과 사귀어도 되는 것일까에 대한 고민인데요, 흠, 이 부분은 조금 재밌는 것이 20대 이하와 30대 이상 분들의 생각이 상당히 갈려요.

20대 분들께 친구의 친구와 사랑에 빠질 수 있냐 물어보면 '어떻게 내 친구한테 그런 몹쓸 짓을 하냐'는 반응인데, 30대 넘어가서 물어보면 '그것이 뭐가 그렇게 중요하냐?'라는 입장이 많거든요. 아무래도 10대, 20대 때는 우정이 삶에 미치는 부분이 굉장히 크고, 30대를 넘어가면 새롭게 형성되는 가족이나 사회의 인간관계가 더 커져서 그렇지 않을까 싶기는 하고요.

20대 이하 분들께서는 반발하실 수도 있지만, 흥미롭게도 친구가 좋아하거나 좋아했던 사람에게 호감을 갖거나 사랑에 빠지는 확률이 생각보다 높아요. 왜냐하면 모르는 사람을 알게 될 때 호기심도 있지만 불안감도 크잖아요. 눈으로 확인하지 못한 나랑 맞지 않는 성격, 습관, 환경 등이 있을지도 모르니까요.

그렇지만 아는 사람이 좋아하는 사람은 그러한 부분이 어느 정도 검증되었다고 볼 수 있죠. 물건도 다른 사람들이 인정한 제품일수록 좀 더 구입을 쉽게 결정하게 되잖아요. 친구가 좋아하는 것에 대하여는 더욱 감정 동화가 쉽게 되기도 하고요. 그 이성의 좋은 점이 내게 보다 쉽게 각인된다든지, 반대로 그 이성이 힘들어하는 모습을 내가 해결해주고 싶다는 식으로 이입이 되는 것이죠.

물론 그렇다고 잘 사귀고 있는 커플한테 접근해서 깨뜨리고 차지하시라는 말씀은 전혀 아니고요. 다만 내담자 분들께서 지금 자신이 품은 감정이 그렇게 도덕적으로 문제가 되거나 아주 특이한 것은 아니고, 그렇게 만난 경우 중에 현실에서 잘 사는 경우도 적지 않다는 그냥 결과론적인 이야기는 드릴 수 있을 것 같습니다.

어색해질까 봐 겁이 난다는 말씀도 하셨죠. 그건 이 관계뿐만 아니라 모든 대시에서 같습니다. 심지어 사귄 다음에도 헤어지면 대부분 어색해져요. 잘못되는 것에 대한 불안감은 이렇게 정리를 해볼게요. 내담자 분 본인이나 상대방에게 이성 친구가 생겨요. 그러면 이 관계가 유지될까요? 이후에 두 분 중에 한 분이 다른 사람과 결혼을 하거나 아이를 낳으시면, 그때는 이 관계가 유지될까요? 불가능할 뿐만 아니라 그때까지 친구 관계가 유지되는 것이 바람직할지도 의문이에요.

두 번째 내담자 분께서도 아직 학생이지만 군대, 어학연수, 취업 준비 등 관계가 멀어지고 갈라질 수 있는 사유들은 많습니다. 대학교 인간관계란 게 학년이 올라가면 오랫동안 유지되는 경우가 많지 않아요. 아마 내담자 분께서 이 후배님과 어중간한 관계로 계속 길게 갈 확률이 높지는 않아요. 지금 초등학교 친구가 아니잖아요. 모두 성인이고, 이성인 친구 사이는 꼭 대시했다 차이거나, 사귀다 헤어지지 않더라도 멀어질 수 있는 상황이 아주 많습니다. 그래서 어색해질까 봐 고민하는 부분은 그렇게 결정적인 요소는 아니라고 생각이 들어요.

다만 여태까지는 긍정적인 말씀을 드렸는데, 한 가지 객관적으로 보면 좋은 부분은, 내가 이 사람에 취한 것인지 아니면 상황에 취한 것인지는 좀 생각해보면 좋겠어요. 단순히 상대방이 잘해주고, 먼저 연락이 와서 좋아하게 된 것이라면, 또 다른 사람이 그렇게 하면 또 빠질 수도 있는 것이잖아요? 내담자 분들께서 꼭 그렇다는 것은 아닌데, 은근히 상대방에게 먼저 연락이 오면 금세 사랑에 빠지는 '금사빠'가 되는 분들이 있거든요. 그 점만 확인해서, 정말 내 마음속에서 상대방을 놓치고 싶지 않다면 후회가 남지 않게 솔직히 표현해보시면 될 것 같습니다. 그 정도는 아닌 것 같으면 상대방에게 어장 관리가 되지 않게 너무 연인스러운 연락이나 만남은 상대방을 위해 조금 줄여주시는 것이 맞을 수도 있을 것 같고요.

보통 사랑하는 순간의 내가 가장 아름답다고 말을 많이 하잖아요. 그게 상대방이 그리워서 그런 것도 있지만, 그렇게 아무 계산 없이 사랑에 빠질 수 있었던 과거의 나를 그리워하는 부분들도 있습니다. 두 내담자 분께서도 시간이 많이 지나고 나면 지금 이 순간의 인연이나 운명에 대한 결과를 알게 되시는 날이 올 텐데요. 어쨌든 그날까지는 후회 없이 최선을 다하시면 좋겠습니다.

하나 더,
변호사의 조언

데이팅 앱, 잘 쓰면 좋지만
이것만은 조심합시다.

요즘에는 데이팅 앱Dating Apps을 통해서 이성 친구를 만나고 썸을 타는 경우가 점점 늘어나고 있습니다. 데이팅 앱을 통해 만나서 결혼까지 골인했다는 사연들도 심심치 않게 들리고요. 특히 남 · 녀 한쪽 성별이 집중된 학교나 직장을 다니는 경우, 주변에 소개를 해줄 마땅한 사람이 없는 분들에게 데이팅 앱은 가뭄의 단비와도 같습니다.

그러나 좋기만 한 것은 없듯이 데이팅 앱에서 사고가 나는 경우 역시 종종 있습니다. 근본적인 문제는 익명성입니다. 상대방의 정확한 신분을 만나기 전까지는 알 수 없고, 만난 다음에도 상대방이 하는 말이 100% 진실이라는 보장은 없으니까요. 많은 앱들이 가입 시 신원확인 절차를 통해 이러한 문제를 근절하려고 하지만 앱의 특성상 가입자에게 지나치게 까다롭게 굴 경우 회원들이 다른 앱으로 건너갈 수도 있는 문제 때문에 완벽하게 되지는 않습니다. 결국 자기 스스로가 조심해야 하는 부분이겠지요.

조심해야 하는 부분을 몇 가지 말씀드린다면, 만나기 전까지는 어떠한 경우에도 금전 거래를 하지 마시고(이른바 연애사기), 상대방이 보내주는 자료나 링크도 함부로 열지 않으시는 것이 좋습니다(보이스피싱). 만난 후 성범죄, 납치 등 강력 범죄에 휘말리는 경우도 가끔 발생하므로 상대방에 대하여 충분히 알기 전까지는 둘만 있게 되는 경우를 피하셔야 하고요.

앱을 사용하는 본인이 문제를 일으키는 경우도 있습니다. 가장 대표적인 것이 타인의 정보나 사진을 도용하는 것입니다. 심지어 해킹을 통해 계정을 통째로 도용하는 경우도 있고요. 주로 매칭의 성사 확률을 올리거나, 간혹 앞에서 말한 범죄의 목적으로 계정을 이용하기 위해서 이러한 행위를 하는 것으로 알려져 있습니다. 어느 경우에도 타인의 계정이나 정보를 이용하는 것은 정당화될 수 없으며, 행위 유형에 따라 정보통신망 이용 촉진 및 정보보호 등에 관한 법률이나 저작권법 위반 등으로 처벌될 수 있습니다.

데이팅 앱, 잘 사용하면 내 인생의 단짝을 만날 수 있는 좋은 수단이 될 수 있습니다만, 충분히 알고 조심해서 사용하시기를 바라겠습니다.

연애는 ㅈㅅㄱ 이다

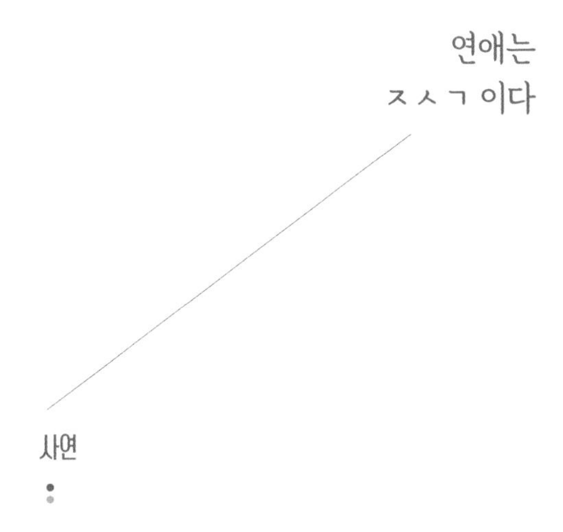

사연

저는 모태솔로입니다. 가난한 환경에서 자라서 그런지 자존감이 낮습니다. 외모도 키는 큰 편이지만 얼굴이 호감형이 아닙니다. 필사적으로 공부해서 나름 좋은 대학을 졸업하고 대기업에 입사하기는 했는데, 별로 낙이 없네요.

학교 다닐 때는 과나 동아리에서 여자애들과 말도 별로 못 하고 항상 남자애들이랑 게임만 하고 술만 먹었습니다. 미팅도 별로 못 해봤고요. 이제는 스펙이 괜찮아져서인지 소개팅도 들어오고 결혼정보회사에서도 연락은 옵니다. 연락 주시면서 왜 연애할 수 있는 조건 다 갖춰놓고도 연애 안 하냐고, 눈이 너무 높은 것 아니냐고 합니다.

그런데 유난히 여자랑 있으면 부끄러워져서 말도 거의 안

하고 눈도 못 마주치겠어요. 여자들이 저를 쳐다보기만 해도 너무 힘듭니다. 스스로 제가 이성에게 매력이 없는 사람이라고 생각해서 그런지 소개팅이나 선을 나가도 잘 안 돼요.

제 자신의 문제를 곰곰이 생각해보면 자존감이 낮고, 그러다 보니 그냥 친한 여자애들도 없고, 여자와 어떠한 이야기를 해야 하고 어디를 가야 할지도 잘 모르다 보니 또 나가서 실패하고 자존감은 계속 떨어지는 악순환입니다.

제가 여자 상대가 서툰 걸 잘 모르는 지인들에게 이런 이야기를 차마 부끄러워서 못 하겠네요. 요즘 비혼이나 욜로 같은 분위기에 편승해서 '난 그냥 내 인생 즐길래' 하고 웃어 넘기지만 속은 타들어갑니다.

이렇게 계속 나이를 먹고 혼자 우울하게 살 수밖에 없는 걸까요? 저도 퇴근 후나 주말에 남들처럼 이성 친구랑 영화 보고 손도 잡고 밥도 먹고 여행도 다니고 싶네요. 연애도 공부해서 되는 것이면 좋겠어요. 연애학원이라도 있으면 다니고 싶은 심정이네요.

조언

오늘은 연애를 하고 싶어하는 모태솔로 분의 이야기입니다. 연애라……. 저는 딱히 남들보다 더 빛나는 2~30대를 보내지 못한 그냥 평범한 아저씨인데 의견 드리는 것이 맞을까 하는 생각이 제일 먼저 들더라고요. 제가 키가 크거나 인물이 탁월하게 좋은 것도 아니고 패션 센스나 매너도 그렇게 좋나 하면 잘 모르겠네요. 반면 유튜브에 가면 데이트 코치라고 해서 엄청 잘생기시고 말씀도 잘 하시는 분들이 많은 것을 알려주시고요.

그런데 반대로 생각해보면 유명한 스포츠 감독들도 선수 때는 별 볼 일 없었던 경우가 굉장히 많습니다. 스타플레이어가 또 코치를 잘한다는 법도 없더라고요. 선생님들도 마찬가지잖아요. 좋은 선생님이 되는 것과 본인이 공부를 잘 했던 것은 다른 문제잖아요. 이런 관점에서 저나 제 주변 분들이나 책에 나온 것들을 종합해서 관통하는 키워드 하나를 찾아보려고 해요.

저는 법대를 나왔는데요, 누워서 침 뱉기지만 법대에 보면 연애를 잘 못하시는 분들이 많았어요. 나름 문과에서 성적이 상위권인 편이고, 시험이 잘되면 사회에서 먹고사는 데 큰 지장도 없는데, 대학교 저학년때는 미팅 같은 걸 하면 완전 기피학과였죠. 과 내에서 친구들이랑 이야기할 때 서로서로 난 모태솔로가 될 것이라는 이야기들도 난무하죠. 그래서 그때부터 '무엇 때문에 인기가 있고 없는 걸까?' '무엇 때문에 연애를 잘하고 못하는 걸까?' 사람들을 두고 비교를 해보기 시작했던 것 같아요.

여러분께서는 이성에게 인기가 좋기 위해 필요한 요소가 있다고 하면 뭐라고 생각하시나요? 아주 많고, 사람마다 중요도 비율은 조금 다르겠지만 우선 당연히 외모가 있죠. 잘 생기고 키가 크고 몸매도 좋은 사람이 더 낫겠죠. 그 다음으로 성격도 자상하고, 활발하고, 따뜻하고 이런 긍정적인 요소가 많은 것이 막 비관적이고 거칠고 괴팍하고 부정적인 요소가 많은 것보다는 유리할 것이고요. 스펙spec이나 경제력 같은 것도 작용할 것이고, 말을 잘하고 재미있는 사람을 선호하는 분들도 있고요. 운동을 잘하는 모습을 멋있다고 생각할 수도 있고요. 패션 감각이 좋아서 잘 꾸미는 분들도 대체로 인기가 좋죠. 물론 이 모든 것들을 다 갖추셨다고 생각하는 분은 책을 덮으셔도 됩니다(웃음).

이런 다양한 요소를 관통하는 하나의 키워드가 뭘까요? 곰곰이 생각해봤는데, 저는 '자신감'이라고 생각을 해요. 키 크고 잘생겨서, 돈이 많아서, 스펙이 좋아서 연애 능력치가 높은 것이 아니라, 내 외모, 성격, 재력 등의 장점을 스스로 인지하고서 '자신감'이 생기기 때문에 인기가 좋은 것이 아닌가 싶어요.

이런 결론은 제 주변 사람들을 살펴보면서 귀납적인 방법으로 내린 것인데요, 외모, 성격 등 이런 장점들이 동일하게 있는데 한 친구는 인기도 좋고 연애도 잘하고, 아니면 한 친구는 뭔가 계속 잘 안 이루어지고 실패하고 그런 경우들이 있더라고요. 그 두 사람을 가만히 비교해보면 가장 큰 차이가, 연애를 잘하는 사람은 자신의 장점을 잘 인지하고 적절한 자신감으로 잘 어필하거든요. 반면 잘 안 되는 친구들은 자신의 장점을 모르고, 자신감이 없으니까 어필도 잘 안 돼요. 특히 남녀

관계가 처음에 그 애매한 선에서 서로 되게 왔다 갔다 하잖아요. 그럴 때 자신감이 없는 분들은 그 고비를 넘지 못하시더라고요.

아무리 괜찮은 사람이라도 대시하고, 사람의 마음을 얻는 것에서는 실패할 확률이 더 높아요. 이는 노력으로 극복하는 데도 한계가 있는 게, 사람이 다른 사람을 마음에 들어서 사귀게 되는 과정은 단순히 노력이나 능력만으로 되는 것은 아니거든요. 사람의 사람에 대한 '선호'가 작용하는 영역입니다.

다른 조건은 굉장히 좋은데 다만 키가 평균보다 조금 작은 남자가 있다고 가정을 해볼게요. 이 사람이 한 여성 분에게 반했어요. 정말 진심을 다해서 잘 챙겨줬어요. 그런데 하필이면 그 여성 분이 키만 보는 분이었다면 어떨까요? 이 남자가 너무 객관적으로 훌륭하고 자기에게 잘 해주니까 감사한데, 도저히 이성으로는 안 느껴지는 상황이에요. 그러면 결국 그 남자 분과 잘되기는 어렵죠. 남자 분 입장에서는 되게 비극적이죠.

이 상황에서 그 남자 분이 무엇을 딱히 잘못한 것이 아니에요. 자기가 한 사람을 좋아하게 되어서 정말 최선을 다했는데 안 되었어요. 이게 노력으로 해결이 되나요? 성인이 아무리 노력을 해도 키를 키울 수는 없죠. 키는 사실 유전적인 요인이 큰 부분을 차지하죠. 이런 것은 남자도 여자도 그냥 바꿀 수 없는 선호의 문제예요. 여자는 키가 큰 남자를 좋아하고, 남자는 하필 키 큰 남자를 좋아하는 여자에게 사랑에 빠진.

게다가 그런 선호는 예측가능성이 떨어져요. 그 여자에게 반하기 전에 '키 작은 남자 좋아하세요?'라고 물어보고 반하지는 않잖아요. 문제는 예측가능성이 떨어진다는 것이 사람에게 본능적으로 자신감을 떨어뜨려요. 우리가 연습을 하고 모의고사를 보면서 계속 점수를 체크하는 것은 실력을 중간점검하고 시험에 익숙해지기 위해서이기도 하지만 본질적으로는 예측가능성을 높이기 위한 것이거든요. 내 수준이 어느 정도이기 때문에 이러한 추세라면 합격하겠다, 그러니 마음 편하게 꾸준히 하자, 이런 식의 안정감을 갖기 위해서인데, 내가 어떠한 사람에 빠지기 전에 그 사람의 선호에도 내가 맞는지를 완벽하게 알기란 어렵죠.

그래서 자신감을 가지기가 어려워요. 우선 내가 뭔가 마음을 먹기도 어렵고, 그 사람의 마음을 사로잡기도 어렵고, 무엇보다 그 상대방의 현재 마음 상태나 선호도 짐작은 하지만 쉽사리 드러나지 않는 부분이고 잘 맞지도 않거든요. 끊임없이 불안하고 자신감을 잃게 만들죠. 이것이 수많은 청춘 남녀가 수 없이 많은 밤을 지새우게 하고, 오지 않는 연락을 기다리게 만들고, 친구를 부여잡고 울면서 밤새 통화를 하거나 술을 마시게 하고, 옥상에서 담배만 피면서 하늘을 쳐다보게도 하는, 정말 아름다우면서도 아찔한 장면을 만들어내는 근본적인 이유입니다.

즉, 이렇게 불확실한 감정의 선이 오가는 전쟁터에서, 내가 내 장점과 진심을 가지고 상대방에게 마음을 표현하였으나 상대방이 받아주지 않았을 때, 자기 자신에 대한 믿음을 통해 상처를 빨리 극복하고 다음에 또 괜찮은 사람이 나타났을 때 자기를 최선을 다해 어필할 수 있는 경지에 올라간다면 연애를 전혀 못하는 단계는 넘는 것이 아닌가 싶습니다.

그렇게 하려면 어떻게 해야 할까요? 쉽지 않지만, 그래도 일단 하나씩 풀어나가 본다면, 우선 자신감을 가지기 위해서는 자신을 잘 알아야 하는 것 같아요. 나에 대한 이해죠. 이것이 왜 중요하냐면, 자신감이 그냥 나오는 분들도 있겠습니다만 대부분의 경우는 잘 알아야 자신감이 생기거든요. 예를 들어 수학은 정말 싫어하는데 미적 감각이 엄청 뛰어난 친구가 있다고 해봐요. 그럼 이 친구가 수학 시간에 자신감이 있을까요? 미술 시간에 자신감이 있을까요? 미술 시간일 겁니다.

연애로 비유하면 내가 이성에게 가장 어필할 수 있는 부분이 몸이라면, 몸이 부각될 수 있는 방법으로 이성을 만나는 것이고, 자상함이라고 한다면, 자상함을 계속 보여줄 수 있는 상황을 만드는 것이죠. 엠티나 합동 작업을 가서 잘 챙겨준다거나. 반대로 계속 지적되는 잘못은 고쳐야 할 것이고요. 즉, 내가 어떠한 사람인지 어떠한 부분에 강점과 약점이 있는지를 스스로도 생각해보고 다른 사람의 반응을 통해서 모아나가야 해요.

이성들의 반응을 통해서 얻는 것이 가장 정확할 텐데, 안타까운 것은 자신감이 낮은 분들은 이 데이터가 안 모여요. 이성과의 접촉 자체가 없으니까. 내담자 분이 악순환이라고 하는 부분입니다. 이 껍질을 깨고 싶은 분은 소개팅이든 선이든 아니면 그냥 아는 여자 사람에게라도 철판 깔고 물어보세요. 속된 말로 잠깐은 쪽이 팔리는 상황이 올 수는 있는데, 그래도 몇 분의 피드백만 받아보셔도 알 것이에요. 대부분의 평가가 비슷할 겁니다.

또 하나 중요한 것은 거부의 경험이나 거부에 대한 두려움 때문에 자신감을 잃어서는 안 된다는 것이죠. 거부당하는 것을 극복할 수 있어야 해요. 내가 정말 누군가가 좋아서 작업을 했다가 안 되었다면 그건 상대방이나 내게 어떠한 문제가 있다기보다는 그저 '선호'의 측면에서 서로가 안 맞았을 확률이 높다는 것이죠. 물론 작업 능력, 스킬, 이러한 부분의 부족함이 있을 수 있는데, 어떻게 보면 그것조차도 궁극적으로는 선호의 문제일 가능성이 높거든요. '난 작업을 잘하는 사람이 좋다'는 선호죠.

내가 지금은 남들에 비해 호감도가 떨어질 수 있어요. 그렇지만 계속 시행착오를 하면서 장점과 단점을 알고 단점은 보완하고 만남에서 장점을 부각시키는 노력, 그리고 이러한 추진의 원동력이 될 수 있는 자신감이 없다면, 더 앞으로는 못 나갑니다.

요약하면 '연애의 성공 요소 중 하나는 자신감인데, 자신감은 본인의 강점에서 나오므로 자신감을 갖기 위해서는 본인의 장점과 단점에 대한 인지가 필요하고, 인간의 선호가 작용하는 연애라는 관계의 특성상 거부라는 결과가 있더라도 거기서 꺾일 필요는 없다' 정도일 것 같습니다. 물론 정말 연애 잘하는 법으로 들어가면 파생적인 주제가 무궁무진하죠. 옷 잘 입는 법, 몸매 관리 법, 대화를 센스 있게 잘 이끄는 방법, 소개팅 장소 선정법, 고백하는 방법, 실연에 대처하는 자세 등 무궁무진해요. 인간사에서 가장 많은 이야기를 만들어낼 수 있지 않을까 싶습니다.

그나저나 이 부분은 저의 정말 주관적인 생각일 수도 있는데, 연애, 즉 누군가와 교제하는 관계가 된다는 것의 본질은 내가 아닌 타인의 마음을 얻는 것이잖아요. 저는 사람의 마음을 얻는다는 측면에서, 연애를 잘하는 법은 사회에서 성공하고 동료에게 인정받기 위한 요소와도 일맥상통하는 부분이 있는 것 같아요. 그런 면에서 보면 자신감을 가지고 실패를 두려워하지 않고 꾸준히 나가는 것은 연애가 아니더라도 성공에 있어서 중요한 부분을 차지하는 것 같습니다.

마지막으로 오늘도 썸남·썸녀를 두고 전전긍긍하시는 분들께 이런 말씀 드리고 싶네요. 젊었을 때 감정은 아끼지 마세요. 특히 이러한 순수한 사랑의 감정은요. 감정은 아낀다고 남아 있는 것이 아니고, 시간이 가면 손바닥 위의 모래처럼 흘러내려 버립니다. 다들 정말 파이팅입니다.

하나 더,
변호사의 조언

대시를 하였다가 차였다는 이유로 손해배상 청구가 가능할까

대시를 하다가 차였을 때 나를 찬 사람에 대하여 민사나 형사책임을 부담시킬 수 있을까요? 나를 정말 아프게 하였다는 이유만으로?

우선 형사책임을 지우는 것이 가능할지 보면, 과거에는 형법 제304조에 혼인빙자간음죄라는 것이 있었습니다. 혼인을 빙자하거나 기타 위계로 음행의 상습 없는 부녀를 기망하여 간음한 자를 처벌하겠다는 것입니다. 이 조항은 중세 독일의 사기간음죄에서 유래한 것입니다. 그런데 취지가 성적 자기결정권이 없는 여성을 보호한다는 것이어서 상당히 시대착오적일 뿐만 아니라 남성만 처벌하므로 성차별적인 요소도 있었습니다. 결국 2009년 헌법재판소 위헌 결정으로 폐지되었습니다. 대시 단계에서 남녀가 관계를 하는 경우 자체가 얼마나 될지는 잘 모르겠습니다만, 어쨌든 형사책임을 물을 수 있는 근거는 현재로서는 없어 보입니다.

민사의 경우는 어떨까요? 계약법 일반론적으로는 신뢰보호의 원칙이나 신뢰이익 배상과 같이, 나에게 어떠한 신뢰가 생기도록 상대방이 행동한 경우 내가 그 신뢰를 믿고 행동하면서 입은 손해를 배상하도록 하는 원칙들이 있기는 합니다. 그러나 연애에서는 이러한 신뢰이익 배상의 원칙이 적용되고 있는 것 같지는 않습니다. 연인관계에서 이별통보를 받고 자살한 남성의 가족이 헤어진 연인을 상대로 사실혼을 주장하면서 손해배상청구를 한 사안에서(참고로 사실혼 관계가 있으면 결별의 귀책사유가 있는 상대방에 대하여 손해배상청구가 가능합니다), 법원은 실연과 남자친구의 자살 사이에 법률적으로 상당한 인과관계가 있다고 볼 수 없다고 판시하였습니다. 무엇보다 이 판결은 '이별 통보 후의 자살이라는 이례적인 선택을 두고 상대에게 법적 책임을 논하기는 어렵다. 설혹 미혼남녀가 서로 사귀다 변심해 다른 이성을 만나 그리 됐다고 하더라도 법이 끼어들 문제는 못 된다'고 하며 연애의 시작이나 결별 문제를 법으로 판단하기는 어렵다는 입장을 보이고 있습니다.

마음이 짠한 결론이지만, 법원이 달리 판단할 수도 없었을 것입니다. 그렇게 하였다가는 모두들 이별 후에 법정으로 가게 될 것이니까요. 결국 대시를 하다 차여도, 사귀다가 차여도 믿을 것은 나 자신뿐입니다. 자신감을 가지세요.

연인 간의 종교전쟁(피하기)

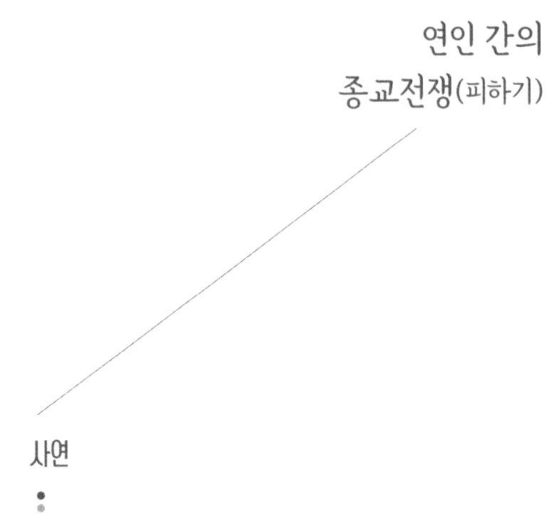

사연

답은 내려져 있는 것 같은데, 오랫동안 연애를 한 것 때문에 쉽게 결론을 내리지 못하는 것 같아 조언을 구합니다. 만나는 내내 남자친구의 종교가 걸렸지만 제게 한 번도 강요하지 않았고, 결혼 후에도 강요하지 않기로 약속했습니다. 남자친구의 어머님께서도 많이 독실하셨는데, 어머님도 강요하지 않았으면 좋겠다고 이야기하였고, 남자친구는 어머님께 종교를 강요하지 않기로 승낙을 받았다고 하여 결혼 준비를 하게 되었습니다. 그런데 결혼이 얼마 남지 않았을 때 남자친구 어머님께서 결혼하면 교회에 나와야 된다고 하시더라고요.

지금 생각해보면 어머님은 독실하셔서 그럴 수 있겠다 싶지만 그때는 무섭고 혼란스러웠습니다. 남자친구를 통해서 분명 확답을 받았는데, 어머님께서 갑자기 그런 말씀을 하신 것일까? 일단 맞춰보려고 교회도 가보았는데, 딱히 거부감이 들지는 않았지만 제가 뭐 하고 있는 것인가 싶더라고요. 그래서 남자친구에게 평생 다닐 자신은 없다고 어머님께 말씀드리자고 했더니 남자친구가 어머님이 반대하실 것이 뻔한데 설득할 자신이 없다고 나왔습니다.

그래서 교회도 어머님도 감당이 안 되지만 무엇보다 제 편이 되어주지 않는 남자친구에게 지친다고 이별 통보를 하였습니다. 그러자 남자친구는 교회를 강요하지 않겠다고 그냥 결혼하자고 하네요. 사실 남자친구가 어머님 앞에서 '제 여자친구에게 종교 강요하지 말고, 반대해도 결혼하겠다'고 한 번만 해주면 믿고 따라갈 수 있는데, 남자친구가 부모님을 꺾지 못하는 것 같아 저는 겁이 나네요. 종교뿐만 아니라 다른 부분에서도요. 사실 그 전까지는 별 싸움 없이 잘 지냈거든요. 결혼하시면 분명히 어머님은 교회를 또 강요하실 것이고, 남자친구는 결혼하고 나서는 자기가 꺾을 수 있다고 말하는데 믿기가 너무 어려워요. 설사 남자친구가 어머님을 꺾더라도 시어머님과 사이가 나빠지는 것도 싫고요.

결혼 전부터 교회와 시댁 문제로 너무 지칩니다. 제가 남자친구를 교회와 시어머니를 감내할 정도로 사랑하지 않는 것인지 의문도 들고요. 도움 부탁드립니다.

조언

이번 사연 및 상담은 특정 종교에 대한 의견 개진이 아닙니다. 단지 부모가 자녀 또는 자녀의 배우자에게 같은 종교를 강요할 때, 이를 원치 않는 자녀 또는 자녀의 배우자가 대처하는 방법에 대한 의견입니다. 저 역시도 해당 종교의 성직자나 신자로 지내는 많은 분들과 친하게 지내고 있습니다. 종교의 차이에 따른 갈등과 결혼 준비할 때의 갈등은 항상 나오는 단골 요소인데 이 두 가지가 콤비네이션을 이루고 있는 상황이네요.

우선 종교란 무엇인가 생각해보면, 국립국어원 표준국어대사전 정의에 의하면 종교는 '신이나 초자연적인 절대자 또는 힘에 대한 믿음을 통해서 인간생활의 고뇌를 해결하고 삶의 궁극적인 의미를 추구하는 문화 체계'라고 되어 있습니다. 이 정의에서 무엇을 가장 먼저 알 수 있는지요? 대상이 신, 초자연적인 절대자 또는 절대적인 힘입니다.

즉 현재까지 인간의 지적 능력으로는 증명이 가능하거나, 우위를 평가할 수 있는 대상이 아닙니다. 그리고 우리는 그것을 그냥 '믿는 것이죠'. 그렇기 때문에 어떠한 논리나 근거를 가지고 설득을 해서 다른 사람의 종교를 바꿀 수 없어요. 애당초 설득의 영역이 아닙니다. 논리로 굴복을 시킬 수 있는 것도 아닙니다.

종교는 각자 내면의 영역에서 자유를 가지고 믿는 것인데, 다른 사람의 생활을 침범하기 시작하면 그때부터 문제가 발생하죠. 이번 사연이 그러한 경우겠죠. 시어머님께서 상담자 분 본인의 종교를 바꾸시려 하고 종교생활을 요구하시면서 문제가 생긴 것이죠. 처음 만난 사이에서 이렇게 종교를 강요하면 그냥 안 보면 그만인데, 이미 오랫동안 만난 사랑하는 남자친구의 가족이 이러한 요구를 한다? 지금 와서 다 엎는 것도 정답이 아닌 것 같고, 참 안타깝고 답답한 상황입니다. 조금 질문과 상황을 나누면서 답을 찾아볼게요.

첫 번째 질문입니다. 믿음이 있거나 없거나 계속 교회를 다닐 수 있는가 질문해볼 수 있습니다. 만약 여기에 대한 답이 '네, 그렇습니다'라면 결혼하셔도 됩니다. 다니다가 뭐 믿음이 진짜로 생기실 수도 있고요. 믿음까지는 아니지만 적응하실 수도 있어요. 그건 모릅니다. 다만 자신이 없다면 다음 질문으로 넘어가야 됩니다.

두 번째 질문입니다. 그러면 시어머님의 요구가 바뀔 수 있는가? 시어머님께서 겉으로 말씀을 안 하게 되시는 날이 올 수는 있죠. 그런데 제가 볼 때는 시어머님께서 마음속으로는 며느리가 교회에 같이 다녔으면 이거를 완전히 놓지는 않으실 것 같아요. 그리고 좀 더 솔직히 말씀드리면, 아마 겉으로도 계속 요구를 하실 가능성이 아주 높다……가 정답입니다. 다른 사람을 내가 바꿀 수 있는 가능성에 대하여는 기대를 안 하는 것이 좋고, 어머님께서도 꾹꾹 눌러 참다가 말씀하신 것이면 이미 마음속에서는 며느리와 교회에 같이 가는 희망이 가득 차 있을 것이에요. 교회에 가서 며느리 자랑도 하고, 나중에 손녀 손자도 같이 가고 이런 것 말이죠.

세 번째 질문입니다. 교회를 안 다니면 안 예뻐하실까? 초반에는 안 예뻐하실 가능성이 높아요. 그리고 마지막에도 바뀌지 않을 가능성이 상당한데, 이는 제가 볼 때 변수는 남자친구(나중에는 남편), 그리고 어머님 주변의 가족 또는 내담자 분께서 나중에 낳게 될 자녀입니다. 그분들이 내담자 분의 편이 된다면 어느 정도 누그러지실 수는 있어요. 그런데 남편 분 쪽 모든 분들이 열성적인 신자다, 그럼 이제 그분들이 편 들어주실 가능성은 낮죠. 자녀 부분은 지금으로서는 도저히 알 수가 없는 변수고요. 언제 어떻게 태어나고 어떠한 성향일지 엄마의 편에서 얼마나 지원이 될지 지금은 아무것도 알기 어렵습니다.

네 번째 질문입니다. 남자친구가 어머님을 꺾을 수 있을까? 이건 질문이 만약 '꺾을 수 있냐?'라고 한다면 그건 쉽지 않아요. 부모가 자식을 바꾸는 것도 쉽지 않지만, 자식이 부모를 바꾸려고 하는 것도 아주 쉽지 않습니다. 그 과정에서 상처도 엄청나게 많이 나고요. 그래서 질문을 '꺾을 수 있냐?'에서 바꾸는 것이 좋을 것 같아요. 물론 여기서 이 부분을 먼저 말씀드린 것은 내담자 분께서 남자친구가 어머님을 꺾을 수 있는지를 궁금해 하시는 것 같아서요.

다만 꺾는 것은 아니고 약간의 거리를 두면서, 그냥 못 들은 척하고 살 수는 있을까요? 이것도 물론 중간 과정은 매우 힘들고 시행착오도 많고 상처받는 날도 있겠지만, 아주 불가능한 미션은 아닙니다. 지금 남자친구 분과 결혼하시게 된다면 가장 현실적인 대안일 것 같아요. 다만 여기에 몇 가지 전제가 있습니다.

우선 남자친구 분께서 본인의 어머님과 거리를 둘 수 있어야 해요. 여기서 말하는 거리는 물리적 거리뿐만 아니라 심리적 거리도 포함됩니다. 우선 물리적 거리가 있으면 좋을 텐데, 여기서 말하는 물리적 거리는 어머님이 교회를 같이 가자고 할 수 없는 정도의 거리죠. 교회를 같이 가자고 하셨을 때 에누리가 전혀 없으면 안 되잖아요. 거짓말은 물론 나쁘고 피하는 것이 좋겠습니다만, 불가피할 때가 있잖아요. 이럴 경우 들키지 않을 정도의 물리적 거리를 의미하기도 합니다.

심리적 거리는 남자친구 분께서 어머님의 요구를 내담자 분께 있는 그대로 전달하지 않는 것과, 어머님의 요구가 묵살되어서 어머님께서 화가 많이 올라오셨을 때 남자친구 분께서 그걸 그냥 제3자의 화 정도로 받아들이고 버티는 힘입니다. 쉽게 말하면 남자친구가 쿠션이 되셔야 돼요. 어떤 느낌이냐면, 쿠션을 사이에 대고 말을 하면 잘 들리나요? 잘 안 들리죠? 그리고 쿠션 맞은편에서 때리면 반대편에 있는 사람이 아픈가요? 잘 안 느껴지죠? 그러니까 남자친구가 어머님 말씀도 다 본인이 듣고 소화하고 전달하지 말고, 어머님이 말로 때리시는 것도 본인이 맞는 겁니다.

약간 다른 이야기이기는 한데요, 이건 결혼을 하신다면 내담자 분도 마찬가지인 것 같아요. 반대로 여자 분도 여자 분의 어머니가 남자친구에 대하여 어떠한 요구를 할 경우에 그걸 그대로 전달하시면 안 되고 중간에 소화 · 조율하는 과정이 필요합니다. 이러한 쿠션이 되어줄 수 있는 사람인지를 확인하는 것이 매우 중요하고, 사실 내담자 분께서 걱정하시는 것에는 이런 부분도 있을 것 같아요. 명확하게 해야 하는 부분입니다. 물론 남자친구도 속이 편하지는 않은 상태이겠으나 결혼을 하시려면 감당하고, 계속 연습하셔야 하는 부분입니다.

종교의 강요 문제를 차치하고라도 우리나라에서는 맞고 틀리고를 떠나서 가족, 특히 양가 부모님들이 결혼할 때뿐만 아니라 결혼생활에도 상당히 많은 것들에 관여하시죠. 대부분 한, 두 명의 자녀에게 엄청난 자원을 투입해서 키우고, 결혼할 때 비용이 많이 들어 부모님의 지원이 필요하고, 자녀들이 물질적/정서적인 독립 시점이 매우 늦고 독립이 잘 되지 않는 경우도 많고, 한국 특유의 자랑 문화도 있고, 정말 이유는 많은데 어쨌든 그렇습니다.

그런데 현명하게 가시려면 두 분이 이제는 새로운 팀이라고 생각을 해야 합니다. 두 분이 각 가정에서 나와서 자신이 선택한 남자친구(여자친구)와 편을 먹고 비록 부모님의 요구라고 하더라도 적절하게 확대 또는 축소를 하는 현명함이 필요해요. 결혼하시기 전에는 이해하기 어렵죠. 왜냐면 부모님 말씀에 쿠션을 넣어야 하는 삶을 해볼 일이 별로 없으니까요. 이제부터는 아닙니다.

결국 이번 일은 두 분께서 이번 어머님의 관여뿐만 아니라 향후에 있을지도 모를 간섭으로부터 얼마나 서로를 지킬 수 있을지를 시험하는 테스트입니다. 그 과정에서 부모님들이 서운해 하신다? 당연히 서운해 하실 수 있어요. '내 말을 잘 듣던 자식이 결혼하더니 내 말을 안 들어? 이상한 상대방 만나서 사람이 변했구나?' 이런 식으로요. 그래도 점점 그 부분을 받아들이게 해야죠.

제가 아까 아이 문제를 잠깐 말씀드렸는데, 아이가 태어나면 일단 아이 부모의 가족 내 영향력이 강해지기도 하고, 부부가 오래될수록 점점 신뢰도 쌓이고 자기 발언권도 생기고, 그렇게 하면서 점진적으로 발언의 중요도나 의사 결정 측면에서 위치를 바꿔가는 것이 결혼생활이 아닐까 싶어요.

결국 이렇게까지 해서라도 이 분과 결혼하시고 싶으면 하시고, 아니면 뭐 어쩔 수 없습니다. 연인관계나 결혼을 결정하는 이유 등은 정말 사람이나 상황마다 달라서(속된 말로 '케바케'라고 하죠) 결론을 내드릴 수 있는 입장은 아니고, 이 정도 의견이 다네요. 제 상황이라면 정말 답답할 것 같습니다만, 그래도 슬기로운 결정을 내리시길 바라겠습니다.

하나 더,
변호사의 조언

헌법상 종교의 자유는 어디까지 허용되는가?

헌법 제11조는 누구든지 종교에 의하여 차별을 받지 아니한다, 제20조 제1항은 모든 국민이 종교의 자유를 가진다, 제2항은 종교와 정치가 분리된다는 대원칙을 천명하고 있습니다.

그렇다고 하더라도 내가 어떠한 종교를 믿는 것을 떠나 종교를 믿는다는 이유로 한 모든 행위가 종교의 자유로 정당화될 수는 없습니다. 예를 들어 이 글을 작성하는 시점에는 COVID-19 사태로 인하여 많은 종교가 대면 예배나 단체 활동의 제약을 받고 있습니다만 이는 국민의 보건권이나 국가의 안전보장 · 질서유지 · 공공복리 등을 위해 정당화될 수 있다고 보는 것이 일반적인 입장입니다. 물론 COVID-19 확진자 수가 늘어날 경우 국민 개인뿐 아니라 국가 전체에 엄청난 피해가 발생하는 예외적인 상황이 고려된 것이기는 합니다. 뿐만 아니라 양심적 병역거부제의 경우에도 표면상으로는 헌법

제19조 양심의 자유에 기초한 것이기는 합니다만 대체로 몇몇 종교를 믿는 분들이 선택하는 경우가 많아서 종교의 자유에 대한 보호나 특정 종교에 대한 차별 등의 갈등으로 보시는 분들도 있습니다.

어쨌든 헌법재판소나 학계는 종교의 자유 중에 외부로부터 신앙을 강제 받지 않고 내 마음 속으로 신앙을 선택하는 신앙의 자유는 절대적 자유이므로 제한할 수는 없지만, 내 신앙을 외부로 표출하는 종교적 행사, 집회, 결사, 교육 등의 자유는 상대적 자유로서 헌법 제37조 제2항에 따라 국가의 안전보장 · 질서유지 · 공공복리 등을 사유로 하여 제한할 수 있다는 입장입니다. 그리고 무엇보다 내가 어떠한 종교를 믿겠다는 것 자체는 순수한 사적의 영역이므로 존중되고 강제되지 않아야 한다는 것입니다. 즉 사안에서도 내담자 분께서 어떠한 종교를 믿으실 지는 헌법상 보호되어야 하는 것이고, 어머님이나 다른 사람이 강요할 수 없는 부분입니다.

종교는 인간이 절대자의 존재 하에서 겸허하게 자신을 받아들이고 나뿐만 아니라 공동체를 위하여 선행을 베풀고 봉사하는 삶을 살 수 있도록 해주는 장점을 가지고 있습니다. 실제로 종교의 창시자 분들께서 보여주신 모습들은 대부분 자신이 아니라 남을, 특히 더 낮고 어려운 사람을 먼저 생각하는 것이었고요. 종교에서 가지고 있는 경전 역시 마찬가지인 경우가 많습니다. 그런데, 이러한 종교의 참 뜻을 벗어나 나와 남을 구분하여 편을 가르고, 이익과 부귀를 좇으며, 나만의 소아적인 행복을 추구하게 되는 사례들이 자주 보입니다. 종교가 정치에 과도하게 개입하면서 권력화되는 경우도 있고요. 종교의 세속화된 모습을 볼 때마다, 종교를 창시하신 그분들께서 구제해주고 싶은 인간상들이 이러한 모습이었을까? 그분들께서 원하시는 이상적인 세상이 이러한 모습이었을까? 하는 생각을 하게 됩니다. 저는 부끄러울 정도로 전형적인 기복신앙 신자이기는 합니다만, 우선 저부터도 반성하는 삶을 살아야겠습니다.

연애,
그리고 기다림

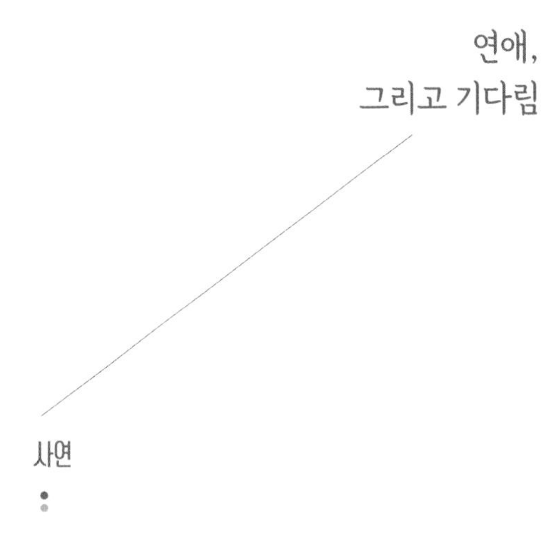

사연

저는 30대 후반 직장인입니다. 고민이 되는 상황이 있습니다. 제게는 여자친구가 있습니다. 여기까지는 남들보다 특별할 것도 없는데, 한 가지 조금 다른 부분은, 나이 차이가 조금 있습니다. 제 여자친구는 대학생이고, 저는 사회생활을 한 지 꽤 되었습니다.

처음 그녀를 만난 곳은 제가 오랫동안 다니던 교회에서 주관하는 야학이었습니다. 저희 교회는 봉사활동으로 인근 어려운 학생들에게 공부를 가르치고 있습니다. 저도 학교 졸업 후에는 거의 못 가보았는데 후배들이 도와달라고 해서 오랜만에 야학에서 독서 수업을 맡게 되었습니다. 과거에 보람있는 일들이 많았는데 그러한 과거를 다시 한 번 느껴보고 싶은 부분도 있었고, 제가 공유해줄 수 있는 부분이 있으면 공유해주고 싶었습니다.

그러다가 그녀를 만났습니다. 그녀는 학교를 휴학하고 야학에서 다른 여러 과목을 가르치고 있는 선생님이었습니다. 선생님들끼리 몇 차례 모임이 있었는데, 그 모임에서 저희는 만나 친해졌고 곧 연인이 되었습니다. 초반에는 너무 행복한 날들이었습니다. 외모뿐만 아니라 그녀가 가지고 있는 생각들까지도 저와 정말 잘 맞는다고 생각하였으니까요. 그런데 시간이 갈수록, 문제가 하나씩 드러나기 시작했습니다.

무엇보다 가장 큰 문제는 저는 이미 결혼적령기를 넘은 상황이었고, 그녀는 아직 대학생이라는 점이었습니다. 어릴 적부터 결혼을 빨리 해서 예쁜 가정을 꾸려야 한다는 강한 신념이 있었습니다. 게다가 저는 부모님 부양에 대한 부담도 있는 상황이었습니다. 그런데 그녀는 아직 현실 감각이 없는 편이었습니다. 아직 학생이니 그럴 수밖에 없었습니다. 대학원에 진학하겠다고 하여 저랑 크게 다투게 되었습니다.

결국 저와 맞추기 위해서 억지로 취업 준비를 시작하였는데, 그녀가 원하는 것을 막는 모습이 되어 제 마음 역시 전혀 편하지 않았습니다. 부모님께서도 그녀를 별로 내켜하시지 않아서 그녀와 같이 있는 모습을 몇 번 보여드렸는데도 궁금해 하시지도 않고 다른 사람을 소개해주려고 하셨습니다.

또 그녀의 너무 착한 성격은 어떻게 보면 맺고 끊음이 분명하지 못하고 매번 손해를 보는 답답한 부분도 있었습니다.

여자친구는 현실보다는 이상주의자에 가까웠습니다. 그러나 이미 사회인인 제게 이상은 남아 있지 않았습니다. 현실에 대한 인식 차이 때문에 다툼이 벌어지기도 하였습니다.

주변에 결혼 적령기의 사람들을 만나 쉽게 결혼하고 벌써 아이를 낳고 키우는 친구들을 보면 부럽기도 합니다. 점점 그녀와 있는 시간이 불편해지고, 여자친구가 아이로만 보입니다. '이 아이를 어떻게 키워야 하나' '내가 왜 키워야 하나' 라는 불만이 생기고 있습니다. 처음에는 외모나 성격이 잘 맞는다고 생각했는데 불안한 마음을 커지고 이 사람을 언제까지 키울 자신이 없습니다.

주변에서는 어린 여자친구 만나면서 행복한 고민한다고 놀리는데, 저는 진지합니다. 제가 이 사람을 기다릴 수 있을까요? 아니면 현실적으로 적령기에 맞는 사람을 만나는 것이 이 사람이나 제게 모두 옳은 것일까요?

조언

이번 주제는 연인관계에서의 기다림입니다. 한 분은 좀 더 결혼 준비도 되어 있고 결혼을 하고 싶어하는 상황인데, 한 분은 아직 나이 · 학업 · 취업 등 측면에서 결혼 준비가 되어 있지 않은 상황이죠. 그런데 연인 관계에서 기다림이라는 것이 드문 주제는 아닙니다. 오히려 둘 사이에 타이밍이 처음부터 끝까지 완전히 같이 가는 경우가 흔하지 않아요.

시작하는 단계에서부터 학생, 취업준비생, 사회인 등 단계가 다를 수 있고, 특히 한국은 남성의 경우 의무복무제도이기 때문에 군대를 가면서 상대방이 1~2년 또는 그 이상 기다리는 경우도 흔하고요. 취업에 걸리는 시간, 결혼 준비가 되는 시간도 다 다를 것이고요. 최근에는 학업이나 취업을 하면서 지역이 멀리 떨어지는 경우도 있죠. 이른바 '롱디'인데, 이 경우에는 지리적인 기다림이 있죠. 연인 관계에서 기다림이나 타이밍의 엇갈림을 다룬 문학적 텍스트나 영화 소재들도 되게 많죠.

연인 관계는 가족, 친구, 남남이 가지고 있는 성격을 조금씩 가지고 있다는 특수성이 있어요. 연인 관계에 대하여 의견을 드리려면 먼저 이 특수성을 살펴봐야 할 것 같습니다.

처음에 두 사람이 알기 전에는 완전 남이에요. 그러다가 연인 관계가 형성되는 단계로 가면, 처음에는 호기심 같은 감정으로 시작해서 알아가면서 점점 더 호감도가 깊어지고, 그러다 '좋아한다' '사랑한다'는 식으로 감정이 발전하면서 연인 관계가 형성되죠. 친구 같은 관계를 지나 애정 관계로 가는 단계입니다. 연인 관계가 무르익었을 때는 어떠한가요? 정말 특별한 관계가 되죠. 대체할 수 없는, 단 한 명과 '사랑'을 하게 되는 것이죠. 한창 사랑을 할 때는 계속 보고 싶고 연락하고 싶고 무엇을 하는지 궁금하고, 자신을 공유하고 희생하게 되죠.

그다음은 어떤가요? 연인 관계와 친구 관계의 가장 큰 차이는 연인 관계는 죽을 때까지 계속 연인으로 끝나는 경우는 거의 없고 어떠한 식으로든 변하고 마는 결론을 예정하고 있다는 것이에요.

연인관계가 깊어지면 부부가 되어서 가족이라는 관계를 형성할 수도 있지만, 사랑이라는 감정이 사라지면 연인관계도 소멸되죠. 가장 가까우면서도 특수한 관계인 부부가 될 수도 있지만 그것이 아니라면 다시 남으로 돌아가요. 아예 모르는 남 사이 정도로 돌아가면 다행이죠. 모르는 남은 나한테 피해를 끼치지는 않잖아요. 하지만 사귀다 깨지면 대부분 감정적인 상처나, 이에 더하여 물질적 · 신체적으로까지 어떠한 데미지를 입는 경우가 있어요. 모르는 사람보다도 못한 거죠. 즉, 인연 또는 악연이 됩니다.

잘되면 결혼이지만 아닐 경우에는 남 또는 남보다 못한 관계가 될 수 있는 사이. '사랑이라는' 굉장히 열정적이고 격정적이고 감정적이고 비이성적인 선택을 하기 쉬운 감정의 선을 타고 있으면서도, 또 언젠가는 남이 될 수 있는 관계. 엄청나게 가까운 단둘이지만 생각보다 연약한, 끊어지기 쉬운 매듭으로 연결되어 있는 둘. 게다가 연애를 많이 하는 젊은 시절은 인간이 육체적으로 가장 건강하고 감정도 왕성한 시기이므로 만나고, 사귀고, 헤어지는 모든 과정이 격정적으로 되는 경우도 많고요.

또 하나의 특수성은 연인관계를 맺어주는 '사랑'이라는 것을 유지하기 위해서는 상당히 많은 맞춤과 희생을 동반하죠. 함께 시간을 보내기 위해서는 스케줄을 맞춰야 하고, 좋아하는 것들을 하기 위해서 좋아하지 않는 것들을 같이 해야 할 수도 있습니다. 예를 들어 파스타를 싫어하는 남자가 파스타를 좋아하는 여자친구를 위해 매일 파스타를 먹다가 나중에 파스타 요리사가 된다거나, 상대방의 종교에 맞춰서 함께 다니다가 나중에는 헤어지고 나서도 그 종교에 계속 다니는 경우도 있고, 이성친구와 함께하고 싶어서 사는 지역을 옮겼는데 헤어지고 나서 그 지역에서 평생 사는 경우도 봤어요(웃음). 이러한 변화를 기쁘고 행복하게 받아들일 수도 있지만 익숙함에서 벗어나는 것이므로 고통을 수반할 수도 있는 것이죠.

결국 타이밍이 안 맞는 것 역시 맞춤이라는 하나의 관점에서 충분히 있을 수 있어요. 그냥 보통의 친구라면 잠깐 안 봐도 되고 각자 자기 할 일 하다가 때 되면 만나면 되죠. 그 시간 동안 내 일을 해도 되고 다른 친구를 사귀어도 전혀 문제가 안 되고요. 안타깝지만 더 이상 관계가 유지되지 못하고 끊겨도 아쉽기는 해도 죽고 못 사는 경우는 별로 없잖아요. 그런데 그냥 친구가 아닌 연인은 다르죠. 단 한 명의, 배타적이고, 독점적인 관계. 그 관계를 이어주는 것은 사랑이라는, 말로 설명하기 어려운 감정. 연인이 있는 한 비슷한 감정을 가지고 다른 관계를 형성하기도 어려운, 해서도 비난받을 수 있는 복잡한 관계. 이러한 여러 가지 특수성이 얽혀 있는 상황이죠.

일단 내담자 분의 고민으로 돌아가면 결혼 적령기에 있으면 고민이 많으신 것은 충분히 이해가 돼요. 본인은 너무 고민이 많은데, 여자친구는 본인이 원하는 속도만큼 따라오지 않으니 계속 답답하고 조바심이 날 테고요. 기다림에 조바심이 나는 이유는 결혼 적령기라는 생각 때문인데요. 결혼 적령기라는 개념은 신체적 · 사회관습적인 두 가지 의미를 가지고 있다고 생각해요. 신체적인 관점에서는 결혼은 대체로 아이를 낳아서 키우는 과정을 동반하게 되는데, 아이를 낳아서 키우기 가장 적합한 나이라는 것이죠. 너무 어리지도, 많지도 않은.

그리고 사회관습적으로는 조금 넓은 개념에서 가정을 꾸려나갈 수 있는 능력, 경제력이나 건강 같은 부분도 포함하여 이른바 결혼 '시장'에서의 가치죠. '결혼은 사랑으로 하는 것 아냐?'라고 반문하실 수 있어요. 저도 결혼을 결심하고 유지하는 데 사랑은 필요하다고 생각하는데, 사실 인류가 결혼이라는 제도를 유지한 역사적인 이유는 사랑보다는 종족이나 가문의 보존 측면이 더 강한 부분도 있거든요. 현대 사회에 합당한 관점인지를 떠나서요.

어쨌든 현실적으로는 여러 기준으로 사람을 평가하게 됩니다. 그러니까 내담자 분 입장에서는 자기는 점점 신체적으로 하락하는 타이밍인데, 무작정 기다렸을 때 기다림의 결실이 올지 안 올지 모른다는 불확실성과 불안감이 있는 것이죠. 여자친구가 언제쯤 충분히 결혼 준비가 될까? 그때쯤 되었을 때 상대방이 마음을 바꿀까? 그때 가서 또 다른 문제로 헤어질 수도 있는데, 내가 인생에 한 번 오는 결혼 적령기를 걸고 도박을 해도 되는 것일까?

이러한 고민이 계속되다 보면 이 사람이 괜찮은지 안 괜찮은지에 대해서도 초심을 잃게 되죠. 상황에 눈이 먼다고 해야 하나? 거기에 한국 결혼은 분위기상 처음부터 집이나 혼수 같은 것들을 많이 갖추고 시작하려다 보니 당사자들이 가진 경제력으로 완전히 감당하지 못하는 경우가 종종 있는데. 그렇게 되면 부모님의 입김도 커지죠. 이러면 문제가 더 복잡해지는 것이고요.

연인관계에서 계속 관계를 유지한다 또는 헤어진다는 사실 정답이 없어요. 사연으로 말씀주신 것말고도 고려해야 할 요소들이 주변에 많이 있을 것이고요, 상대방의 반응도 저는 알 수가 없습니다. 결국 상황과 생각의 흐름을 따라가면서 스스로 결정하실 부분입니다.

그리고 제가 짧은 경험에 비추어보더라도 하나의 결론을 내리기가 너무 힘든 것이, 주변에 이렇게 타이밍이 엇갈렸을 때 기다린 분들, 기다리지 못하고 끝낸 분들이 많이 있는데, 기다려서 결실 맺어서 행복하게 사시는 분, 기다려서 고비를 넘었는데 다른 고비에서 무너져 결혼에 실패한 분들, 결혼까지 했는데 그 이후가 행복하지 못한 분도 있고요. 반대로 기다리지 않고 다른 분들 찾았는데 더 안 좋아진 분, 다른 분을 만나서 행복한 분, 다른 분을 아직 못 찾으시고 계속 미혼으로 계신 분 등, 예후가 너무 다양해서 일반화가 어렵더라고요. 대체적으로 조금 더 순응적인 분들은 기다림을 선택하는 경우가 많고, 참기보다는 적극적으로 행동하는 분들은 기다림을 선택하지 않는 경우들이 많기는 한데, 그것도 정말 사람이나 상황마다 많이 다릅니다.

다만 방법론이나 고려 요소들에 대하여 몇 가지 정도만 같이 이야기를 해볼 수 있을 것 같아요. 내담자 분께서 상황에 대한 오해를 하실까 봐 당부 말씀을 드리면, 첫 번째로 명심하셔야 하는 것은 고려 요소 중에, 내가 더 나이가 많으니 세상을 더 잘 알고 현명하게 생각하고 판단할 수 있다, 이렇게 생각을 하신다면 절대 아니라고 말씀드릴게요.

나이를 먹었거나 경험을 더 많이 했다고 해서 그 사람의 생각이 항상 더 옳을 확률이 높은 것은 아니에요. 설사 그렇다고 하더라도 노골적으로 말씀드리면 그 부분은 그냥 내담자 분의 생명과 바꾼 지식이나 경험입니다. 반대로 상대방에게는 젊음, 시간, 기회가 있죠. 내담자 분의 경험이나 연륜과, 상대방의 젊음 중 어느 쪽이 더 가치가 있을지를 내담자 분 입장에서만 생각하시면 안 됩니다. 어린 것이 갑이라는 말도 있잖아요. 막상 상대방이 나이를 먹게 되면 같은 나이 시점 기준으로 했을 때는 내담자 분보다 더 현명해지실 수도 있어요.

그다음으로 '지금 결혼을 하게 되면 내가 손해 본다. 왜냐하면 나는 준비가 더 많이 되어 있고 경제적으로도 더 나으니까'

이 생각도 아니라고 말씀드리고 싶네요. 이것 역시 그냥 내담자 분께서 조금 더 생명을 많이 쓰신 것뿐입니다. 기분 나쁘시면 죄송한데, 사람은 자기 수명까지 그 나이를 한 번씩 살잖아요. 여자친구 분께서는 자신의 나이에 맞는 가치관을 가지셨을 뿐일 수 있어요. 오히려 길게 보면 내담자 분이 더 먼저 아프실 수도 있고, 그때는 상대방이 더 많은 기여나 도움을 줄 수도 있어요. 물론 결혼생활을 이렇게 도움이나 이해관계 관점에서만 접근하면 당연히 안 되지만, 혹시라도 지금 꺼려지는 이유 중에 그러한 마음이 있을까 하여 드리는 말씀이에요. 결국은 그냥 나이에 따른 자연스러운 입장의 차이인 것이지 누가 더 우월하고 그렇지 않다, 누가 더 이익을 보고 손해를 본다, 이런 관점의 접근은 다소 일부만 짧게 보는 것이 아닐까 하여 말씀드립니다.

그럼 세 번째, 상대방에게 타이밍이 왔을 때까지 기다릴 경우 내 결혼시장에서의 가치가 떨어질 수 있죠. 상대방이 나와 헤어지려고 하거나, 아니면 사귀는 과정에나 결혼 준비를 하면서 다른 문제 때문에 헤어질 수도 있죠. 그렇게 되면 나는 닭 쫓던 개가 되는 것 아니냐며 조바심 낼 수도 있는데 이해는 됩니다. 이 부분은 100% 리스크를 대비하는 것은 불가능한데, 그래도 조금 리스크를 판단해본다면 상대방에게 어떠한 개입변수가 있는지를 살펴보세요.

몇 가지 개입변수를 생각해보면, 상대방과 결정적인 생활습관에 차이가 있다거나, 아니면 상대방이 아주 외향적인 성격이고 그냥 친구로 지내는 이성이 많아서, 그 시점이 오면 나라는 존재를 무시하고도 대시할 사람들이 있다거나, 아니면 은연중에 비교를 하는 상황이 놓일 수 있다거나, 이러한 부분들이죠.

가장 큰 개입변수는 부모님인데, 이러한 기다림에 대하여 당사자들은 고마움을 대체로 알지만 그렇다고 하더라도 부모님은 분명 리스크가 있는 변수입니다. 특히 여자친구가 시험을 준비한다고 하셨는데, 부모님의 기대치가 높다 보면 시험 합격 후 기다려준 사람을 안 알아주거나, 이제는 달라졌으니 현실에서 좋은 짝을 찾아라 모드가 되면서 문제가 되는 경우들은 주변에 종종 있어요. 이 부분은 꼼꼼하게 보실 필요가 있는 것은 맞습니다.

무엇보다 이러한 고민의 과정을 혼자 끙끙 앓지 말고 상대방과 논의를 해보세요. 대부분의 경우 싸움이 될까 봐, 말을 꺼내면 괜히 갈등만 커질까 봐 속으로 삭이다가 폭발해서 결론을 내려버리는 경우들이 종종 있어요. '너랑은 안 될 것 같다'라고요. 그런데 아쉽지 않을까요? 분명 사랑에 빠졌을 때는 내가 반할 만한 요소가 있었을 텐데, 그 요소가 변했으면 몰라도, 그게 아니라 오직 타이밍 때문에 헤어지는 것이라면?

물론 타이밍 때문에 헤어질 수 있어요. 아주 중요하니까요. 그렇지만 타이밍이 너무 고민이라면, 내 마음 속에서 결론을 내려버리지 말고, 내가 이러한 고민이 있는데 너는 어떻게 생각하니? 우리는 서로 어디까지 맞추고 양보할 수 있을까? 논의라도 시도해봐야죠. 상대방과 이야기해볼 생각도 하지 않고 내 마음속에서 '에이, 못 맞출 것 같으니 포기하자', 이렇게 결론을 내리면 그때까지의 내 마음이 조금 아깝지 않을까……라는 것이죠. 당연히 맞추다가 안 되고 헤어질 수 있어요. 그렇지만 '해결방법을 함께 논의하는 시도를 해볼 필요는 있지 않을까'라는 것이에요. 상대방도 내담자 분께서 말을 안 꺼내셔서 먼저 말을 못 하는 것이지 분명 마음속에서 고민은 하고 있을 것이거든요. 연인 관계에서 상대방이 가지고 있는 고민이나 불안감은 거의 전달이 되니까요.

인생에서 진짜 기다림이라는 것은 '내가 선택한 사람과 타이밍이 맞을까'도 있지만, '이러한 사람을 다시 만날 수 있을까'의 문제라고 생각해요. 물론 그 이후에 더 나한테 맞는 사람이 올 수 있어요. 뿐만 아니라 내가 한 번 사람을 선택했다면 지금 맞는지뿐만 아니라 후천적으로 관계를 유지하고 가꾸고 맞추기 위하여 노력하는 것 역시 엄청 중요합니다. 그런데 어쨌든 내담자 분께서 그분을 선택하고 관계 맺음을 시작하셨다는 것 자체가 일단 소중한 인연을 만든 것이잖아요. 그렇다면 그 선택을 후회하지 않기 위해 최선을 다할 필요는 있는 것 같아요.

참 어려운데, 어느 선택이든 최선을 다하시고, 결별을 선택하시더라도 서로 상처는 많이 안 나기를 바라게 되네요. 다시 일어날 수 있을 정도의 상처만 나셨으면 합니다.

하나 더,
변호사의 조언

약혼의 법률적 효력은 무엇인가?

결혼을 하고 싶은데 아직 영속적인 혼인관계를 맺기에는 아직 준비가 되어 있지 않다고 생각할 때, 가령 결혼 자금이 부족하거나, 학업이 끝나지 않았거나 아직 취업 준비 중이거나, 유학이나 군대 등 장기간 떨어져 있어야 하는 사정이 있는 등, 결혼을 당장 하기 어려운 경우들을 종종 봅니다. 그럴 때 그냥 기다리는 분들도 있지만(물론 헤어지는 분들도 있고요) 약혼이라는 방법을 선택하시는 경우도 볼 수 있습니다.

그런데 약혼은 법률적으로 어떠한 보호를 받을 수 있을까요? 민법상 약혼은 결혼 관계를 장래에 형성하기 위한 계약으로 취급됩니다. 다만 결혼 관계를 당장 성립시키려는 의사가 없고, 혼인신고도 하지 않은 것이지요.

약혼을 하게 될 경우에는 상대방과 결혼을 할 의무를 부담하게는 됩니다. 그러나 민법은 약혼의 강제이행을 금지하고 있습니다. 즉 약혼 후 상대방의 마음이 변하더라도 강제로 결혼을 할 수는 없으며, 다만 상대방에게 약혼 해제에 과실이 있는 경우 손해배상을 청구할 수 있을 뿐입니다. 그리고 약혼만으로는 어떠한 친족관계가 형성되지는 않으므로 약혼 중에 자녀를 출생하더라도 혼인 중 자가 되지 않고, 이후 결혼을 하는 경우에만 혼인 중 자와 동일한 지위를 얻게 됩니다.

약혼을 해제할 때 법률적으로 가장 자주 문제가 되는 것은 결혼을 전제로 하여 예물을 교환한 경우입니다. 이 예물은 혼인의 성립을 조건으로 한 부담부증여이므로, 약혼이 혼인으로 이행되지 않는 경우 증여를 취소하고 약혼 예물의 반환을 청구할 수 있습니다. 다만 판례는 파혼에 귀책사유가 있는 유책자는 자신이 제공한 예물을 적극적으로 반환청구할 수 없다고 판단한 바 있습니다. 따라서 실무상으로는 예물반환 및 손해배상청구 측면에서, 파혼 시 귀책사유가 누구에게 있는지를 두고 다툼이 있는 경우가 많습니다. 약혼이 파기된 것도 슬픈데 귀책사유까지 따져야 한다니 참으로 안타까운 일이데, 약혼도 파혼도 인생에 큰 영향을 주는 의사결정이므로 신중하게 해야 할 것 같습니다.

결혼과 연애,
달라도 너무 다른데 어쩌죠?

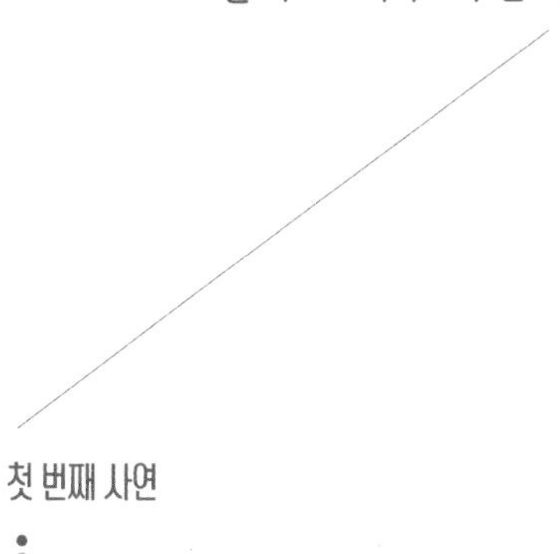

첫 번째 사연

결혼 4년차입니다. 아이는 딸 하나고요. 요즘 부쩍 아내와 다툼이 늘었습니다. 아내가 결혼 전부터도 친구도 많았는데, 여전히 친구들이랑 노는 것을 좋아해서입니다.

저는 가정이 우선인 사람이라 회사에서 퇴근하면 가급적 아이랑 놀아주려고 노력하고 회식도 잘 안 갑니다. 친구들이랑 술자리도 거의 없고요. 주말이나 쉬는 날에도 아이랑 시간을 보내고요. 반면, 아내는 결혼 전과 비슷한 생활이 그리운지 계속 친구들을 만나고 놉니다. 평일에는 제가 퇴근하면 그때부터 밤에 게임을 하고, 주말에는 거의 외출을 했다가 늦게 들어오는데 술이나 담배 냄새가 나는 날도 있습니다. 그러다 보니 살림도 잘 돌아가지 않습니다. 아내가 한 달에 돈을 얼마 썼는지도 잘 모르겠고 친정이나 시댁에서 반찬 주시면 썩어서 버리는 것도 많습니다. 잔소리를 해도 듣지도 않고 큰 싸움이 나고, 제가 매번 정리하는 것도 한계가 있다 보니 이제는 애기 물품이 없거나 냉장고가 엉망이 되어도 그러려니 합니다. 제대로 된 집밥을 얻어먹을 생각을 안 한 지는 오래되었습니다. 당연히 돈도 잘 안 모이고요.

한번은 아내가 친구 만난다고 나갔는데 그날따라 아이가 아픈지 칭얼대서 거의 못 잤습니다. 그런데 아내가 새벽이 다 되어서 들어오는 것이었습니다. 제가 너무 열 받아서 이혼하자고 했더니 아내는 그 말만을 기다렸다는 듯이 자기도 이렇게 사는 게 숨 막히니 이혼하자고 하더라고요. 너무 황당했습니다. 그냥 끝내고 싶었는데…… 아직 아이가 어려서 차마 그 선택은 못 하겠더라고요.

회사에 있어도 아이가 집에서 방치되고 있는 것은 아닐까 걱정입니다. 마음이 밖에 있는데 아이에게 얼마나 집중하겠어요. 혼자 쓸쓸히 놀고 있는 아이 모습이 떠오르면 마음이 찢어집니다. 내가 왜 이런 어리석은 선택을 했을까 후회도 하고요. 저는 조금 내성적이고 쭈뼛거리는 편인데, 아내는 외모도 괜찮은 편이고 말도 잘하고 재미있고 친구들도 많고 사교적인 모습이 부러웠거든요. 같이 놀면 재밌어서 결혼을 한 것인데, 결혼 후에 이런 일이 벌어질 줄은 꿈에도 몰랐습니다. 알았으면 당연히 안 했겠죠. 무엇보다 우리 애가 불쌍해서 미치겠네요. 시간이 가면 좀 나아질까요?

두 번째 사연

저희 집은 소심하고 무능력한 아버지 때문에 부모님께서 어릴 적에 이혼을 하셨고, 저도 그래서 양가 부모님이나 조부모님 댁을 전전하면서 자랐습니다. 그러다 보니 아빠와 같은 사람은 만나지 말아야지라고 생각했고요. 그러다 지금의 남편을 만났는데 남편은 저보다 리더십도 있고 시원시원하게 잘 결정하는 스타일이었습니다. 경제력이나 스펙도 더 좋고요. 아빠랑은 정반대인 남자다운 스타일이었어요. 좀 멋있다고 생각했어요. 결혼을 결정하게 된 것도 남편이 돈은 자신이 벌어올 테니 저는 육아랑 살림만 열심히 하라고 마음 편하게 말해준 것도 있어요.

그런데 결혼 준비 때부터 어긋나기 시작했습니다. 남편과 저, 남편 쪽 부모님과 저희 쪽 부모님 사이에 이견이 꽤 많았는데 항상 싸웠습니다. 그 과정에서 가장 실망한 부분은 남편의 일방적인 태도였습니다. 자기가 알아서 하면서 일방적으로 대화를 끊더라고요. 부부는 소통이 제일 중요하다고 하는데 소통이 되는 느낌이 없었습니다. 화가 나면 너무 성격이 불같고 무서웠고요. 험한 말도 종종 하였고 표정만 봐도 질릴 것 같아요. 기분이 풀리면 미안하다고 할 때도 있는데, 기분도 거의 먼저는 안 풀고 제가 가급적 먼저 화해하자고 하면 겨우 마지못해 푸는 수준이고요.

남편과 아내의 역할에 대한 고정관념도 있어요. 너는 육아랑 살림만 하라는 말을 처음에는 일하는 것에 부담 가지지 말라는 뜻으로 이해했는데, 이제 보니 여자는 결혼하면 집에 있어야 한다는 생각인 것 같습니다. 경제적인 부분도 그래요. 벌써부터 물건 하나 살 때마다 감시하려고 해서 답답하네요. 저도 나름 고르고 비교해가면서 살림에 필요한 물건을 최소한으로 사고 있는데요, 밖에서 돈 버는 게 얼마나 힘든지 아냐고 하면서 제가 하는 일을 마땅치 않아 하거나 무시하는 느낌이 들 때는 너무 슬프고요.

결국 대판 싸우고 결혼 준비를 중단한 상황입니다. 아직 혼인신고를 안 했는데, 그냥 시간이 멈췄으면 좋겠어요. 아빠 같은 사람만 피하면 될 줄 알았는데, 아니었나 봐요.

조언

이번 주제는 결혼입니다. 변호사에게 가장 많은 상담이 들어오는 주제 중 하나가 부부관계인데요, 뉴스 기사를 보면 명절 끝나고 이혼율이 높다는 이야기도 있고요. 정말 사랑해서 결혼한 것인데, 왜 이렇게 결혼생활을 하면서 갈등이 많을까요? 구체적으로는 연애와 결혼이 근본적으로 다른 부분에 대하여 몇 가지 생각을 공유해보려고 합니다.

우선 연애와 결혼은 근본적으로 그 행위의 목적이나 결론,

지향점 같은 것이 많이 다르죠. 연애는 무엇일까요? 상대방에게 호감을 얻고, 궁극적으로는 사랑? 조금 더 풀어서 설명하면 정서적 안정감 또는 육체적인 만족감을 포함하는 애정 관계를 형성하고 유지하는 것이겠죠. 그런데 결혼의 목적은? 사랑도 상당히 중요하겠으나, 가정을 꾸려나간다는 측면이 더 강하죠. 다르게 표현하면 생활, 더 직설적으로 이야기하면 생존을 하기 위한 선택이죠. 그러다 보니 경제적인 부분, 육아, 양쪽 집안의 성향이나 상황 이런 것들이 다 문제가 될 수 있죠.

무엇보다 결혼은 좀 더 단도직입적으로 말씀드리면 어떠한 '일'에 가까워요. 연애는 즐겁기 위해서 하는 것이므로 즐겁고 행복한 부분만 공유하면 됩니다. 같이 꼭 무엇인가 성과물을 만들어야 하는 것은 아니에요. 반면 결혼생활에서는 각자가 맡은 역할을 수행하지 못하면 결혼생활 자체가 무너질 수 있어요. 회사나 학교 같은 곳에서 커다란 프로젝트를 돌리는 것과 비슷하게 생각하시면 됩니다.

그렇다 보니까 연애와 결혼에서 우등생이 되는 과목들이 완전히 달라요. 보편적으로 연애를 할 때 인기가 좋은 사람의 세부 과목들은 외모, 패션, 말주변, 성격, 재력, 데이트 기술 이런 것들이었다면 결혼에서는 건강, 안정된 월급, 육아, 살림, 요리, 청소 이런 것입니다. 그리고 연애에서 우등생이 가지고 있는 대체적인 성품은 시원함, 호방함, 자상함, 자신감, 멋짐, 센스, 눈치, 예민함 이런 부분들일 텐데, 결혼생활에서 우등생이 가지고 있는 성품들은 체력, 성실함, 배려, 협동력과 같이 무슨 프로젝트를 할 때나 아니면 군대에서 모범 병사가 되는 데 필요한 요소들에 가깝습니다. 배려처럼 공통적으로 적용되는 부분도 있지만 아닌 부분이 더 많아요.

그런데 연애를 시작하는 대부분의 경우, 심지어 결혼을 염두에 두고 연애를 하신다고 하면서 연애와 결혼이 다르다고 주장하시는 분들도, 결혼을 일종의 '스펙'을 등가로 맞춰야 한다는 스펙 교환의 개념에서 보시는 분들이 많습니다. 그런데 결혼이 어떠한 하나의 커다란 '일'을 꾸려나가야 한다는 관점에서 연애를 시작하지는 않아요. 예를 들어보면 여러분들에게 소개팅이 들어왔어요. 그 사람의 외모, 성격이나, 아니면 연봉, 집안, 스펙 등 표면적이고 계량화할 수 있는 것들을 물어보는 경우는 많지만, 그 사람이 일을 잘하는 사람인지 물어보시는 분은 별로 없어요. 성실한 직원을 찾는 관점으로 연애를 하고 결혼을 하지 않잖아요. 그러다 보니까 고민이 길어진다고 좋은 결론이 나오지 않는 경우가 많아요.

연애에서의 매력 포인트가 되는 부분들은 그러한 매력들이 가지고 있는 이면이 있어요. 예를 들어 맛집을 좋아하는 사람, 패션 센스가 있는 사람, 여행을 좋아하는 사람 다 연애 세계에서는 대체로 매력적이죠. 그런데 결혼을 하면 이러한 부분이 생활, 가정 형편, 재정 등 현실적인 요소와 엮이면서 매력적이지 않을 수 있어요. 결혼생활을 해보신 분들 아시겠지만, 맛집, 옷, 여행 모두 경제력이 어느 정도 필요하고요, 또 결혼도 생활이기 때문에 밥 먹고 빨래하고 청소하고 아이 있는 분들은 아이 키우고 양가 행사도 챙겨야 하는데, 가정생활에 관심이 없을 정도로 자기 취미가 강하다면 더 이상 매력이 아니고 비극입니다.

성격도 그래요. 자신감 있게 하는 일마다 잘 추진해서 매번 성공하는 사람이 있다고 해요. 대부분 스펙도 좋고 경제적으로도 성공하고, 연애 시장에서도 인기가 많아요. 그런데 이런 분들 중에 결혼을 하면 새롭게 팀워크를 해야 한다는 것을 인정하지 않고 자신만의 스피드로 집안 대소사를 처리하려고 하거나, 아니면 상대방이 자기만큼 따라오지 못하는 것에 타박을 하는 경우도 상당히 많습니다. 심지어 외부에서 성공을 통해서 자신을 빛내는 것에는 관심이 많은데, 가사나 육아에는 관심이 아예 없는 경우도 있죠. 상대방 입장에서는 생각했던 것과 너무 다르니까 답답해지죠.

이러한 이면이 가지는 비극은 연애할 때는 대부분 자기가 가지고 있지 않은, 다름에 매력을 느끼고 끌리는 경우가 많다는 거죠. 예를 들어 키가 작은 분은 키가 크거나 몸이 좋은 남자를 좋아하고, 반대로 덩치가 큰 분은 작고 귀여운 분을 선호하는 경우가 있죠. 옷을 입는 것에 스트레스가 있는 사람은 옷 잘 입는 사람을 원하고, 경제적으로 어려운 분은 집안이나 상대방의 능력을 많이 보고, 조용한 집안에서 자라신 분은 가족끼리 자주 모이고 화목하고 시끌시끌한 집을 원할 수 있어요.

그런데 다름을 동경해서 끌린 경우에는 그 다름이 가지고 있는 이면까지는 모르고, 그 이면에 상당히 취약한 경우가 많아요. 예를 들어 몸이 좋은 남자 분은 굉장히 마초적일 수가 있고, 반대로 너무 작고 귀여운 분은 몸이 약해서 자주 아프실 수가 있어요. 집안에 여유가 있거나 옷을 잘 입는 분은 경제적인 씀씀이나 지출에 대한 가치관이 다를 수 있죠. 화목하게 보였던 집은 알고 보니까 엄청 서로 간섭하고 얽혀 있고 집안 행사도 너무 많아서 살다 보면 나중에는 못 견딜 정도로 징글징글해질 수도 있고요.

그러면 이러한 리스크를 줄이는 방안이 있을까요? 정말 어려운 문제입니다. 정말 개별적인 사람이나 성향에 따른 선호가 매우 강하고, 사람들의 성향 · 선호 · 상황에 따른 변수가 너무 많아서 일반론을 도출하는 것이 과연 가능할지 의문이기는 해요. 직업적으로도 그렇고 본격적으로 고민 상담을 하면서 결혼 적령기 또는 결혼생활 후에 마음고생 하시는 분들 상담을 적지 않게 해봤는데, 어떠한 공통점을 뽑아내는 것이 너무 힘들어요. 부부관계는 당사자들밖에 모른다는 말이 이러한 뜻이구나 싶을 때가 있죠.

그런 측면에서 어른들께서 '그냥 그 사람이 그 사람이니까 아무나 만나서 결혼해라'라는 것이 무슨 말씀인지는 알겠어요. 어차피 어느 누구도 완벽하지는 않고 부족한 부분이 있을텐데, 더 중요한 것은 서로 상대방의 부족한 부분을 어떻게 받아들이고 맞추고 이해하고 수용할지의 문제라는 측면에서는 어른들 말씀도 일리는 있어요.

그래도 지금까지 제가 이해한 바에서, 그래도 대체로 마음 고생을 덜 하고 사시는 분들의 공통점을 뽑아보겠습니다. '결혼생활에서 필요한 가장 핵심적인 가치'를 한두 개를 꾸준히 오랫동안 생각해보세요. 그 가치가 충족된다면 나머지는 내려놓을 수 있는 정도의 핵심적인, 내가 인생이나 결혼에서 꼽는 그러한 단 한두 개의 가치를요.

굳이 첨언을 한다면 이러한 가치는 결혼생활 내내 쉽게 변하지 않을 수 있는 내면적 가치가 좀 더 안전할 겁니다. 어떠한 성품, 성격, 삶을 살아가는 방식 같은 것이죠. 외적인 것은 결혼생활이 진행되면서 많이 변하고, 또한 결혼 이전에 알고 있었던 것이 진실이 아닐 수도 있거든요. 가령 두 번째 내담자 분의 경우 남자 분의 경제력을 어느 정도 고려하셨는데, 결혼생활 이후에 그분이 직장을 잃거나 사업에 실패해서 경제력이 변할 수도 있습니다. 그때도 계속 삶을 같이하고 싶을 정도의 가치를 이 남자에게서 발견했냐는 것입니다.

제가 외적인 것을 보지 말라는 것은 아닙니다. 인간이 욕망의 동물인 이상 그럴 수도 없고, 또 외적인 것들에서 결핍이 심하면 행복하기 어려운 것도 맞으니까요. 다만 외적인 부분에 매료되어 이성에게 끌렸을 때, 본질적인 가치를 때때로 떠올리고 이 사람에게서 그러한 부분을 찾을 수 있는지는 생각해야 한다는 것이죠.

왜냐하면 결혼을 하게 되면 상대방의 부족한 부분이 보입니다. 부족한 부분은 당연히 누구에게나 있거든요. 이때 내가 이 사람과 사랑하게 된 본질적인, 내적인 가치, 그것을 마음속에서 되새기면서 부족한 부분을 이해하고 수용하고, 나 스스로 부족한 부분은 없는지 고민하고 계속 바꿔나가고, 이렇게 정말 끊임없이 시행착오와 보수공사를 하면서 가는 것이 결혼생활인 것 같아요. 예전에 어떤 만화책에서 부부를 전장을 헤쳐나가는 전우로 표현하였는데, 저는 그게 정말 맞다고 생각해요. 부족한 부분을 알게 되더라도 이미 하나의 가족으로 묶인 이상 최선을 다해서 서로 막아줘야겠죠.

조금 구체적인 아이디어가 필요한 분들께 추천드리고 싶은 것은, 결혼생활을 상당히 오래 하신 어르신들 말씀을 남겨놓은 책들 있잖아요? 그러한 분들 이야기를 읽어보시면 도움이 될 겁니다. 다만 부부들의 생활을 보여주는 예능이나 자기 부모님 말씀은 조금 가려서 보시거나 듣기는 하셔야 할 거예요. 전자는 정말 방송용이고, 후자는 아무래도 부모님의 이상형이나 이해관계 등 주관적 요소가 개입할 수 있으니까요.

특히 취업이나 내 집 마련이 어려워지면서 결혼하는 나이가 점점 늦어지다 보니 엄청 조급해지시면서 연애를 의무같이 부담스럽게 하시는 분들이 있는데요, 그래도 인생에서 제일 중요한, 여러분들의 인생에 가장 큰 영향을 끼칠 수 있는 결정이라는 점은 잊지 않으셨으면 좋겠습니다. 그렇지만 다른 분들이 정해놓은 시간이나 관념에 끌려 다니시지는 않기를 바랍니다. 결혼생활의 본질은 일이 맞지만, 결혼은 회사에서 직원을 뽑듯이 면접 봐서 결정하는 것이 아닙니다. 사람과 사람은 감정으로 만나고 살아가는 겁니다.

이 부분을 상담해보면 가장 많이 나오는 질문이, '선택해서 살고 보니 너무 아닌 것 같은데 어떻게 해? 갈라서?'입니다. 특히 이혼 상담을 하면 마음이 참 무거워져요. 이 분들도 한때는 정말 평생을 맹세한 사이였을 텐데 어쩌다 이렇게 되셨을까요? 이혼이 옳고 그르다는 판단은 각자의 아주 사소한 부분까지 알기 전에는 답해드리기가 정말 어려워요. 결혼생활의 갈등을 극복하시면서 시간이 가면서 부부가 서로 잘 맞춰지는 경우도 있고요, 또 지금은 장점의 이면이 나타나 괴롭지만, 분명 그 장점이 언젠가 빛을 발해서 결혼생활에 도움이 되는 경우도 있어요. 반면 갈등이 극단이 되어서 자녀나 주변인에게도 극심한 피해를 주고 완전히 비극으로 끝나는 결혼생활도 분명 있습니다.

이혼도 마찬가지입니다. 우선 이혼 과정 자체가 아무리 잘 끝나도 상당한 정신적 고통을 가져오고, 재산을 나누다 보니 경제적으로도 대체로 더 어려워지죠. 아이들도 바뀐 환경에 적응이 필요합니다. 그럼에도 이혼을 해서 훨씬 더 독립적이고 자유롭고 행복하게 사는 분도 있는 반면, 혼자인 삶에 적응을 못 하거나 첫 번째 배우자와 같은 유형의 분을 만나서 같은 시행착오를 반복하시는 분도 봤습니다.

진짜 어떻게 답을 할 수가 없는 문제입니다. 조금 더 정확히 말하자면, 제3자인 제가 책을 통해서 어떠한 결정을 내려드릴 수는 없고, 이 부분은 꾸준한 상담을 통해서 자기 마음속에 있는 답을 찾아가야 합니다.

그렇지만 지금 결혼을 고민 중이거나 결혼을 하셨는데 갈등이 너무 심해서 견디기 힘든 분들께 한 가지 더 말씀드린다면, 누구에게나 나 자신의 행복은 누구도 빼앗아갈 수 없는 권리이면서 제일 중요한 것이므로, 어떻게든 행복을 찾으시라고 말씀을 드리고 싶어요. 결혼생활 안에서 타협하며 행복을 찾을지, 아니면 끝을 낼지는 본인이 선택할 몫입니다만 어쨌든 내가 행복해져야 남을 행복하게 할 수 있다는 생각을 잊지는 마세요.

좀 더 사족을 달아보면, 이혼을 하신 분들 또는 가정생활이 불행한 사람들 중에 사회적으로도 관계가 매끄럽지 못한 분들도 많지만, 반면에 정말로 사교적이고 사회적으로는 원만하시고 잘되신 분들도 되게 많아요. 이 분들이 가정이 원만하지 못해서 사회적으로 더 노력을 많이 하셔서 잘되신 것일까, 아니면 사회에서는 잘 지내더라도 결혼의 특수성 때문에 이러한 갈등을 조율하는 것은 쉽지 않은가 싶기도 하고요. 아직 제게도 상당히 미스터리한 영역입니다. 평생 이 문제에 대한 답을 알게 될 수 있을지 잘 모르겠어요.

하나 더,
변호사의 조언

혼인 전 약정의 효력은?

요즘에는 미혼남녀들이 결혼생활에서 각자의 역할이나 의무를 나누는 경우를 종종 볼 수 있습니다. 가령 설거지는 누가 하면 빨래는 누가 한다는 식이죠. 이러한 약정은 얼마나 효력이 있을까요? 과거에는 민법 제828조에서 부부 사이의 계약은 혼인 중 언제든지 부부의 일방이 이를 취소할 수 있다는 조항이 있었으므로 당연히 실효성이 있다고 보기 어려웠으나 민법 제828조는 삭제된 상황입니다. 그렇지만 지금도 이러한 약속은 상징적인 의미에 가깝다는 것이 제 소견입니다. 이러한 의무는 강제집행의 대상이 되기 어렵고, 손해배상청구권이 있다고 보기도 애매한 부분이 있습니다(손해배상청구권이 있어도 부부로 사는 이상 같은 주머니에서 돈을 넣었다 빼는 것이고요). 재판상 이혼 역시 단순히 이러한 의무 위반만으로 인정되기는 어렵고 혼인생활 전반을 살펴 혼인을 계속하기 어려운 파탄 상태가 있는지를 살필 것이고요. 무엇보다 한 쪽에만 과도한 의무를 부담시킬 경우에는 상호 부양 및 협조의무를 부여한 민법 제826조에 반하여 무효라고 볼 여지도 있습니다.

그러나 재산과 관련된 약정은 다릅니다. 민법 제829조에 의하면 부부는 혼인성립 전에 그 재산에 관하여 약정할 수 있습니다. 이른바 부부재산계약으로, 부부가 혼인 전에 취득 · 보유한 재산의 관리 및 수익 방법, 혼인 중 취득한 재산을 공유로 할 것인지 및 부부 일방이 채무를 부담하기 위한 조건 등의 재산 관계 사항을 결정할 수 있으며, 한번 결정하면 혼인 중에는 법원의 허가 없이는 변경을 할 수 없습니다. 한국에서는 등기하여야만 제3자에게 대항할 수 있고, 부부재산계약에 대한 정서적 거부감이 있어서 잘 이용되지 않는 편이었으나 최근에는 이혼이나 재혼 등 '한번 부부는 영원한 부부'라는 관념이 많이 흐려지는 사례가 늘어나면서 조금씩 증가하고 있는 추세입니다. 미국이나 유럽 등 서구권에서는 혼전계약prenuptial agreement 줄여서 "Prenup"이라고 불리는 상당히 보편화된 약정이기도 하고요(물론 Prenup은 우리나라의 부부재산계약보다 약정할 수 있는 범위가 상당히 넓습니다.).

어떻게 보면 상당히 정이 없는 제도 같기도 한데, 반면에 연애와 결혼의 차이가 극심한 경우(계속 살건 혹은 헤어지건)를 대비할 수 있는 현명한 수단일 것 같기도 한데요. 여러분들은 어떻게 생각하시는지요? 저는 물론 이런 것 없이 그저 순종하며 살고 있습니다…….

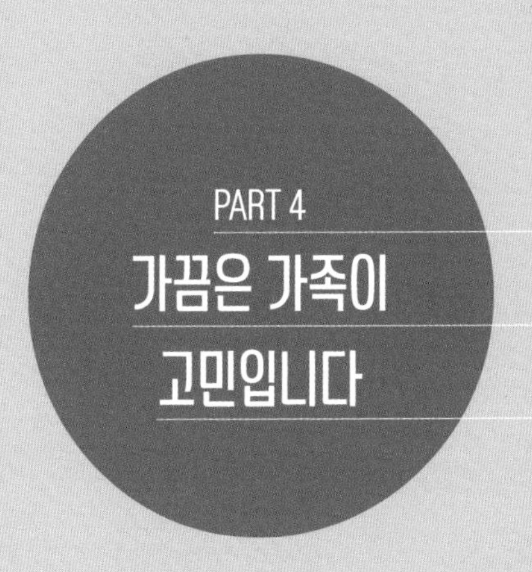

PART 4
가끔은 가족이 고민입니다

세상에서 가장 어려운 두 사람, 부모님

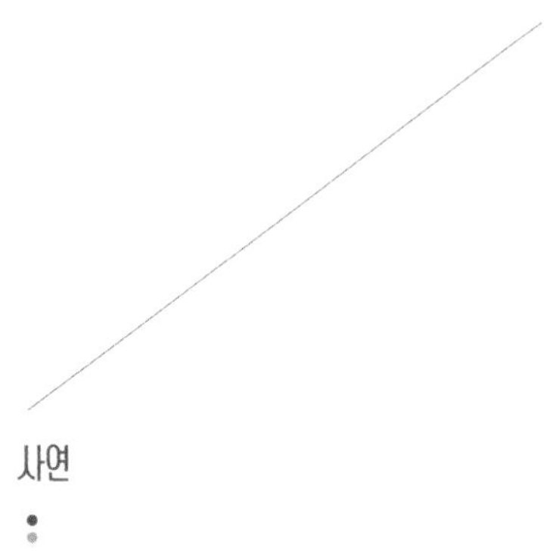

사연

저는 외국에서 직장생활을 하고 있는 사람입니다. 저희 아버지는 공무원, 어머니는 주부셨습니다. 안정적이기는 하고 두 분께서 자녀 양육에 많이 힘 써주신 부분은 감사하는데, 너무 지나치고 끝나지 않은 부분이 있어서 사연 드립니다.

고등학교 때까지 부모님은 방과 후의 친구들과 외부생활을 모두 통제하셨습니다. 학교-학원-집을 벗어난 생활을 할 수 없었고, 조금만 늦거나 연락이 잘 안 되면 바로 전화가 왔습니다. 시험 끝난 날 친구들이랑 잠깐 노는 것도 엄청 눈치를 봤고, 친구들이 여행 가자고 하는 것도 당연히 못 갔고요. 그래도 그때는 부모님께서 내가 행복하게 살라고 공부

열심히 하라고 훈육하시는 것이니 잘 따라야지 하고 당연하게 받아들였습니다.

대학교 과를 정할 때부터 갈등이 심해졌습니다. 저는 조금 더 창의적이고 좋아하는 일을 해보고 싶었는데, 부모님은 당연히 공무원 시험 보기 좋은 과를 가라고 하였습니다. 많이 싸우기는 했는데, 부모님은 일단 부모님께서 정해주신 과를 가서 마음에 안 들면 전과나 다른 일을 해도 된다고 하셔서 그렇게 하기로 했습니다. 다행히도 합격은 했는데, 그 과는 정말 아이들이 1학년 때부터 학원 다니고 스터디하는 분위기더라고요. 제가 생각했던 대학생활과는 너무 달라서 과에서 겉돌았고, 지금도 별로 친구도 없습니다.

대학에 와서 생활에는 자유가 약간 주어졌지만, 부모님의 압박은 계속되었습니다. '언제부터 시험 준비할 거니? 우리가 널 이렇게 잘 길러주었으니 네가 얼른 시험에 합격해서 공직으로 나가는 것이 효도다' 이런 식으로요. 도망가려고 군대에 가려고 했는데 군대 가는 것까지도 뭐라고 하시더라고요. 이때쯤 엄마가 조금 편찮으셨거든요. 그러다 보니 제가 모질게 하지 못한 것 같습니다.

결국 부모님께서 원하시는 시험을 보았고, 이번에도 다행히 합격은 하였습니다. 사실 공직생활은 아주 재밌지는 않았지만 안정적이고 주변에서도 인정해주는 분위기여서 아주 큰 불만은 없었습니다. 이제는 부모님의 압박이 끝날 줄 알았습니다. 그런데 부모님께서도 또 결혼을 가지고 압박을 하시더라고요. 그때 만나던 여자친구가 있었는데 여자친구의 부모님 사이가 약간 안 좋았습니다. 그것을 가지고 가정교육을 못 받았다, 예의가 없다, 엄청 트집을 잡으시더라고요. 제 눈에는 그런 친구가 아니었는데, 부모님의 압박에 못 이겨 결국 헤어졌습니다.

이후 해외연수 기회가 주어져서 지금은 밖에 나와 있는데, 완전 다른 세상이더라고요. 다들 자기주장도 잘하고 자유롭게 행복을 좇아서 사는 모습을 보고 많은 충격을 받았습니다. 난 왜 내가 살고 싶은 인생이 아니라 부모님께서 원하는 인생만을 살았을까요? 왜 그것이 정답이라고 생각했을까요? 한국에 들어갈 시간이 점점 다가오는데, 또 부모님의 새장에 갇히는 것은 아닐까 두렵습니다. 여기서 취직을 할 수만 있다면 안 돌아가고 싶네요…….

조언

이번 주제는 가족, 특히 부모님과의 관계 설정입니다. 우리 모두에게 부모님이라는 존재는 엄청나죠. 일단 부모님이 없었다면 내가 일단 태어나는 것이 불가능하잖아요. 그리고 대부분의 경우 내가 자립할 때까지 부모님은 절대적이죠. 요즘 금수저, 은수저, 흙수저, 나무수저 이런 이야기들을 하는데, 부모님의 경제적 · 사회적 지위가 내 인생에 큰 영향을 미친다는 뜻이니까요.

그런데 나를 키워주고 가르쳐주고 아끼고 사랑하고 진짜 인생에서 어떻게 해도 그 고마움을 다 표현하지 못해야 정상일 텐데, 성인이 되고 나면 잘 지내시는 분들도 있지만, 자주 싸우시거나 아주 사이가 안 좋거나 극단적으로 보시는 분들도 있어요. 뭔가 엄청 따뜻한 품인데, 그 따뜻한 품을 도저히 못 견디겠는 일들이 가끔 또는 자주 발생하는 거죠. 이렇게 성장을 하면서 갈등이 커지는 이유는 무엇일까요?

아이를 키우는 사람들끼리 우스갯소리로 그런 이야기를 하죠. 어릴 때는 말을 못 알아듣고, 초등학교에 가면 말을 안 듣고, 중 · 고등학교 때는 말을 안 하고, 대학교 가면 아예 눈앞에 없다고. 우선 인정을 하고 들어가야 하는 것은요, 아무리 나를 사랑으로 아끼고 키워주고 희생하고 헌신하더라도 본질적으로 부모와 자식은 '다른' 사람이라는 것이에요. 모든 사람은 다 다르고 완전히 동일한 경우는 없습니다. 쌍둥이라고 해도 다른 부분이 있죠. 나랑 다른 사람이라는 점을 인정하고 들어가지 않으면 너무 힘든 것 같아요. '나한테 왜 이래?' '나를 왜 이해 못 해?'라는 실망이나 분노는 이 사람이 나랑 생각이 같거나 나를 완벽하게 이해한다는 점을 전제로 하는데, 다른 사람인 부모님은 나랑 생각이 같지도, 나를 완벽하게 이해하지도 못해요.

다른 사람이기 때문에 생각도 다르고, 무엇보다 이해관계가 달라요. 흔히들 부모는 자식을 위해서 살고 자식이 좋은 방향으로만 생각한다고 하시는데요, 그건 '부모의 관점에서' 자식을 위하는 것이고 자식에게 좋은지 아닌지 판단하는 것이에요. 물론 더 많은 경험과 지식이 있으니까 부모의 선택이 안전한 경우도 있겠지만, 더 중요한 자녀의 욕구나 욕망은 반영이 잘 안 되어요. 그런 욕망이나 욕구는 일시적인 것이라고 무시하거나, 아니면 아예 그런 생각을 안 해보셨을 수도 있죠. 문제는 이 다름을 인정하지 않고, '난 너를 사랑하니까' '가족은 하나니까' 같은 듣기 좋은 말로 포장을 해서 자녀의 생각을 묵살하는 것이죠.

그러면 어떻게 되나요? 자기주장이 받아들여지지 않으니까 스스로를 위해서 생각하는 법을 배우지 못해요. 부모님 말씀 중 삶에 큰 가르침이 되는 부분도 있고, 특히 청소년기에는 일탈로 넘어가는 것을 막아주는 큰 방패가 되는 것도 맞아요. 실제로 사랑이나 관심을 많이 받은 자녀들과 그렇지 않은 경우의 소득, 범죄율, 이런 것들을 비교하면 전자가 더 좋을 수는 있죠. 그렇다고 하더라도 자녀가 어릴 때부터 대학, 진로 등 자신의 인생에서 중요한 결정을 스스로 하는 연습이 안 되면, 결혼 출산 등 성인이 된 후에도 부모님과 분리하는 것을 잘 못해요. 그렇게 부모의 욕망과 감정을 내 감정인 양 살다가 돌이킬 수 없는 시점에 와서는 '아, 이게 아닌데? 나는 지금 누구고 무엇을 하고 있지?' 이렇게 되는 거죠.

또 하나의 문제는, 이건 비단 부모님과의 관계에서만 있는 일은 아닌데, 사람은 바뀌지가 않습니다. 좀 더 정확하게 말하면 사람이 바뀌기는 하는데, 내가 원하는 대로는 절대 안 바뀌어요. 내가 아무리 의도하는 방향이 있다고 하더라도 사람이 그쪽으로 가지는 않아요. 그런 말이 있잖아요. 내가 바꿀 수 있는 건 나 자신뿐이라고. 그래서 부모님이든 다른 사람이든 '이 사람이 어떻게 바뀌어주겠지'라는 기대를 하고 관계를 접근하고 풀면, 정말 실망만 남는 것이 아닌가 싶어요. 특히 자식이 부모님의 생각을 바꾼다는 것은 거의 기적에 가깝습니다.

결국은 '나랑 다른 사람이고, 잘 바뀌지도 않을 텐데, 어떻게 해야 할까?'의 문제죠. 여기서 가져야 할 마음은 '적당한 거리감'인 것 같아요. 너무 당연한 말인데 막상 적용에 들어가면 어려워요. 왜? 부모님이니까요. 부모님과 거리를 둔다는 것에 대한 굉장히 태생적인 거부감, 두려움 그런 것이 있어요. 아무래도 성장하는 과정에서 키워주시고, 보살펴주시고 엄청난 희생을 하셨잖아요. 또 어릴 때는 부모님이 가르쳐주는 것들이 대부분 정답이잖아요. 그러다 보니 부모님 말씀에 의심을 안 하고, 말씀을 안 듣는 것에 죄책감을 가지게 돼요. 거기다가 수직적인 관계의 가정에서 자라신 분들은 어릴 때 부모님 말씀에 대꾸하면 혼나잖아요. 수평적인 대화의 습관을 잘 갖지 못하죠. 그 껍질을 깨는 것이 굉장히 어렵습니다. 저도 아직 잘 못해요.

그래도 이 부분에서 대한 다른 분 말씀 중에 기억나는 이야기는, '부모님이 나를 사랑한다는 말을 의심하지는 않는다. 다만 나도 성인이므로 생각이 다를 경우에는 생각은 따르지 않겠다'라는 겁니다. 그것을 분리하는 것이 참 어렵지만, 부모님과 생각의 차이가 도저히 좁혀지지 않는 분들은 반드시 넘어야 하는 단계입니다. 거리를 두고 생각을 분리하는 데까지는 와야 다음 단계로 넘어갈 수가 있어요. 문제는 거리를 두었는데, 부모님이 그 거리를 부정하거나 넘어오려고 하는 경우, 아니면 뭔가 교착상태를 만드는 경우인데…… 이때는 어떻게 하면 좋을까요?

우선 차분해지는 것이 좋아요. 냉정해지자는 것이죠. 감정을 섞는 건 좋지 않아요. 실망이나 분노 이러한 감정이 제3자에 대한 것보다 훨씬 더 커지고 격해질 수가 있거든요. 그러다가 가족 사이에 돌이킬 수 없는 관계가 되고, 나중에 후회를 하는 경우도 있어요. 설사 가족과 멀어지더라도 굳이 내가 감정을 누르지 못해서 멀어질 이유는 없겠죠. 냉정을 찾고 차분한 상황에서 각자 시간을 가지고 생각해보자고 해보세요. 각자의 공간이나 시간이 있는 환경이면 더 좋고, 아니면 '적어도 이때까지는 서로 갈등이 되는 이야기를 하지 말고 각자 생각해보자'고 하거나요. 지금 내담자 분께서 생각이 정리된 것 역시 해외에 혼자 나가서 생각할 시간이 주어지셨기 때문일 수도 있거든요. 물론 억압적인 분위기의 집안이라면 쉽지는 않은데, 그래도 너무 밀려서는 안 될 것이고요.

방법론적으로는 그렇고 실체적인 측면에서 보면, 부모님

과 갈등이 벌어지는 주요 이유는 경제적인 문제 또는 가치관이나 생각의 차이일 것 같습니다. 경제적인 문제라면, 이 부분은 어느 정도 서로 배려나 이해가 필요한 부분은 맞는 것 같아요. 부모님들이라고 무조건 다 해줄 수 있는 것은 아니니까요. 당신들도 최소한의 필요한 것들을 지켜야 하는 것은 당연하니까. 부모님에게 너무 끌려가는 것도 전혀 바람직하지는 않지만 부모님께 너무 기대하고 실망하시는 것도 적절하지는 않습니다. 내가 하고 싶은 것이 있을 때 부모님께서 지원을 못 해 주시더라도 너무 서운해 하기보다 내 힘으로 할 수 있는 부분도 찾고, 현실과 타협을 하는 것이 필요합니다.

가치관이나 생각의 문제는 미묘하기는 한데 더 잘 안 풀려요. 쟁점이 보이지 않아서 싸움이 더 힘들어요. 답도 잘 모르겠고. 어디까지가 합리적이거나 정답인지도 알기 힘들고요. 그래서 이 부분은 한번 내가 밀리기 시작하면 계속 넘어오십니다. 그러다 어느덧 내가 원래 생각했던 것에서 멀리 떠나 있는 나를 발견하게 돼요. 이 분도 보시면 진로도, 시험도, 여자친구도 처음부터 부모님 생각을 따르시려고 했던 것은 아닌데, 부모님 입장에서 생각을 찔끔찔끔 하시다가 어느 순간에는 다 부모님의 결정을 따르시는 결론이 난 것으로 보이거든요.

물론 이러한 상황을 받아들이고 사시는 분들도 있지만, 그게 아니라면 여러 가지 생각이 많이 들죠. 결국 내가 무너지지 않을 수 있는 선과 가치관을 명확하게 하고, 이것 이상은 받아들일 수 없다고 굳게 마음을 먹으셔야죠. 꽤 장기전이 될 수는 있지만, 내가 꼭 지켜야 하는 것이 있다면 그렇게 해야죠. '가족끼리 그래야 해?' 내가 무너져야 하는 상황이라면, 선택해야죠.

이번 편이 부모님의 가치를 부정하거나 사이가 나빠지라는 취지는 절대 아닙니다. 저도 자식이면서 어느덧 부모가 되어서 아이를 키우고 있는데, 정말 부모가 되면 안다고 하잖아요. 아이를 낳고 키운다는 것은 지구의 자전축이 바뀌는 문제예요. 그럼에도 불구하고 자녀가 성인이 되면 부모 자식의 관계를 성인과 성인의 관계로 변환하는 과정이 필요한데, 이 과정에서 서로 상처를 받지 않고 건강한 관계를 만들기 위해서는 어떠한 생각들이 필요하겠냐는 관점에서 이번 편을 써보았어요. 예전에 가족 관계와 관련된 책에서도 같은 말씀을 하시더라고요. 가족 관계를 고민하고 답을 찾는 것은 갈등에서 이기라는 것이 아니라 건강한 관계를 만들기 위함이라고.

하나 더, 변호사의 조언

부모가 가지는 친권의 범위와 한계는?

법률상 부모는 자녀에 대하여 어디까지 할 수 있을까요? 통상 부모인 친권자는 미성년 자녀를 보호하고 교양할 권리의무가 있습니다. 부모는 자녀의 거주장소를 지정하고, 자녀를 보호 또는 교양하기 위하여 필요한 징계를 할 수 있도록 하고 있습니다. 다소 추상적인 내용들인데, 실제로는 부모가 자식을 위한다는 이유로 어떠한 행위까지 법적으로 용인이 되는 것일까요?

과거에 주목을 받았던 사안은 부모가 종교적인 이유로 자녀의 치료를 거부한 경우입니다. 자녀가 큰 병을 앓고 있어서 수술을 받아야 하는데, 부모가 자신의 종교적인 신념에 기초하여 수혈을 거부한 사안이었죠. 이에 대하여 법원은 부모의 수혈 거부 행위는 부모를 자녀의 친권자로 지정한 취지 및 친권 행사의 기준에 비추어 볼 때 정당한 친권 행사의 범위를 넘어서는 것이므로 수혈 거부 의사는 효력을 인정할 수 없다고 판단한 바 있습니다. 아무리 부모라고는 하지만 부모의 친권이 자녀의 생명이나 신체적 안전보다 중요할 수는 없겠죠.

최근 많은 논란이 되고 있는 조항은 민법915조 징계권입니다. 종래에는 징계권이 자녀에 대한 체벌을 정당화하는 조항으로 해석하는 것이 대체적인 견해였습니다. 그러나 가정폭력이 사회적으로 큰 문제가 되면서, 2019년 정부가 발표한 포용국가 아동정책에서는 징계권이라는 용어의 변경을 검토하고 있다고 밝힌 바 있고, 2020년 법무부 자료에서도 징계권의 삭제를 권고한 바 있습니다. 아직 개정이 되지는 않았지만 과도한 공권력의 양육권 간섭이라거나 가정교육이 무너질 수 있다는 반대 의견과, 늘어나는 가정폭력을 제재하기 위해서는 부모의 체벌권을 더 이상 그대로 둘 수 없다는 의견이 맞서는 상황입니다.

다만 한국은 아직도 유교적인 문화가 강한 편이어서 신체적인 부분 외에는 부모가 자녀의 중요한 일을 대신 결정해주는 경향에 대한 사회적인 저항감이 크지는 않습니다. 이를 친권의 상실 사유로 보는 경우는 당연히 더욱 없고요. 그렇지만 자식의 뜻을 꺾는 분들께 묻고 싶습니다. 정말 아이를 위해서인가요? 아니면 아이를 위한다는 마음을 가진 나를 위해서인가요? 전자라면, 적어도 내 뜻을 밀어붙이기 전에, 그 주체인 아이가 왜 그렇게 생각하는지 한번 여쭤보시면 좋겠습니다. 자식은 부모의 욕망 실현을 위해서 태어난 것이 아닐 테니까요.

아이가 아니라 제가 울고 싶어요

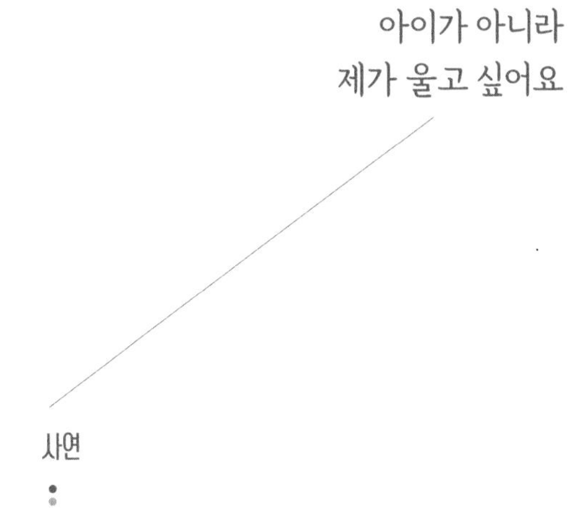

사연

두 돌 정도 되는 아이를 키우는 엄마입니다. 아이를 원래 좋아해서 아이 낳는 것에 대하여 아무런 거부감도 없었는데, 이렇게까지 힘들지는 몰랐네요. 처음에는 거의 잠을 안 자서 힘들었는데 지금은 아이가 힘도 세지고 고집이 생기니 보살피기 너무 힘듭니다. 고집을 부리면 참고 참다가 소리 지르는 것이 일상이에요. 에너지가 넘치다 보니 감당이 안 되어서 매일 나가는데도 집에 오면 계속 엄마를 찾네요. 시댁과 친정이 둘 다 멀어서 도움받기도 어렵고요. 남편도 일이 바쁜 편이어서 주중에는 거의 도움을 못 줘요. 물론 남편이 주말에는 육아나 살림을 많이 도와주기는 한데, 그래도 가끔은 남편과도 크게 싸우게 되네요. 싸우고 나면 이유가 무엇이었는지도 잘 기억은 안 나는데 그냥 서글퍼서 울고 싶어요.

제가 체력이 약해서 육아만으로 벅차다 보니 집안 살림도 엉망이 되고 있어요. 애가 잘 때 해야 하는데 애가 잠들면 저도 힘들어서 그냥 자고 싶어요. 어린이집에 보낼까 싶다가도 아직 너무 어린 것 같은데, 엄마하고 잠깐 떨어지는 것도 이렇게 힘들어하는데 나 좋자고 보내는 것 같아서 결심을 못 하겠어요. 얼마 전에는 남편이 도저히 힘들면 자기가 육아휴직을 할까? 하고 이야기를 했는데, 육아휴직이라도 했다가 나중에 남편이 회사에서 밀리면 어떻게 하나 싶어서 그것도 차마 하라는 말을 못 하겠어요.

무엇보다 의지할 곳이 없다는 것이 너무 크네요. 아이를 낳은 후 인생이 완전히 바뀌어서 그 전에 어떻게 살았는지 잘 기억도 안 나요. 하루 종일 아이랑 씨름하고 나면 인간적으로 너무 외롭고 고립된 느낌이에요. 결혼 전에는 둘 이상 나아서 자기들끼리 사이좋게 지내는 모습을 보는 것이 제 꿈이었는데, 지금은 아무런 생각도 나지 않네요. 아이가 조금 더 크면 나아진다고 하는데 과연 그럴까요?

조언

육아에 많이 지친 분의 이야기입니다. 아이를 키

워보신 분들 잘 아시겠지만 육아가 어렵고 힘들다는 점에는 모두 다 동의하실 거예요.

우선 육아는 육체적으로 많이 힘듭니다. 신생아 때는 잠이 짧아서 밤에 수시로 깨어서 수유도 해야 하고 기저귀도 계속 갈아줘야 하죠. 그러다 보니 아이를 돌보는 부모는 잠을 길게, 깊게 못 자고요. 새벽에 한번 깨면 잠들지 못하는 날도 있죠. 낮 시간에도 할 일이 많아요. 아기 때는 먹이고, 씻기고, 재우고, 기저귀 갈고, 빨래하고, 할 일이 너무 많죠. 내담자 분 아이 정도가 되면 놀아주는 것도 필요하고, 돌아다니다가 이상한 것을 주워서 먹지는 않는지, 넘어져서 다치지는 않는지도 계속 살펴야죠. 특히 길거리에서는 자동차도 조심해야 하고요. 아이가 한참 클 때까지는 언제 무슨 일이 생길지 몰라서 하루 종일 엄청 예민해져 있죠.

특히 이러한 경험 대부분이 육아를 하기 전에는 해본 적이 없는 일들이어서 충격이 크고 시행착오도 많죠. 요즘에는 아이를 하나 낳는 경우도 많은데, 첫 번째 아이라면 당연히 더 모르는 부분이 많으실 것이고요. 저도 조카들 키우면서 이것저것 해봤다고 생각했는데, 내 아이를 키우는 것과는 책임져야 하는 것이 차원이 다르더라고요. 아이가 어릴 때는 '학교에서 왜 이런 것들을 안 가르쳐주었을까?' 하는 의문도 있었는데, 나중에는 '아이를 실제로 낳아서 기르기 전에 실습을 하면 다들 겁을 먹고 아이를 안 낳게 되어 출산율이 더 떨어질까 봐 그런 게 아닐까?' 하는 음모론도 생각하게 되었습니다(웃음).

체력적으로 힘든 것도 있는데, 그렇다고 정신적으로 힘든 부분이 더 적은가 하면 아니에요. 부모에게도 처음이지만 아이에게도 오늘 성장하는 과정은 두 번 다시는 안 오죠. 물론 인생에 두 번은 없지만, 매일 성장하는 시기의 하루는 특히 중요하기는 해요. 조금이라도 잘못되었을 때 미치는 영향이 어른과는 완전히 다르니까요. 어른이 열나고 감기 걸리면 보통은 며칠 병원 다니고 쉬면 낫는데, 아이가 열이 많이 날 경우에는 자칫 평생 후유증이 남을 수도 있으니까요.

그러다 보니 뭐 하나라도 잘못될까 봐 온갖 정신과 신경이 다 아이에게 쏠리게 되죠. 조금이라도 아프면 '방의 온도나 습도에 문제가 있나?' '분유가 잠깐 밖에 나와 있었는데 상한 것 아니야?' 하고 온갖 추측과 망상을 하고, 스스로를 또는 육아 참여자들을 비난하게 되고요. 부부 사이에 싸움도 많아지고 스스로 우울해지거나 자존감이 낮아지기도 하고요.

매일매일이 전쟁 같은 상황이라 가끔 숨이라도 돌리고 싶은데 시간이 멈추지 않아요. 주변을 내 마음대로 정돈할 시간도 없죠. 사실 이 시기에는 육아말고도 할 일이 많아요. 돈도 모으고 살림도 해야 하고, 가정도 챙겨야 하고요. 그러다 보면 나를 챙기기가 정말 쉽지 않죠. 육아하시는 분들 다 경험해보셨을 것이에요. 제시간에 밥 못 먹죠. 서서 급하게 먹다가 체하고 속병이 나기도 하고요. 화장실도 마음대로 못 가죠. 아이가 잠들었구나 싶어서 개인 용무를 보시다가 아이가 깨는 바람에 강제 종료를 하셨던 경험이 다들 한 번씩은 있을 거예요.

아이를 이미 다 키우신 분들은 이렇게 말씀하시죠. '그때 걱정해도 시간 지나고 나면 다 잘 크니까 너무 스트레스 받지 말라고.' 저도 아이가 커가니까 무슨 말씀인지 이해는 되는데, 그 당시에는 정말 조금도 위로가 되지 않더라고요. 잘못될 확률이 아주아주 낮다고는 하지만 그게 우리 아이면 무슨 소용이 있겠어요. 너무나도 소중한 존재인데, '내가 오늘 실수를 해서 잘못되면 어떻게 하지'라는 불안감이 엄청나게 커요. 이 시기에는 아이들이 잘못된 뉴스라도 나오면 굉장히 공감되고 슬퍼지다가도, 내 아이가 어떻게 되는 것은 아닌지 불안해지고, 세상 모든 것을 믿지 못하게 되고, 막 감정이 오락가락하죠.

육아하면서 힘들었던 기억 하면 저도 하나 떠오르는 것이 있는데, 저희가 미국에 있었을 때의 일이에요. 아이가 첫돌을 조금 지난 시점이었는데 추수감사절 기간에 엄청 많이 아프고 열이 나게 되었어요. 아내도 멀리 출장을 간 상황이고, 주변에 도움 줄 수 있는 다른 분들도 안 계셨고요. 추수감사절 기간이라 식당도 거의 안 하고 배달 음식도 시키기 어려웠죠. 하루 종일 죽 조금 먹이고 우는 아이 겨우 달래서 해열제랑 약 먹이고, 막 토하면 옷 갈아입히고, 열이 조금 내릴까 싶어서 얇은 수건을 미지근한 물로 적셔서 닦아주고, 남는 시간에 설거지랑 빨래를 하다 보니 제 꼴이야 말이 아니죠.

그런데 몸이 너무너무 힘든데 밤에 잠이 안 와요. 잠든 사이에 혹시 잘못될까 봐. 그래서 계속 밤에도 아이를 수건으로 닦아주다가 지쳐 쓰러져서 잠깐 눈 붙이면 하루가 끝나죠. 그러다가 아내가 출장에서 돌아올 때쯤 아이가 정말 거짓말처럼 나았어요. 자기 엄마를 보고 방긋 웃는데 안도의 한숨이 나오면서도 동시에 약간 황당한 덕분에 이 기억은 정말 아무도 본 사람이 없는, 오롯이 저만의 추억입니다. 그때가 제 생일 때였는데, 요즘에도 생일만 되면 아이랑 응급실에 다녀온 후 밤중에 끓여 먹었던 모 사에서 나온 '○○우동'이라는 인스턴트 우동 생각이 나요.

어쨌든 힘든 시기라는 것은 부정할 수 없는데, 어떻게 하면 내담자 분의 육아를 조금 덜 힘들게 할 수 있을까 생각을 해봤어요. 답이 어렵더라고요. 노동이라는 측면에서 다른 분의 도움을 받을 수 있으면 좋은데 그게 여의치 않은 상황인 것 같고요. 어린이집 고민을 하시는데, 요즘 어린이집에서 아이를 돌보다가 안 좋은 일들이 발생하는 경우가 많아서 선뜻 내켜하시지 않을 수도 있어요. 그래도 도저히 못 버티시겠다면 엄마가 우울증에 걸려서 쓰러지는 것보다는 차선책을 선택해야 하지 않을까 해요.

다만 정신적으로 조금은 부담을 내려놓으시면 어떨까 싶어요. 육아를 완벽하게 한다는 것은 없거든요. 특히 살림까지 동시에 완벽하게 하는 것은 더더욱 없죠. 지금 정신적 압박을 받는 느낌인데, 육아나 살림이 부족하지 않은가에 대한 자책이나 부정적인 감정을 너무 올리실 필요는 없어요. 가끔 아이가 밥을 안 먹을 수도 있고 아이가 넘어지거나 다칠 수도 있죠.

그런데 대부분의 경우에는 진짜 부모가 잘못해서 그렇다기보다는 그냥 어쩔 수 없는 경우가 더 많아요. 설사 몰라서 그랬다고 하더라도 처음부터 잘한다는 것은 없거든요. 그것으로 꼭 너무 스스로 파고들어서 자책할 필요는 없어요.

지금 막 터지기 직전이라면, 주중에는 어쩔 수 없더라도 주말에는 아이로부터 자유로운 시간을 잠깐이라도 만드세요. 잠깐만 스스로를 위한 시간을 보내고 오면 확실히 살아나거든요. 남편한테 반나절 이상 맡기면 아이 큰일 난다고 못 하시는 경우가 많은데, 둘이 있으면 어떻게 버팁니다. 물론 너무 어린 아이라면 하면 약간의 가이드는 줄 수 있겠죠. 가령 TV나 유튜브만 몇 시간 이상 보는 것은 안 된다거나, 남편이 음식을 전혀 못한다면 데워 먹을 수 있을 것 정도는 준비해주시거나. 저는 이런 것도 안 하셔도 된다는 주의이기는 합니다만. 남편에게 기대하기 어렵다면 부모님이나 다른 단체 도움을 받거나 공동육아를 하면서라도 높은 긴장도를 낮추고 자기 이야기를 하거나 잠시 쉴 시간을 갖는 것이 절대적으로 필요합니다.

그렇게 조금씩 시간이 가면서 약간 덜 힘들고, 아이는 점점 더 예뻐지는 것이 육아인 것 같아요. 물론 사춘기가 시작되면 전쟁 두 번째 막이 시작되는 경우도 있습니다만, 이건 오늘의 주제는 아닌 것 같으므로 넘어가겠습니다.

마지막으로 육아를 꽃 피우는 것에 많이 비유를 하시는데요. 저도 아이를 키우다 보니 많이 동감이 되더라고요. 한때는 우리들도 부모님의 꽃이었을 것이고요. 그런데 꽃은 또 다른 꽃을 피우기 위해서 스스로를 지게 하고 대신 열매를 맺죠. 열매 속의 씨앗이 다른 곳으로 날아가 흙 속에 자리를 잡으면 그 안에서 뿌리와 줄기와 잎이 나죠. 이 식물은 열심히 양분을 꽃으로 밀어 올려서 다른 꽃을 피웁니다. 더 이상 나는 꽃이 아니지만, 나와 많이 닮은 또 하나의 아름다운 꽃이 피어요. 그러면 그 안에서 다시 예쁜 씨앗이 새로운 꿈을 품고 날아가겠죠.

그렇게 많은 식물과, 동물과, 인간이 여태까지 살아온 것이 아닌가 싶어요. 참 아름답고 숭고한 자연의 진리입니다. 오늘도 밤낮으로 육아하시는 분들께 정말 진심으로 감사하고 존경한다는 말씀을 드리고, 오늘도 힘들어 하시거나 자책하는 분들이 계시다면, 제가 그 사연 하나하나를 알 수는 없지만, 아마도 본인의 잘못이 아니실 수 있으니 너무 스스로를 탓하지는 마시기 바라겠습니다.

하나 더,
변호사의 조언

남성의 육아휴직

사실 법률상으로는 남성은 여성과 동등하게 육아휴직을 낼 권리가 있습니다. 남녀고용평등과 일 · 가정 양립 지원에 관한 법률(남녀고용평등법) 제19조에 의하면 사업주는 근로자의 성별을 막론하고, 만 8세 또는 초등학교 2학년 이하 자녀를 양육하기 위하여 휴직을 신청하는 경우 허용하여야 합니다(많은 법률이 항상 그렇지만 예외 조항은 여기에도 있습니다). 그리고 육아휴직이 끝난 후에는 휴직 전과 같은 업무 또는 같은 수준의 임금을 지급하는 직무에' 복귀시켜야 하며 육아휴직을 이유로 해고나 불리한 처우를 해서는 안 됩니다. 이러한 규정을 위반할 경우 사업주는 형사처벌을 받게 됩니다.

그렇지만 아직도 대다수의 부모들에게 아빠의 육아휴직은 생소하거나, 혹시라도 하게 되었을 때 어떠한 불이익을 입지는 않을까 하는 불안감이 더 큰 것 같습니다. 최근 설문조사에서는 남성 직장인의 79.2%가 육아휴직을 사용하지 못하였는데 그 이유로는 상사의 눈치(22.7%)와 육아휴직을 안 쓰는 회사의 분위기(22.0%)가 1, 2위를 차지하였다고 합니다. 뿐만 아니라 실적 평가가 안 좋아지거나 승진이 누락되거나 정규직 전환에 실패하는 등의 불이익을 주면서 표면적으로는 다른 이유를 대지만 실상 육아휴직을 사용한 남성 근로자에 대한 본보기성 처분을 받았다는 기사들도 종종 보이고요.

최근 고용노동부 발표 자료에 의하면 전체 육아휴직자 중 아빠가 차지하는 비중이 20%를 넘었다고 합니다만 주변의 분위기를 보면 아직은 갈 길이 멀지 않았나 싶습니다. 육아는 우리 대부분이 한 번씩은 겪어야 하는 일인 만큼 사회적으로 이해해주려는 분위기를 형성함과 함께 남성의 육아휴직을 우회적으로 제한하려는 사업주에 대한 엄정한 법의 집행이 필요한 시점이 아닌가 싶습니다.

아이의 슬픔을 어떻게 위로할까요?

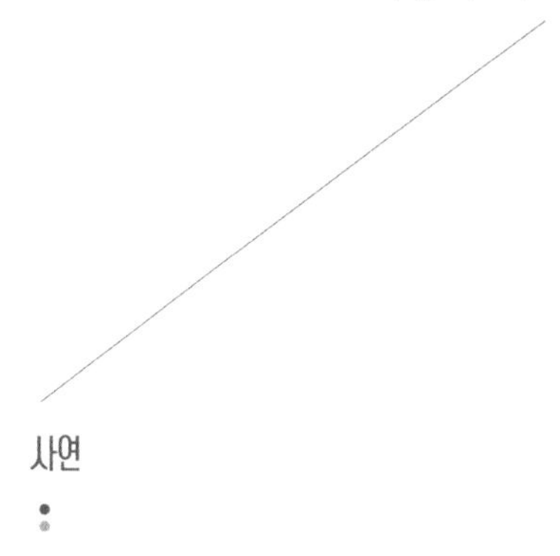

사연

고등학교 아이가 대학교에서 고등학생을 대상으로 운영하는 인턴십 프로그램에 지원했습니다. 방학 때 대학교 기숙사에서 지내면서 여러 가지 수업과 활동을 하게 되는데, 비용도 전액 무료인 데다 대학 입시에 유리하다고 알려져 고등학생들 사이에서 인기가 아주 많다고 합니다. 뽑는 숫자가 몇 명 안 되어서 경쟁이 매우 치열한데, 아이는 자신의 성적이 좋으니 잘될 거라며 자신 있어 하고 있습니다. 선생님 말씀으로는 되기만 하면 정말 좋은 프로그램이니 일단 지원서는 무조건 내보라고 하시면서도 지원자가 워낙 많아 절대 쉽진 않을 거라고 하셨습니다.

그런데 아이가 저렇게 잔뜩 기대하고 있다가 잘 안되면 그만큼 크게 실망할까 봐 걱정이 앞섭니다. 이기는 경우보다 지는 경우가 더 많고, 모든 일들이 계획대로 잘 흘러가기보다는 예상치 못한 난관에 부딪혀 어려움을 겪는 일이 허다합니다. 이처럼 기대만큼 좋은 결과를 얻기보다는 실망스러운 결과를 받아보게 되는 경우가 더 많은 게 우리 인생인데, 원하는 결과를 얻지 못했을 때, 경쟁에서 패했을 때 아이에게 어떤 말을 건네며 위로해주는 게 좋을까요?

조언

사연을 처음 접하였을 때 느낌은, 내담자 분께서 굉장히 자식을 잘 배려하시고 이해하려고 노력하시는구나 싶었습니다. 이런 부모님을 둔 학생 분이 조금 부럽기도 했습니다. 아마 이런 분들은 굳이 제가 어떻게 말을 하지 않아도 잘 하실 것 같습니다만, 참고하실 수 있도록 제 생각도 말씀드릴게요.

내신 성적도 좋고 이런 인턴 프로그램에 지원할 정도면 공부를 잘하는 학생인 것 같고요, 자신감도 있죠. 어머님께서 걱정하시는 부분도 맞습니다. 언젠가는 실패를 하기 마련이고요, 인생의 첫 실패는 굉장히 쓰려요. 저도 이제는 정말 수없이 많은 실패를 했지만 그럼에도 불구하고 그 첫 번째 실패가 준 그 쓰라림, 아픔, 고통들은 지금도 잊히지가 않아요.

제 경험이나 다른 분들의 경험, 그리고 양육 관련 저서들 바탕으로 해서 자식이 실패를 했을 때 부모님께서 안 하셨으면 하는 행동을 두 가지만 말씀드릴게요.

첫 번째는 그 결과에 대하여 부모님께서 더 감정이입하시면 절대 안 됩니다. 자녀가 내신, 입시, 경시대회, 취업 등을 할 때 열과 성을 다하는 부모님들 많잖아요. 내 딸과 아들을 위해서, 사랑하니까, 그럴 수 있고 충분히 이해됩니다. 그런데 그렇다고 하더라도 그 결과는 전적으로 '자녀'의 것이에요. 부모의 것이 아닙니다.

물론 좋은 결과를 얻었을 때 같이 기뻐하는 것이야 괜찮지만, 좋지 않은 결과가 나왔을 때 부모가 위로나 버팀목이 되어주지 못하고 자식 앞에서 더 슬퍼하는 분들이 있어요. 막 대성통곡하고 식음전폐하고. 이건 안 됩니다. 왜 안 되냐면 자녀가 자기 스스로 슬퍼할 기회를 상실해요.

생각해보면 제일 슬픈 것은 당연히 그 자녀잖아요. 자녀 스스로 그 슬픔을 느끼고 받아들이고 이해하고 앞으로 나아가는 과정이 필요한데, 이 상황에서 부모가 먼저 자신의 감정을 터뜨리면, 자녀 분들이 부모님의 눈치를 보느라 정상적인 감정의 분출과 발산을 통해서 건강하게 슬픔을 맞이하는 법을 배우지를 못해요. 부모와 감정의 분리도 안 되고, 내 감정을 오롯이 느끼지도 못해요. 내가 안 돼서 슬픈 것인지, 부모님이 슬퍼하니까 슬픈 것인지 구분이 잘 되지 않고, 언제 어떠한 상황에서 슬퍼해야 하는지를 배우지 못합니다. 슬픔도 학습이 필요합니다.

상담자 분 말씀 주셨듯이 슬픔이나 좌절을 맞고 이겨내는 그 일련의 과정은 인생에서 굉장히 중요한 경험입니다. 그런데 이 중요한 시기에 부모님께서 자신의 슬픔을 이겨내지 못해서 막 부모가 발산을 하고 자녀가 그걸 어떻게 수습하려고 안절부절못하고 그러면 진짜 이상하게 가요. 부모님들께서 물론 자녀에게 큰 기대를 하셨고 슬프실 수 있으시겠습니다만, 절대로 자녀 앞에서는 그렇게 과격하게 슬퍼하지 마세요. 자녀가 보시는 데서는 슬퍼하지 않으셔야 됩니다. 슬픔도 빼앗아 가면 도둑입니다, 감정도둑.

두 번째는 자녀를 '판단' '판정' '판결', 영어 개념이 좀 더 나은 것 같은데 영어로 '저지judge'라고 하잖아요. 이 '저지'를 하면 안 돼요. 물론 자녀가 전혀 노력을 하지 않았어요. 그렇다면 성실하게 노력해야 결과가 온다는 정도로 '그 과정'에 대해서는 조언을 해줄 수 있습니다. 그렇지만 이번 상담은 자녀분이 최선을 다한 경우잖아요. 최선을 다했다면 절대로 '결과'를 가지고 자녀를 책망하거나 하지 않으셨으면 좋겠어요. 잘 아시겠지만 최선을 다한다고 최고의 결과가 나오지는 않아요. 안타깝지만 그렇죠. 경쟁이니까요. 여기서 자식의 결과가 잘 안 나왔다는 이유로 모든 과정이나 도전 자체에 대하여 잘잘못을 '저지'하려고 하면 자식이 죄책감을 갖게 될 수가 있어요.

물론 사회는 좀 다르죠. 최선을 다 했더라도 결과가 안 좋으면 비난을 해요. 사회는 결과책임인 부분도 있으니까요. 그런데 가족 관계에서, 부모가 자식에게, 결과책임을 물을 수는 없다고 생각합니다. 최선을 다했지만 운이 없거나 능력이 안 될 수 있죠. 이러한 경우가 자식에게 죄책감을 줄 일은 아니거든요. 진짜 뭘 잘못한 것은 아니니까요.

자녀에게 '부모가 결과를 가지고 나를 판단한다'는 식의 판단기제가 생기게 되면 계속 부모를 위해서 성공해야 하는 일종의 강박이 생길 수가 있습니다. 그렇게 되면 자녀가 자기 인생을 못 살아요. 계속 부모가 생각하는 성공, 부모의 관점에서의 잘잘못을 따지게 되죠.

그러다 보면 부작용이 생깁니다. 성인이 되어서도 부모 또는 누군가에게 혼날까 봐 정말 해볼 만한 도전을 하지 못하고 포기해서 진짜 큰 성취를 이루지 못하거나, 아니면 부모의 판단과 자신의 생각을 구분 못 하는 인생을 살다가 나중에 자녀 안에서 빵 하고 터지게 되죠. '나는 누구고 누구를 위한 인생을 살고 있는가?' 이렇게요.

세부적인 방법론에 대한 평가도 마찬가지입니다. 예를 들어 효율적이지 못한 방법으로 공부를 해서 실패를 했어요. 그렇다고 하더라도 자녀가 먼저 그 이야기를 꺼내기 전에 '내가 봤을 때는 이게 문제야' 이런 식으로 하면 대화가 끊겨요. 모든 충고나 위로는 들을 사람이 준비가 되었을 때 하는 겁니다.

피해야 하는 것들은 이 정도로 이야기를 해보았고, 그러면 적절한 방법은 무엇이 있을까를 생각해보면, 원론적으로 돌아가면 가정은 일종의 울타리라고 생각을 해요. 밖에서 부딪치고 깎이고 다치고 힘든 하루를 보낸 구성원들이 존재만으로 위로를 받고 몸과 마음을 쉬게 하면서 내일을 위해 싸울 체력을 비축하는. 그런 관점에서 슬픈 일이 있었던 구성원에게 '위로'를 해주는 것이겠죠. 혹시라도 자녀분이 잘 안 된다면 마찬가지로 위로가 필요하겠죠.

이런 관점에서 어떻게 위로하면 좋을지로 조금 더 들어가 볼게요. 저희가 슬픔을 표현할 때 뭐라고 하나요? 슬픔은 분출한다고 하잖아요. 분출의 사전적 의미를 생각해보면 뿜어져 나온다, 터져 나온다, 이런 뉘앙스죠. 즉, 자녀의 그 감정이 밖으로 나올 수 있게 해야 합니다. 따라서 위로의 관점에서 접근할 때도 중요한 것은 '내가 어떠한 말을 할까'보다도, '자녀가 어떻게 하면 자기의 감정을 밖으로 내보내고 말문을 열 수 있을까'의 관점에서 먼저 생각을 해보세요.

예를 들면, '기분이 어때?' 아니면 '그래도 최선을 다했지?' 정도로 우선 자녀가 자신의 이야기를 할 수 있는 식의 질문을 하세요. 물론 자녀가 아직 분출의 단계에 이르기 전일 수도 있어요. 누구와도 이야기하고 싶어하지 않을 수도 있고요. 그렇다면 억지로 대화를 시도하지 말고 그대로 두세요. 방 안에서 혼자 슬픔을 표출할 수도 있고요. 다른 방식으로 본인의 감정을 추스를 수도 있을 것이에요. 그러다가 자녀가 자신의 이야기를 하고 싶어할 때쯤 대화를 시도하세요. '어때?' 그러면 대부분은 언젠가는 이야기를 해요. '내 기분이 이렇다' '이 부분이 아쉽다' '실망스럽다'. 이때도 너무 많이 치고 들어가지 마세요. '응, 그렇구나' '그럴 수도 있겠다' '네 생각은 그렇겠다' 이렇게 최대한 수용자의 관점에서 접근을 하시는 것이 좋아요.

그다음에 자녀가 충분히 슬픔을 분출해서 마음에 비어 있는 곳이 생긴 후에, 내가 하고 싶은 위로의 일반적인 원칙들은 그때 말씀을 하시면 돼요. 내담자 분도 그렇고 인생을 오래 사신 분들은 다 알고 계실 텐데 예를 들어서 '인생에서 실패는 누구나 겪게 되는 일이고, 실패를 한다고 인생이 꼭 잘못되는 것도 아니고, 절대로 너의 능력이 문제가 아니고, 최선을 다했으면 결과를 멋지게 받아들일 수도 있어야 한다는 점, 성공이나 실패보다는 실패를 통해서 무엇을 깨닫고 얻느냐가 인생에서는 훨씬 더 중요하다는 점, 오늘의 실패를 잘 받아들이는 사람이 내일은 성공할 수도 있다는 점' 등을 말이죠. 마지막으로 '무엇보다 엄마와 아빠는 네가 성공이나 실패를 했는지를 가지고 너를 판단하지 않고 너라는 존재를 사랑한다. 엄마와 아빠는 너를 믿는다'는 식으로 진심을 전하면 자녀가 곧 기운을 차리고 다음에도 더 멋지게 도전을 할 수 있을 것이에요.

이 정도 상황이 되었을 때야, 자녀와 좀 더 구체적인 방법론에 대한 분석과 검토를 하는 것이 바람직하죠. '이 부분이 부족했던 것 같아' '이 부분이 잘못된 것 같아.' 앞서의 과정을 거쳐 슬픔은 분출하고 부모에 대한 믿음은 남아 있는 상태라면, 자녀가 충분히 수용을 할 수 있는 상태가 된 것이거든요. 이때는 좀 더 디테일로 들어가서 부모님이 자신의 관점을 전달해도 돼요. '사실 여기는 조금 경쟁이 셌던 것은 아닐까? 이 부분을 해봤으면 어때? 다음에는 이걸 좀 더 노력해볼까?' 이러한 식으로 실패에서 슬픔을 거쳐서 다음을 위한 자기 발전으로 가게 되죠.

다만 자기 발전으로 너무 빨리 넘어가려고 몰아가시거나 조급해 하시는 것은 절대 금물이고요. 이건 자녀가 정말 원할 때만 하세요. 부모 입장에서는 다 보이니까 막 이야기해주고 간섭하고 싶을 수 있는데, 아닙니다. 자녀들도 무엇이 원인인지 마음속으로 짐작하는 경우들이 많겠지만, 들을 준비가 안 되어 있을 때 하는 잔소리는 대화만 단절시키고 의미가 없습니다.

이후 내담자 분께 자녀가 인턴십 프로그램에 합격하였는지 말씀은 듣지 못했는데 결과가 궁금하네요. 다만 결과에 관계없이 내담자 분께서는 충분히 자녀의 마음을 잘 이해하고 훌륭한 부모 자식 사이의 관계를 형성하실 수 있을 것이라고 믿습니다. 파이팅입니다.

하나 더, 변호사의 조언

대학입시와 업무방해, 입학취소에 대한 고등교육법 개정 등

부모님들에게 자식들의 대학입시는 초미의 관심사입니다. 물론 사연의 내담자 분 및 자녀분께서는 정당한 절차를 밟아 지원을 하신 것이므로 전혀 문제가 없습니다만, 세상에는 대학입시에서 과도한 욕심을 부리다 문제를 일으키는 경우가 종종 있습니다. 허위 인턴 등 경력을 만들거나, 논문에 관여한 바가 없음에도 불구하고 논문 저자로 이름을 올리거나, 극단적으로는 성적표를 위조하거나 문제를 빼돌리는 경우들이지요. 장애인 등 소외계층을 위한 전형 절차를 편법적으로 이용하기도 하고요. 심지어 자신이 근무하는 학교에 자녀들이 지원한 경우 입시 과정에 관여하다 문제가 되는 경우도 있습니다. 유력한 정치인, 고위공직자, 대학교수, 전문직, 사업가 등 나름 사회의 주도층들이 이러한 문제를 일으켜서 더욱 많은 국민들의 분노를 사기도 하고요. 이러한 입시 부정이 한국에만 있는 일은 아니지만, 한국의 경우 학벌의 서열화뿐만 아니라 좋은 대학이 취업이나 출세 등에도 큰 영향을 미친다는 인식이 많아서 대학입시의 불공정성에는 특히 더 민감한 것 같습니다.

현재는 이와 같이 부정한 행위를 통해 입학을 한 경우, 형법상 공무집행방해죄나 업무방해죄가 성립합니다. 학생을 선별하는 것은 대학의 업무인데, 허위사실 유포 · 위계 · 위력 등을 행사하여 이러한 업무를 방해했다는 것이죠. 그 외에 업무를 방해하는 과정에서 서류를 위조하였다면 사(공)문서위조나 공무상 비밀누설죄 등의 죄목이 추가될 수 있습니다.

일각에서는 입시부정에 대하여는 업무방해죄보다 더 가중된 처벌이 필요하다는 이야기도 나오고 있습니다. 실제로 국회를 통과하지는 못했지만 입시부정에 관여한 교원이나 문제 유출 등의 행위에 관여한 자에 대하여는 가중된 처벌을 한다는 법률안들이 입안된 적도 있고요. 물론 한편에서는 입시부정의 경우 처벌을 강화한다고 근절되는 것이 아니라 입학을 취소하는 등 부정을 통해 얻는 이익을 근절하고 회수하는 것이 더욱 근본적인 해결책이라는 의견도 있습니다. 이에 따라 2019년 12월 10일에 신설된 고등교육법 제34조의 6은 거짓 자료를 제출, 대리 응시, 커닝 등의 부정행위가 있는 경우 입학 취소를 의무화하는 규정을 두고 있습니다. 그 전까지는 학칙에 따라 처리하면 되는 것이어서 입시부정이 있는 경우에도 언론의 관심이 사라지면 온정적인 결론이 내려지는 경우가 많았는데, 이를 일종의 '강행화'한 것이지요. 고등교육법 제34조의 6은 공포 후 6개월이 지난 2020년 5월 11일 후부터 시행이 되어 아직 소급적용 여부에 대하여는 명확한 규정이나 선례가 없는 상황이기는 합니다만, 앞으로 이 조항이 어떻게 입시부정 근절에 기여할 수 있을지에 대하여는 귀추가 주목되는 바입니다.

나를 잃어가고 있어요. 어쩌면 좋죠?

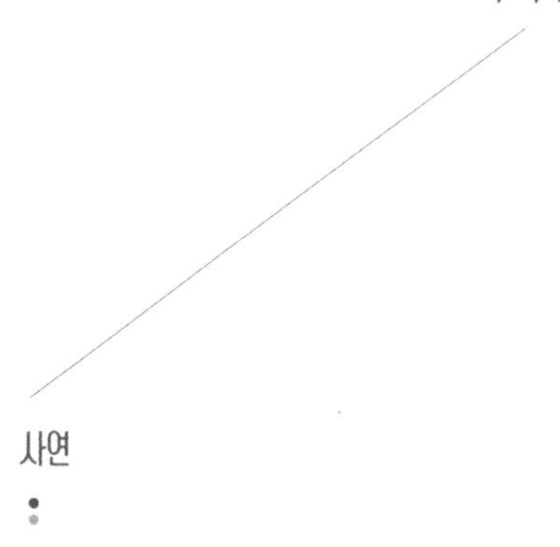

사연

저는 전업주부입니다. 글쎄요……. 언제부터였을까요. 마음의 병이 시작된 것이. 그동안 제 자신이 나름대로 잘 해내고 있다고 믿었습니다. 이민 온 지 십수 년이 되었습니다. 남편은 집에서 손가락 하나 까딱하지 않는 사람입니다. 시아버님을 그대로 닮았죠. 그래서 시어머님께선 늘 말씀하셨습니다. 무조건 시키라고. 게을러서 아무것도 안 할 테니 하나부터 열까지 다 시켜야 한다고. 정말 남편은 아무것도 하지 않았습니다. 자기는 원래 게으르다며 필요한 것이 있으면 말을 하라고 했습니다.

그런데 저는 잔소리하는 것도 너무 싫고, 싸우는 것도 너무 싫어하는 사람이에요. 알아서 해주길 바랄 뿐. 이것 해달라 저것 해달라는 말을 여러 번 하고 싶지 않았습니다. 그래서 힘들어도 힘들다는 말 한 마디 해본 적이 없습니다.

20년을 넘게 같이 살면서 단 한 번도 다퉈본 적이 없습니다. 어렸을 때 엄마랑 아빠가 자주 싸우셨는데 전 그게 그렇게 싫었습니다. 소리를 지르고 물건을 집어 던지고…… 다 싸우고 나면 내 방으로 와서, '엄마랑 아빠랑 이혼하면 넌 누구랑 살래?' 하고 묻던 엄마가 너무 너무 싫었습니다. 그래서 저는 소리 지르며 싸우는 것 같은 거 절대 하고 싶지 않았어요. 잔소리도 비슷한 이유 때문에 싫었고요.

한 해 두 해 처음엔 그러려니 하고 넘기던 일들이 점점 쌓이고 쌓이다 보니 남편에게 가졌던 서운한 감정이 그냥 무조건 싫고 미운 감정으로 바뀌었습니다. 남편은 본인 스스로도 아이 둘은 제가 혼자서 다 키웠다고 말합니다. 그러면서 이제 와서 후회가 된답니다. 아이들과도, 저와도 서먹서먹해진 것이 본인 탓인 것 같다면서요. 돈 번다는 핑계로 아이들과 놀아주지 않은 것, 집안일에 소홀한 것이요. 그러면서 언젠가 묻더군요, 자기가 뭘 해주면 좋을지. '애들이랑 놀아주면 돼, 아님 설거지를 해주면 돼?' 하면서요. 그 말에 더 상처를 받았습니다. 아니, 충격을 받았다는 말이 더 맞을까요? 아……, 그럼 이 사람은 내가 그동안 부탁하지 않아서 여태 아무것도 안 했다는 건가? 정말이지 할 말이 없더군요.

맞아요, 저는 아무런 요구도, 부탁도, 잔소리도 하지 않았습니다. 산후조리도 제대로 할 수 없었고, 육아며 집안일이며 그 무엇 하나 도움을 받지 못했습니다. 처음엔 아이들을 키우는 일도, 집안일도 오롯이 제 몫이라고 생각했습니다. 말도 잘 통하지 않는 곳에서 힘들게 일하는 남편을 돕는 일은 집에서만큼은 아무것도 신경 쓰지 않고 편히 쉴 수 있게 해주는 것이라 생각했어요. 집 안팎에 뭔가 일이 생기거나 고장이 났을 때도, 심지어는 남편이 타고 다니는 차 수리까지도 제 일이었습니다. 집에서 잠만 자는 남편한테 단 한 번도 잔소리를 해본 적도 없습니다. 오히려 주말에 남편이 낮잠을 자고 있으면 아이들을 데리고 공원이나 도서관에 다녀오곤 했어요. 조용히 쉴 수 있게 해주려고요.

아이들과 잘 놀아주는, 집안일도 잘 도와주는 남편을 둔 동네 여자들이 부러웠습니다. 가끔 집에 와서 아이들을 봐주기도 하고 집안일을 도와주기도 하는 친정 엄마를 둔 그녀들이 부러웠어요. 잘사는 시댁을 둬서 간간히 경제적인 지원을 받는 동네 친구가 부러웠습니다. 그래도 내가 할 수 있는 최선을 다하자 생각했어요. 나만 잘하면 될 것이라고 생각했습니다. 그렇게 저 혼자만 희생하면 모두가 행복할 수 있을 것이라 믿었습니다. 언젠가는 알아주겠지, 저 사람도 변하겠지 생각했어요. 그런데 아니었습니다.

그동안 아무리 힘들어도 혼자 견뎌낼 수 있었습니다. 힘들 때면 아무도 몰래 혼자서 울었습니다. 서운한 마음도, 억울한 마음도, 화도, 뭐든 다 그렇게 비워내곤 했어요. 그런데 언제부턴가 아이들마저 미워졌습니다. 다 귀찮아졌어요. 집안

꼴이 엉망진창이 되어갔어요. 하루 종일 멍하니 누워만 있곤 했습니다. 그럴수록 내 자신이 더 밉고, 더 싫어졌어요. 정말 창피했습니다. 시간이 빨리 흘러가 주었으면, 하고 바랬습니다. 아이들이 다 커서 독립하면 좀 나아질까…… 혼자가 되면 좀 나아질까…… 멍하니 누워서 눈물 흘리고, 자책하고 자학하고, 손목을 긋고…… 나는 왜 태어났을까…… 왜 살아야 하나…… 늘 그런 답도 없는 생각들뿐이에요.

모르겠어요. 돈이 아주 많았으면 좋겠습니다. 내가 내 책임에서 벗어나도 괜찮은 거면 좋겠어요. 잠깐이라도 여기를 떠나 있고 싶어요. 언젠가 선생님이 권유하셨던 대로 식구들과 잠깐이라도 떨어져 지내고 싶어요. 입원해서 멍하니 아무 생각도, 아무것도 안 하며 지내면 좋겠어요. 꿈같은 얘기죠.

몇 년 전에 무료로 정신과 상담을 받을 기회가 있었는데, 그때 정신과 선생님께서 우울증이 심하다며 약물치료를 권유하셨습니다. 상담치료는 경제적인 여건상 어려웠거든요. 한동안 우울증 약과 수면제를 복용하다가 그마저도 끊었습니다. 가끔은 사치스러운 병이란 생각도 들어요. 내가 이런 여유를 부릴 때가 아니지 싶습니다.

몇 년 전부터 남편 사업이 어려워졌습니다. 집값을 제외하고 의식주에 필요한 모든 비용을 신용카드로 결제하면서 살고 있어요. 시간이 지나면 지날수록 카드빚만 늘고 있습니다. 은행에 가서 대출을 알아봤는데 번번이 거절당했고요. 이런 상황에 감히 제가 상담을 꿈꾸다니요. 그런데도 도움을 받고 싶어요. 그럴 여유 없는데…… 너무 힘이 듭니다. 혼자서 버텨내기가…… 너무 버겁습니다. 한 시간에 수십만 원 이상 하는 상담을 받으라고 말씀하실 수 있나요? 아님, 그냥 받지 말라고 말씀하실 건가요?

시한부 삶을 선고받은 드라마나 영화의 주인공들이 그렇게 부러울 수가 없어요. 그런 상황에 놓이면 왠지 제가 제 자신에게 조금은 더 관대해질 수 있을 것 같은데 말입니다. 조금은 더 이기적일 수 있을 것 같은데 말이에요.

오랜만에 한국에 가서 만난 동생과 사촌동생이 비슷한 얘기를 했습니다. 생각해보면 여기서도 들었던 말이에요. 동네 친구한테서요. 다들 입이라도 맞춘 듯 비슷한 얘기를 합니다. 매사에 자신감 넘치고 적극적이던 난 어디로 갔냐고요. 하고 싶은 게 많아서 늘 뭔가를 하느라 바쁘던 난 어디로 갔냐고요. 내가? 내가 언제 그랬지? 전 정말이지 제가 그런 사람이었다는 게 기억조차 나지 않아요. 정말 낯설기만 합니다. 저는요, 지금의 저는 말이죠, 정말이지 아무것도 하고 싶지 않아요. 숨 쉬는 것도 귀찮아요.

전 아침이 싫어요. 또 다른 하루가 시작되는 아침이 너무너무 싫습니다. 오늘도 아무렇지 않은 듯 웃는 연기를 하며 사람들을 대하고 집안일을 합니다. 아……, 언제쯤 이 길의 끝에 가 닿을 수 있을까요?

조언

타국으로 이민 가셔서 살림과 육아에 과도한 부담을 지면서 살고 계시고 반면 남편 분께서는 거의 도움을 주지 못해서 본인을 잃어가고 계시는 분의 사연입니다.

일단 원인은 부부사이의 역할 분담, 이른바 룰 세팅rule setting의 과정이 잘 이루어지지 못한 부분이 가장 크지 않을까 싶어요. 부부관계는 사람이 성장하면서 맺게 되는 거의 첫 번째 룰 세팅의 기회입니다. 즉, 가족의 기초가 되는 부부라는 관계를 설립하는 과정에서 그 안에서 어떻게 각자의 책임과 역할을 나눌지 역할을 결정해야 합니다.

사람은 보통 태어나서 자라면서 대체로 가정, 학교, 학원, 직장 등을 거치게 됩니다. 여기에 한국 남자 분들은 군대를 겪게 되는 경우도 있고요. 그런데 앞에서 말씀드린 가정, 학교, 군대, 직장과 같은 집단들은 이미 기존 구성원들이 룰 세팅을 완료한 곳입니다. 예를 들어 가정의 경우에는 부모님이나 집안 어른들이 정해놓은 규칙을 따르게 되지, 아이가 집안의 규칙을 정하지 않습니다. 학교도 교칙이 있고, 교칙을 지키도록 훈육을 하는 선생님들이 계시죠. 회사도 마찬가지예요. 취업 규칙이나 기타 사내 규칙들이 이미 만들어져 있어요. 위반할 경우 징계절차를 밟게 되겠죠. 군대는 뭐 말할 것도 없고요.

반면 부부관계는 본인과 배우자가 만나서 혼인관계라는 일종의 계약을 하게 되는 시점에 설립이 되는 것입니다. 그렇기 때문에 그 가정의 책임과 역할에 대한 규칙이 사전에 정해져 있지 않습니다. 물론 시대나 지역에 따라 어느 정도 고정적인 역할을 기대할 수는 있죠. 그런데 제가 살면서, 그리고 많은 분들을 상담해보면서 느낀 점은 그 안에서도 되게 다양한 변형들이 있을 수 있고, 정말 집집마다 부부의 역할이나 가계 · 육아 · 살림을 책임지는 정도나 의사결정 방식이 천차만별이라는 점입니다. 가장 중요한 부분은 이러한 세부적인 사항은 부부가 하나하나 만들어가야 한다는 점입니다.

문제는 이 내담자 분께서 룰 세팅 과정을 거치지 않고 본인을 희생해서 다 해버리신 것이죠. 살림도, 육아도 전혀 분담하거나 부탁하지 않고, 힘들다는 내색도 안 하시고 혼자 다 하셨어요. 물론 엄청 대단한 희생이었다고 생각합니다. 그렇지만 상대방인 남편 분 입장에서는 안타깝게도, 이 룰 세팅이 잘못되었다는 것을 못 느끼셨을 가능성이 높아요. 가장 큰 이유는 배우자 분께서 이러한 분담의 불균형에 문제가 있고 이로 인해 아내가 너무 힘들다는 것에 대한 인식을 아예 못 하셨을 것 같아요.

왜냐하면 부부간의 룰 세팅이 모든 집집마다 다르다는 점의 이면에는 우리 집의 룰 세팅이 잘된 것인지, 불공평한 것인지에 대한 평가를 하기가 어렵다는 점이 있습니다. 대부분 각 집마다 각자의 사정이 있고요. 배우자 중 한 분이 바쁘거나, 몸이 불편하거나, 특정한 가사 일에 대하여는 호불호가 뚜렷하거나, 부모 · 자녀를 챙겨야 하는 사정이 있거나. 같은 집이 하나도 없을 만큼 너무너무 다양하거든요. 그래서 객관화나 평가, 자기반성 같은 것이 이루어지기 어려워요.

특히 남편 분이 자라신 가정에서 남편 분의 부모님들께서 어떻게 분담을 하셨는지도 남편 분의 의식에 큰 영향을 미쳤을 것인데 내담자 분 주신 사연에 약간의 힌트가 있죠. '시아버님을 그대로 닮았다. 그래서 시어머님께선 늘 말씀하셨습니다. 무조건 시키라고, 게을러서 아무것도 안 할 테니 하나부터 열까지 다 시켜야 한다고.' 제 생각에는 시어머님께서도 남편이나 아들에게 무엇인가 분담을 요구하지 않고 다 감내하셔서, 며느리는 그렇게 하지 않기를 바라는 마음에서 말씀을 하셨을 수도 있을 것 같아요.

남편 분께서 이러한 상황에 크게 문제의식을 갖지 않고 사셨을 가능성이 높아 보여요. 아들은 일단 아빠를 통해 가정에서 역할을 배우고, 특히 시어머님이 아들에게 가정생활의 불평이나 불만을 토로하지 않으셨다면 더더욱 알 기회가 없었겠죠. 이에 더해서 사람은 자기가 해보지 않은 일에 대하여는 얼마나 힘든지 느끼기 어렵습니다. 누구나 자기 인생이 제일 힘들다고 하잖아요. 그러니까 바깥에서 있는 일만 생각하지, 가정에서 육아나 살림 이러한 것이 힘들다고 생각하기 어려웠을 겁니다. 즉, 해본 적이 없고 알지 못하는 일에 대하여 우리가 힘든지를 느끼기 어려운, 그런 상황인 것이죠.

그렇기 때문에 이 룰 세팅 과정에서는 서로의 의사교환이나 피드백이 매우 중요합니다. '내 생각은 이렇게 나누면 좋겠어. 이렇게 해보니까 이러한 부분이 힘들어. 이 부분은 도와주면 좋겠어' 이렇게 이야기를 하지 않으면 상대방의 생각을 알기도 어렵고, 자기검열이 안 되어요. 남편께서 '이제 와서 후회가 된다. 아이들이나 아내와 서먹서먹해진 것이 본인 탓인 것 같다. 자기가 뭘 해주면 좋을지'라고 물어봤다고 하셨는데, 이러한 룰 세팅의 과정을 건너뛰고 별생각 없이 오래 살면서 아내 분이 다 해주시니까 너무 편했는데 시간이 지나고 나서 보니까 무엇인가 조금 이상했던 것이죠. 그러나 그 이상함이 왜 생긴 것인지, 어떻게 해결해야 하는지는 남편 분께서도 알지 못하는 것이죠.

내담자 분 사연을 보면 부모님이 원만하지 못하셨고, 그래서 내가 참으면 된다, 내가 희생하면 잘될 것이라고 생각을 하고 남편 분께 살림이나 육아, 집안일 관련해서 어떠한 부탁을 안 하게 되신 것 같아요. 그런데 남편 분께서는 오히려 당연하다고 여기고, 어떠한 고마움이나 감사 등 돌아오는 것이 전혀 없으니까, 극단적으로 말하면 허공에 발차기하는 그런 식으로 본인이 하시는 일에 대하여 의미를 잃어버리고, 궁극적으로는 본인 스스로를 잃어가고 계시게 된 것 같습니다. 우울증이나 무기력증이라는 것도 그러한 부분에서 오는 것이고요.

제가 절대 내담자 분께 잘못했다는 말씀을 드리려는 것은 아니니 오해하지 마시기 바랍니다. 앞으로 어떻게 하면 좋을

지와 연결이 되는 부분도 있고. 혹시라도 비슷한 상황이나 고민이 있는 다른 분들께서도 참고하시라는 취지였습니다.

해결책을 생각해보면, 앞에서도 말씀드린 바와 같이 이 우울증의 근본은 내가 사라지고 있기 때문입니다. 나라는 사람, 나라는 사람의 존재 가치, 나라는 사람의 의미를 찾지 못하고 계신 것이에요. 왜냐하면 본인이 하시는 행위에 아무도 감사를 하지 않아요. 일종의 물이나 공기 같은? 물이나 공기가 사실 삶에서 굉장히 중요하잖아요. 특히 요즘 같이 미세먼지에 방사능 오염에 이런 일들이 터져보면 얼마나 소중한지 바로 깨닫는데, 평소에 의식 안 하고 살잖아요. 너무 당연하다고 여기니까. 그러한 상황이에요.

그래서 스스로의 의미를 찾는 긴 여정을 떠나셔야 할 것 같아요. 몇 가지로 나누어보면, 첫 번째는 '몰입'입니다. 가족들이 필요한 일을 하지 마시고, 내가 하고 싶어하는 일 혹은 내가 의미가 있다고 생각한 일을 찾아서 그것에 몰입하세요. 일이라고 했지만 취미나 놀이의 개념에 가깝습니다. 동물 키우기, 식물 키우기, 꽃도 좋고, 십자수, 독서…… 어떠한 것이든 좋습니다. 행위가 끝나고 나서 내가 즐겁다, 나는 살아 있다, 어제와 달라진 오늘의 나를 느낄 수 있다고 생각하시는 것을 하세요.

운동도 좋습니다. 운동은 정말 엄청난 자기몰입이거든요. 신체의 능력을 끌어올리기 위해서는 본인 동작 하나하나에 집중하게 자신의 몸 구석구석과 많은 의사나 감정 교환을 하게 되잖아요. 힘들다, 개운하다, 짜릿하다 등 여러 감정을 느끼게 됩니다. 평소 배우고 싶었던 운동을 배우는 것도 좋습니다. 금전적 걱정을 하시는데, 금전적으로 돈이 많이 들지 않는 취미도 많습니다.

두 번째는 인정입니다. 본인에게 애정을 주고, 본인을 이해해주고, 무엇보다 본인을 있는 그대로 받아줄 수 있는, 인정받을 수 있는 대상이 있으면 좋습니다. 물론 가정에서의 일탈을 권유하는 것은 아니고요. 다만 여성분들은 동성으로부터도 이러한 상호 인정이나 이해를 받게 되는 경우들이 많고, 지역 사회에 있는 커뮤니티센터, 종교단체 활동을 통해서 서로 인정받으시는 경우도 많고, 그게 아니면 온라인을 통해서도 인정욕구를 채워줄 수 있는 대상을 찾으실 수 있습니다. 첫 번째와 연결해본다면 강아지 같은 애완동물을 키우는 것도 몰입과 인정이 둘 다 될 수 있는 방법이기는 합니다. 그런데 비용이나 가족들의 반대 가능성도 있고 또 희생만 될 수 있으므로 꼭 하시라고 말씀드리기보다는 선택지 중의 하나 정도로만 생각해주시면 될 것 같습니다.

세 번째는 소통입니다. 나를 찾는 과정에서 몰입은 내 행위의 의미를 찾고, 인정은 나 자신을 타인으로부터 인정받는 것이라면, 소통은 나와 남을 지속적으로 연결하는 다리 같은 것인데요. 사실 제일 필요한 것은 남편 분과의 소통입니다. 너무 늦었다고 생각하지 마시고 지금이라도 남편 분과의 소통을 시도해보시면 좋을 것 같습니다. 사실 이미 부부 관계가 이렇게 형성되어 버린 상황에서 이 이야기들을 꺼내기로 마음먹으시기가 쉽지는 않을 것 같고, 그럴 수 있는 분이면 여기까지 사연이 오지는 않았을 것 같습니다만, 어렵더라도 시도를 해보고 싶다고 하면 몇 가지 팁은 말씀드립니다.

첫 번째로 날짜 · 장소를 정해서 밖에서 만나시기 바랍니다. 그렇게 해야 남편분도 소통의 준비가 됩니다. 집에서 평상시처럼 편하게 아무 생각 없이 계시다가 갑자기 이야기 꺼내시면 남편 분도 이러한 대화나 소통에 전혀 준비가 안 되어 있는 상태이셔서 그냥 싸움만 나고 감정적 상처만 깊어질 수 있습니다. 공원이나 카페 등 밖에서 날짜를 정해서 만나서 이야기를 하자고 하면 남편 분께서 그 날짜까지 많은 생각을 하게 됩니다. 왜 보자고 하는 것이지? 무슨 일이고 무슨 말을 해야 하지? 왜 이런 일이 일어났지? 스스로 안 하시던 생각을 하시면서 남편 분도 훨씬 준비가 될 것입니다.

두 번째로 내담자 분께서도 하실 말을 정리해서 가실 것을 권고합니다. 메모지 같은 곳에 생각을 정리해보세요. 다만 너무 구체적으로 가기보다는 큰 틀에서 1) 내 기분이나 감정이 현재 어떠한지(상황) 2) 내가 이렇게 된 이유는 무엇인지(원인), 3) 구체적인 예를 몇 가지만(예시), 4) 어떻게 했으면 좋겠다(해결) 정도로 정리해보세요. 이 목차는 변형하셔도 되는데 어쨌든 정리하시는 것은 매우 중요합니다. 본인 생각도 좀 더 명확해지고, 방향도 더 잘 잡힙니다.

만약 남편과 소통이 어렵다면 친구, 지인, 자녀들 아니면 앞에서 말씀드린 다른 사회단체들과 이야기하는 방법이 있습니다만 어쨌든 궁극적으로는 남편 분과 한 번은 짚고 넘어가시는 것이 좋아 보입니다. 남편 분께서 태도를 바꾸셔서 문제가 조금 나아질 수도 있고, 그것이 아니더라도 내담자 분께서 여태까지는 마음속으로 삭히고 참고 감내하는 삶을 사셨다면, 앞으로는 본인이 하고 싶은 이야기를 하시는 삶에 대한 연습이 될 것입니다.

나를 잃어가고 있는 상황에서 이렇게 용기를 내서 사연 주신 마음이 어떠셨을까 싶어서 마음이 무거웠습니다. 그래도 이렇게 이야기를 꺼내신 것만으로 한 발짝 나오셨다고 생각이 되고, 앞으로 더 잘되실 겁니다.

하나 더,
변호사의 조언

가사나 육아분담의 불균형이 이혼사유가 될까?

민법상 이혼은 협의 이혼과 재판상 이혼이 있습니다. 협의 이혼은 말 그대로 부부가 혼인 관계를 해소하기로 합의한 것이므로, 이혼의 사유에 제한이 없습니다. 재판상 이혼은 이혼을 원하는 당사자가 상대방에 대하여 이혼을 청구하는 것입니다. 민법 제840조는 재판상 이혼 사유를 '1. 배우자에 부정한 행위가 있었을 때', '2. 배우자가 악의로 다른 일방을 유기한 때', '3. 배우자 또는 그 직계존속으로부터 심히 부당한 대우를 받았을 때', '4. 자기의 직계존속이 배우자로부터 심히 부당한 대우를 받았을 때', '5. 배우자의 생사가 3년 이상 분명하지 아니한 때', '6. 기타 혼인을 계속하기 어려운 중대한 사유가 있을 때' 등 여섯 가지로 규정합니다. 즉, 가사나 육아분담의 불균형이 그 자체로 이혼 사유가 되지는 않습니다.

다만 실무적으로는 '배우자의 부당한 대우' '기타 혼인을 계속하기 어려운 중대한 사유' 등을 주장하면서 가장 주된 이유로 가사나 육아분담의 불균형 등을 주장할 수는 있습니다. 이 부분은 결국 가사나 육아분담의 불균형 등을 원인으로 하여 혼인관계가 회복될 수 없을 정도로 파탄에 이르렀는지가 쟁점이 될 것으로 보입니다.

무엇보다 부부는 서로 부양하고 협조할 의무를 부담하고(민법 제826조), 미성년 자녀에 대한 양육의무 역시 원칙적으로 친권자인 부부가 공동으로 부담하는 것입니다(민법 제913조). 따라서 부부가 상대방의 역할에 대하여 감사하고, 서로 도우려는 마음을 가지시는 것이 결혼생활의 유지에 가장 큰 요인이 되지 않을까 싶습니다.

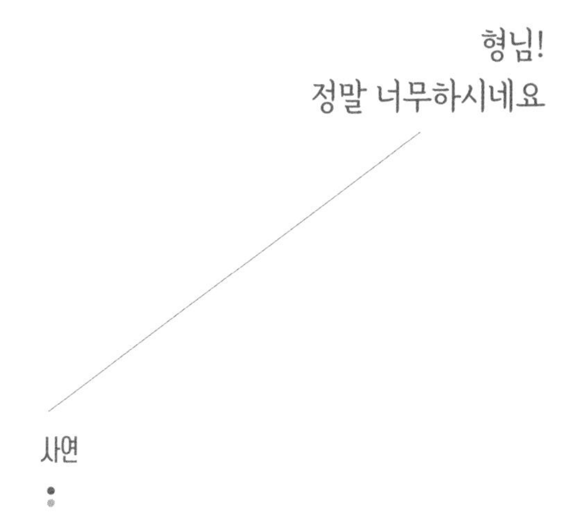

형님!
정말 너무하시네요

사연

형님네는 몇 년간 시험관 시술을 시도한 끝에 어렵게 쌍둥이를 갖게 됐습니다. 그 아이들이 태어난 후부터 생일과 크리스마스에 선물을 보냈습니다. 1년 내내 하나둘씩 사서 모은 것들을 보내주다 보니 제일 큰 박스에도 다 들어가지 않아서 한 번에 박스 두 개를 보낸 적도 있습니다. 몇 해가 지나자 우리 아이들이 점점 서운해 하기 시작했어요. 우리 아이들은 옷이며, 장난감들을 대부분 아는 분들이 물려주는 걸 쓰거나 중고를 사곤 했습니다.

그렇게 저는 꼬박꼬박 선물 상자를 보내주었는데, 우리 아이들이 받은 건 고작 두어 번쯤입니다. 언젠가 아이들이 그러더군요. 자기들은 받은 것도 없는데 왜 또 보내냐고요. 아이들이 그렇게 생각하고 있을 줄 꿈에도 몰랐습니다. 아이들이 많이 억울해하고 있었어요. 아마도 자기들이 먹고 싶은 거나 갖고 싶은 건 잘 안 사주면서, 자기들 사촌들한테는 뭐든 아낌없이 사주는 것처럼 보였나 봐요. 게다가 자기들은 큰엄마, 큰아빠에게서 받은 것도 거의 없었으니 더 서운하지 않았을까 싶습니다.

형님은 소포를 받을 때마다 많이 좋아했습니다. 형님이랑 시숙님 선물도 항상 챙겨서 보냈거든요. 옷이며 가방이며, 가끔은 형님네 어머님과 언니 선물도 챙겼구요. 시어머님도 많이 좋아하셨습니다. 당신 선물은 안 보내줘도 되니까 애들 것을 더 보내주라고 하시면서요. 솔직히 부담이 될 때도 있었는데, 시어머님께서 그렇게 좋아하시니 계속 열심히 보낼 수밖에 없었습니다. 다른 데 아끼자, 다짐하면서요.

그런데 몇 해 전 시어머님께서 암 말기 판정을 받으시고는 한 달 만에 돌아가셨습니다. 어머님이 간암이라는 연락을 받고 가족 모임을 하였을 때 형님께서 그러시더라고요. 아버님께서 우리 몰래 어머님 돈을 가져가시려고 한다면서, 어머님 명의로 된 아파트를 어머님이 돌아가시기 전에 시숙님 명의로 바꿔두면 어떻겠냐고. 그렇게 해서 시부모님께서 살고 계시던 어머님 명의의 아파트가 시숙님 명의가 되었습니다. 지금 생각하면, 전 참 순진하다 못해 멍청했던 것 같아요.

그렇게 어머님께서 갑자기 돌아가셨고, 형님네는 어머님께서 남기신 돈으로 병원비, 장례비용을 해결했습니다. 그러고는 현금도 조금 남아 있다고 했어요. 어머님이 유언을 남기시길 남은 돈은 형제들이 똑같이 나눠 가지라고 하셨다면서도, 앞으로 아버님이 편찮으시면 돈이 필요할 테니 일단은 본인들이 가지고 있겠다 했습니다. 저는 두 말 없이 알겠다고, 그렇게 하시라고 했습니다. 어차피 시부모님 댁 가까이에 살면서 그동안 제일 애쓰셨으니, 그대로 따르는 게 맞다고 생각했어요.

여름에 어머님이 돌아가시고 맞이한 겨울에도 어김없이 형님네로 선물을 보냈습니다. 메신저로 답장이 왔습니다. 서로 부담스러우니 소포 그만 보냈으면 좋겠다고요. 기가 막혀서 할 말을 잃었습니다. 10년 넘게 좋아라 하며 잘만 받던 사람이 갑자기?! 메신저 내용을 곱씹고 또 곱씹었습니다. 난 돌려받은 게 없는데 뭐가 부담스럽다는 건지? 자기가 준 것이 없어서 그렇게 받기만 하는 게 부담스럽다는 건가? 많이 서운했지만 한편으로는 고맙기도 했습니다. 사실 저 또한 보내면서도 꽤나 부담스러웠는데, 어찌됐건 그렇게 소포 보내는 일을 그만두게 됐으니까요.

시어머님께서 돌아가시고 1년쯤 지나서 시아버님을 뵙고 왔는데, 혼자 지내시면서 거의 배달 음식으로 식사를 하고 계셨어요. 그러고는 몇 개월 후 암 말기 판정을 받으셨는데 치료를 안 받기로 하시고 요양원에 들어가시기로 하시다는 소식을 들었습니다. 그로부터 얼마 지나지 않아, 시아버님께서 돌아가셨습니다. 그런데 시숙님은 아버님께서 돌아가신 후 남편한테 연락해서는 절대로 오지 말라고 했답니다. 사람들한테 안 알리고 가족장으로 치를 거라면서요. 그래서 남편도 안 갔대요. 저는 그 얘기를 몇 개월이 지난 후에야 들었습니다. 너무 의아할 뿐이었어요.

더욱 이상한 일은, 시아버님이 돌아가신 후에도 시숙님과 형님은 시어머님과 시아버님이 남기신 것에 대해선 한 마디 말도 없었습니다. 저라면 유언장이든 돈이든 뭐든 다 공개해서 보여주고 함께 상의를 해서 결정했을 겁니다. 계속 아무 말씀이 없으셔서 아버님이 돌아가시고 1년 후, 형님네를 찾아가서 저희가 너무 어려우니 조금 도와달라고 했어요. 그런데 형님이 그러더군요. 자기도 많이 힘들다고. 눈물을 닦고 일어나 나왔습니다. 그렇게 시부모님께서 사시던 집도, 남기신 돈도 시숙님과 형님께서 전부 그렇게 다 챙겨가셨어요.

남편은 그럽니다. 그 둘이 부모님 돈을 보니 욕심이 났는데, 우리가 계속 잘해주는 것은 미안했는지 아예 연락을 끊고 싶어하는 눈치더라고. 가끔 전화하면 귀찮아하더라고. 그러면서 그럽니다. 돈 욕심이 나서 혼자서 다 먹고 싶어서 그런 것 같은데 어쩌겠냐고요.

그런데 저는요, 제가 그동안 온 마음을 다해 정성껏 보내주었던 소포 생각이 나서 너무 억울하고 화가 납니다. 처음부터 누가 시켜서 한 일도 아니고, 보답을 바라고 했던 일도 아니지만 어떻게 사람들이 그럴 수 있는지 모르겠어요. 아무리 형님네가 시부모님 댁 근처에서 살면서 고생하신 부분도 있지만, '이만큼이 남았는데 우리가 제일 고생했으니 둘째 너희는 조금만 줄게' 이정도 말은 할 수 있지 않나요? 그렇게 뻔뻔한 사람들에게 괜히 잘해줘서 내 마음만 다친 것이 가장 속이 상해요.

자꾸만 나쁜 생각을 합니다. 얼마나 돈만 밝히는 인간들인지 주변 사람들이 알게 되면 좋겠다고. 어떻게든 벌을 받으면 좋겠다고. 이렇게 억울하고 분한 마음이 드는 제가 너무 이기적인 건가요?

조언

내담자 분께서 마음에 상처를 입으신 부분은 크게 형제, 친척 간 선물과 상속재산 갈등 두 가지로 보입니다. 사실 가족이나 친척과 같은 혈족, 인척 관계에서도 경제적 이해관계가 달라져서 우호적이지 않게 되는 경우는 너무나도 많습니다. 뉴스 보시면 재벌가의 엄청난 부자들끼리 형제자매나 부모자식 간에 재산 분쟁이 나오는 경우가 종종 있는데요, 왜 저 많은 돈을 두고 저렇게까지 다투고 싸울까? 난 저 재산의 진짜 1%만 있어도 만족하면서 살 수 있을 것 같은데라고 생각이 들더라고요. 그런데 꼭 이 분들이 특별히 탐욕이 많아서 그런 것은 아닌 듯하고, 재산이 많고 적고를 떠나서 이러한 분쟁이 정말 도처에 깔려 있어요.

생각해보면 하나의 가족에서 둘 또는 그 이상의 가족으로 분화가 되는 과정에서 가족의 범위가 달라지기 때문이 아닐까 싶어요. 내가 태어났을 때 내 부모님과 미성년 자녀, 나 또는 내 형제자매까지는 하나의 가족으로 하나의 울타리 안에 있습니다. 그 안에서 늘어나는 재산이 하나의 범위 내에 있어요. 일종의 공유나 합유 같은 관계죠. 그런데 자녀들이 성년으로 분화를 하면 성년인 부모님, 성년인 내 형제자매, 성년인 나, 이렇게 여럿으로 갈라지게 됩니다. 그러면서 하나의 합유 재산이었던 가족 재산도 나누게 되고 각자의 이해관계가 달라지는 것이죠.

역사적으로도 형제 갈등은 굉장히 많습니다. 조선 건국 초기에 나중에 태종이 되는 이방원이 형제들과 왕자의 난을 벌인 것 등 몇 가지 유명한 사건들만 잘 알려져 있지만 실제로 역사책들을 보면 동·서양 할 것 없이 형제간에 재산이나 권력을 두고 다투는 경우는 아주 많아요. 동물의 세계도 그렇습니다. 꿀벌이나 개미같이 집단생활을 하는 동물들 다큐멘터리를 보면 같은 집단에 속해 있는 동안은 서로 역할 분담도 협업도 잘되어요. 그런데 새로운 여왕벌이나 여왕개미가 나와서 분화하는 과정에서 굉장한 생존 경쟁이 펼쳐지더라고요. 나 자신과 내가 속한 집단의 생존이 가장 우선이라는 것이죠.

어쨌든 이러한 경제적인 갈등은 보편적인 것이므로 갈등을 겪으셨다는 것 자체는 큰 문제는 아닙니다만, 좀 더 구체적으로 생각을 해보면 우선 선물은 금액은 다를 수 있습니다만, 가는데 오는 것이 없다……는 식이 1~2년 이상 계속되면 그때는 안 보내는 것이 맞지 않을까 싶어요. 돌아오지 않는 사유는 중요하지 않은 것 같아요. 경제적으로 어려워서, 아니면 선물을 크게 신경 쓰지 않는 가정 분위기라서, 너무 당연하다고 생각해서, 반대로 굉장히 신중한 분들이어서 무엇을 보내야 하나 너무 고민을 하다가 타이밍 놓치는 경우가 없지 않아요.

어떠한 이유이건 상관없는데 이런 경우에는 보내는 사람만 마음이 상합니다. 받는 쪽도 당연하다고 생각하건 부담을 갖고 계시건 이런 부분도 신경 쓰실 필요 없이 정리하시는 것이 맞습니다. 실제로 선물을 끊어서 관계가 더 좋아지는 경우도 없지 않아요. 적어도 평등해지는 것이잖아요. 기브 앤드 테이크Give and Take라는 말을 너무 경제적으로 잰다고 생각하실 수도 있는데, 균형이라는 관점에서 보셔도 될 것 같아요. 몇 번 보냈음에도 계속 답이 오지 않는다고 하면 어쨌든 균형은 맞지 않는 것이니까, 그것에 대하여 서운하게 생각할 필요도 없고, 그냥 담백하게 끊으셨어야 하는 것이 아닌가 싶습니다. 무엇보다 선물 때문에 내담자 분의 자녀 분들께서 속상하셨다고 하니 그 부분이 참 안타깝네요.

이어지는 내용은 더 안타깝죠. 이 부분을 좀 더 냉정하게 읽어보면 상속재산을 분할하지 않고 차지하시려고 했던 것 같기는 해요. 특히 부모님이 돌아가셨을 때 오지 말라고 한 것은 굉장히 통상적이지는 않거든요. 가족들 사이가 안 좋은 경우에도 적어도 가시는 분, 조문 오시는 분께 인사는 해야 하고, 사실 처리해야 할 일도 많아서 오는 것이 더 도움이 됩니다.

그리고 이 분들께서는 딱히 가족장으로 치르셔야 할 이유도 없었을 것 같은데 가족장이라고 말씀하신 것도 수상하고, 설사 가족장이라고 하더라도 아들이랑 며느리는 당연히 참석해야 하는 것일 텐데 오지 말라고 한 것도 이상하네요. 물론 불러도 안 가는 경우나, 상갓집에서 싸우시는 경우까지는 봤는데 오지 말아라? 정말 앞뒤가 안 맞습니다. 게다가 그 앞에서 시어머님께서 돌아가실 때 집 명의를 시숙님 명의로 돌리고 시어머님께서 남기신 현금도 가지고 있겠다고 하시고, 시어머님께서 돌아가신 이후 선물을 보내지 말라고 한 것들을 보면 이 시점부터는 마음을 먹었던 것이 아닌가 싶습니다. 그깟 돈 때문에 먼 곳에 사는 형제가 눈에 들어오지 않았던 것이겠죠.

기본적인 것만 말씀드리면 상담자 분 부부께서 외국에 계셨건 부모님을 덜 모셨건 이런 부분에 관계없이 상담자 분의 남편 분께서는 다른 형제 분들과 동일한 상속 지분이 있습니다. 그리고 상속 포기를 하신 것 같지는 않으므로, 기간이 너무 오래 경과된 것이 아니라면 지금이라도 시어머님께서 남기신 재산을 받을 수 있는지 검토를 해보실 수도 있습니다. 물론 가족이나 형제들끼리 무슨 소송이냐……라고 하실 수도 있지만, 생각보다 가족, 친척, 친구, 이렇게 가까운 사이에서 분쟁이 더 많습니다. 안타깝지만 현실이에요.

외국에 계신 분들도 많이 합니다. 요즘에는 온라인으로 상담하고 증거 서류도 검토해주는 곳도 많고, 심지어 본인께서 직접 전자소송으로 접수하고 진행하는 것도 가능합니다. 소송비용도 상속재산분할 같은 경우는 지금 경제적으로 조금 어려우시더라도 상속 재산에 대한 성공보수 약정 형태로 하실 수도 있고, 옵션은 다양합니다. 외국에 계시다고 해서 포기하고 그런 세상은 많이 지났고요. 지금 사정이 어려우시다면 이 방법도 생각은 해보시기를 바랍니다.

그런데 솔직하게 말씀을 드리면 물론 안 알아보시고 사연 보내주신 것은 아니신 것 같고요, 그냥 너무 답답해서…… 본인의 믿음, 배려, 친절, 수고 이러한 것들이 배신당하고 버려졌다는 것에 대한 상실감이 더 커서 사연을 보내주신 것 같아요. 그래서 이 부분은 그냥 저라도 내담자 분의 상처를 이해하고 같이 들어드린 정도로 해야 할 것 같습니다. 본인이 조금만 더 이기적이고 내 것을 잘 주장하실 수 있었다면 더 경제적으로 조금이라도 나아졌을 것이고 상처도 덜 받았겠지만 어쩌겠습니까. 그게 인생이더라고요. 그래도 그 억울한 마음 충분히 이해합니다.

아, 이 분과 상담하면서 하셨던 말씀 중에 저 대신 그분들께 나쁜 말씀을 해달라는 이야기가 있었는데요. 제가 조금 순화해서 말씀드리면, 요즘에는 떡볶이를 사 먹어도 다 N분의 1로 갈라서 돈 내는 세상인데 그것을 다 그렇게 가지시려고 욕심내시는 것이 말이 되나요. 형님네도 사연은 있으시겠지만 지금이라도 마음 고쳐 드시고 형제들끼리 공평하게 나누세요. 내담자 분께 대신 해드리는 것도 있지만 형님네를 위해서도 정말 필요한 말씀입니다. 욕심 부리는 집치고 말년이 순탄한 집 많이 못 봤습니다. 자식들이 똑같이 배워요. 나중에 자녀들끼리, 형님네와 자녀들 사이에 경제적 문제로 우애가 깨질 위험이 높아요. 저도 물욕에 지배당하는 평범한 인간입니다만, 지금이라도 먼저 연락 주셔서 말할 타이밍을 놓쳐서 미안하다고 하면서 지금 가지고 있는 것들이라고 나누자고 해주세요. 부탁드립니다.

하나 더,
변호사의 조언

내가 받지 못한 상속분을 회복하기 위한 방법
– 유류분, 상속회복청구권에 대하여

민법상 상속은 직계비속, 직계존속, 형제자매, 4촌 이내 방계혈족의 순위로 이루어지며, 배우자는 직계존속 또는 비속이 있는 경우 이들과 공동상속인이 됩니다. 그리고 직계비속이나 존속 등 같은 순위 내에서 상속분은 동일하며 배우자는 1/2을 가중 받게 됩니다. 즉, 이 사안에서 시어머님이 돌아가셨을 때는 시아버지 : 시숙님 : 남편이 각 3/7 : 2/7 : 2/7로 상속하고, 시아버님이 돌아가셨을 때는 시숙님과 남편이 1/2로 상속하게 됩니다.

한편 공동상속인들은 상속할 권리를 포기하거나(이를 상속포기라고 합니다), 상속재산의 분할을 협의할 수도 있으나, 사안에서는 상속의 포기나 재산분할협의가 이루어지지는 않은 것으로 보입니다.

위와 같이 상속의 포기나 재산분할협의가 없었음에도 상속재산을 점유하고 있을 경우 민법은 상속인에게 상속회복청구권을 행사할 수 있도록 해주고 있습니다. 상속회복청구권은 참칭상속인, 즉 상속인의 외관을 가지고 있는 사람이 상속재산을 점유하고 있을 때 행사할 수 있는 권리입니다. 여기에서 참칭상속인에는 다른 공동상속인도 포함됩니다. 즉, 공동상속인이 다른 공동상속인의 상속권을 침해하여 상속재산을 소유 또는 점유하였을 때도 이 소송을 할 수 있습니다(다만 재판상 청구만 가능합니다).

이와 별개로 상속인에게는 법정상속분의 일정 비율만큼의 유류분이 인정됩니다. 유류분은 상속인이 유류분에 미치지 못하는 재산을 상속받은 경우 유류분을 초과하는 재산을 받은 상속인에 대하여 반환을 청구할 수 있도록 하는 제도입니다. 즉, 사안처럼 피상속인이 일부 자녀에게 모든 재산을 증여하고 다른 자녀들이 재산을 상속받지 못한 경우에 행사할 수 있는 권리입니다. 이 사안의 경우 시어머님께서 어느 시점에 어떠한 원인으로 아파트를 시숙님께 매도, 증여 혹은 유증하셨는지는 확인되지 않습니다만, 유류분반환청구권 역시 상속회복청구권과 마찬가지로 부족한 상속을 받은 상속인께서 자주 활용하시는 권리이므로 참고로 알아두시면 좋을 것 같습니다. 참고로 유류분은 상속회복청구권과 달리 재판상뿐 아니라 재판 외 행사도 가능합니다.

그리고 또 중요한 것은 두 가지 권리 모두 행사기간이 정해져 있습니다. 상속회복청구권의 경우 상속권침해행위를 안 날로부터 3년 또는 침해행위가 있었던 날로부터 10년 안에 행사해야 하고, 유류분반환청구권은 상속의 개시와 반환하여야 할 증여 또는 유증의 사실을 안 날로부터 1년 또는 상속이 개시한 때로부터 10년 안에 행사해야 합니다. 실무적으로도 청구권이 인정되면서도 기간이 경과하여 권리를 되찾지 못하는 경우가 많으므로, 진행을 하실 계획이 있다면 유의하셔야 하는 부분입니다.

에필로그

이상으로 일상생활, 사회생활, 연애, 가족에 관해 털어놓은 고민과 그에 대한 제 이야기를 보셨습니다. 물론 여기에 담기지 못한 이야기들이 훨씬 더 많습니다. 다만 이 책이 사연을 주신 분들께서는 당신의 이야기를 들어드리는 계기가, 그리고 비슷한 사연을 가지고 계시거나 참고가 필요한 분들께는 당신의 이야기를 공유하는 계기가 되었기를 바랄 뿐입니다.

이하에서는 제가 인터넷 카페와 팟캐스트 등을 통해 고민 상담을 하면서 느끼게 된 것들에 대하여 조금 정리해보았습니다. 앞으로 고민 상담 받기를 원하시거나, 고민 상담을 전문적으로 또는 SNS 등을 통해 해보실 의향이 있는 분들께서 참고하실 수 있을 것 같습니다.

1. 왜 고민 상담을 하게 되었나요?

저는 태어날 때부터 인간에 대한 호기심이 지나치게 많은 아이였습니다. 새로운 일을 하고, 새로운 사람을 만나는 것에 대한 거부감이 지나칠 정도로 없었고요. 그래서 정말로 문과, 이과, 예체능 모두 그래도 어떠한 성향의 사람들이 가게 되고 어떠한 고민들을 하게 되는지 정도에 대하여는 기초적인 이해를 할 수 있는 상황입니다. 뿐만 아니라 성인이 된 다음부터는 상당히 많은 시간을 여러 나라들을 쏘다니는 데 활용하게 되었는데, 이 경험 역시 사회나 인간의 다양성을 이해하는 데 큰 도움이 되었습니다(사실 시간이 많이 지난 사진과 경험들이기는 한데, 나중에 기회가 되면 여행 경험들을 바탕으로 한 책을 내볼까도 고민하고 있습니다).

이후 연수원, 군법무관을 거쳐 국내 최대 법률사무소에서 변호사생활을 시작하게 되었습니다. 집안에서는 법원이나 검찰 등 보다 사회적으로 명예롭다고 여겨지는 직역에서 법조인 생활을 하기를 강력하게 원하셨고 갈등도 적지 않았습니다.

다만 변호사생활을 먼저 선택한 이유는 판사나 검사에 비하여는 의뢰인들로부터 사건의 진실을 들음으로써 그들의 솔직한 욕망이나 숨기고 싶은 부분들까지도 이해할 수 있지 않을까라고 생각하였기 때문입니다. 달리 말하면, 세상을 좀 더 배우고 싶었습니다. 제가 종종 로펌생활을 '인생 대학원에 다닌다'고 말한 이유이기도 합니다.

로펌에서는 M&A, 금융, 공정거래, 노동, 세무, 부동산, 지적

재산권, 컴플라이언스 등 업무 분야를 세분화하고 하나의 변호사로 하여금 몇몇 분야의 업무를 집중적으로 하게 함으로써 그 변호사를 전문가로서 성장하도록 합니다.

그러나 제게 있어서 로펌 변호사생활의 본질은, 인간이 돈을 벌기 위한 목적으로 설립한 기업이, 그 욕망을 실현하기 위하여 어디까지 행위를 할 수 있고, 국가는 어느 선에서 컨트롤을 할 수 있으며, 이러한 국가의 규제에 대하여 다시 기업은 어떻게 반응할 수 있는지의 전반적인 프로세스를 이해하는 과정이었습니다. 기업이 돈을 추구하고, 로펌은 그러한 기업을 도우니 문제가 있는 것이라고요? 저는 그렇게 생각하지는 않았습니다. 누구나 큰돈을 벌고 싶어합니다. 돈을 싫어하는 사람은 아직까지 한 명도 만나보지 못했습니다. 이 책 역시 제가 금전적 수익만을 목적으로 해서 쓰는 것은 아닙니다만, 책이 많이 팔려서 돈을 많이 벌게 된다면 제가 싫어할 리는 없으니까요(웃음). 어쨌든 로펌생활은 제가 인간이 가지고 있는 욕망의 말단과 본질을 이해할 수 있는 중요한 자산이 되었습니다.

그런데, 정말 힘들었던 주니어 변호사(로펌에 따라서는 어쏘시에이트 또는 줄여서 '어쏘' 변호사라고만 하는 경우도 있습니다) 생활을 마치고 유학도 다녀온 후 시니어 변호사가 되어 조금은 몸과 마음이 편해지면서, 다른 생각들이 들기 시작했습니다. 생활은 훨씬 안정적이 되었고 아들과도 예전보다 많은 시간을 보낼 수 있게 되었습니다. 로펌에서도 어느 정도 작은 인정은 받은 상황이었다고 생각합니다(물론 아니었다면 죄송합니

다) 그럼에도 불구하고 무엇인가 빠진 것이 있었습니다. 내가 애초에 왜 이 일을 시작하려고 했던가? 세상에 대한 이해가 아닌가? 어느덧 저는 적당한(사실은 상당히 많은) 급여에 만족하고 사는 사람이 되어 있었습니다. 변호사를 근로자라고 한다면 제 나이 대에 받을 수 있는 최고 수준의, 다소 과분한 급여를 받았다고 생각하고 많이 감사하고 있습니다.

그렇지만 이 곳에서 얻을 수 있는 인간에 대한 이해는 점점 더 체감遞減되는 반면, 제가 가보지 못한 세상에 대한 궁금함은 더 커졌습니다. 가정폭력을 예로 들면 변호사가 할 수 있는 이야기는 민사, 형사 또는 가사적으로 사건이 어떻게 처리될지에 대한 이야기를 해줄 수 있을 것입니다. 그런데 당사자 입장에서는 그 외에 가족 내에서 갈등상황이 생긴 근본적 원인과 해결 방안, 가정 내 폭력으로 인한 마음의 상처 치료, 다른 가족들과의 관계 유지 등이 더 중요한 것일 수도 있습니다. 전자를 넘어 후자를 아우르는 사람이 되고 싶었습니다.

그런 마음으로 여러 곳을 두리번거리다가 '인간의 인간에 대한 치유'라는 생각을 하면서 변호사로서의 법률상담이 아닌 인생에 필요한 고민 상담을 팟캐스트 방송으로 해보기도 하고, 고상카생활을 하기도 하고, 오프라인이나 다른 채널을 통해 고민 상담을 하시는 분들을 만나기도 하였습니다. 주변인들 또는 그들로부터 소개 받은 분들을 대상으로 해서 샘플 상담을 해보기도 하였습니다. 지금도 다른 채널에서 고민 상담을 해보자는 제안이 들어오기도 하였고 고민 상담을 해보고 싫어하는 분들께 직간접적인 연락이 오기도 합니다. 그리고 무엇보다, 이 책을 쓰게 되었습니다.

오해는 하지 않으셨으면 하는 것은, 이 모든 것은 절대 제가 다른 사람들보다 잘났다고 생각해서 말씀드리는 것은 아닙니다. 저보다 통찰력과 인간에 대한 이해가 높으신 분들께서는 이러한 경험이 없이도 충분히 많은 분들께 훌륭한 지혜를 전달해주실 수 있을 것입니다. 옛날 성현들을 보면 많은 경험 없이도 후세에 남는 말씀들을 해주셨으니까요. 다만 저는 제 나름의 방식으로 인간에 대한 호기심을 가지고 다양한 사람과 사건들을 최대한 이해하기 위하여 노력하였고 그 결과를 방송, SNS나 이 책을 통해 풀어내고 싶었을 뿐입니다.

2. 상담 과정에서의 가장 큰 애로사항은 무엇이었나요?

우선 대부분의 경우 SNS 무료 상담은 이메일, 쪽지나 카카오톡 오픈채팅 등 비대면 상담으로 이루어집니다. 따라서 상담자 분의 삶이나 고민 내용에 대하여 완전한 정보를 얻기가 어렵습니다. 개인적으로 아는 분도 아니기 때문에 상담자 분이 고민을 하시는 근본적인 이유, 상담자 분이 궁극적으로 원하시는 목표 등도 완벽하게 알기는 어렵고요. 통화를 하는 경우도 있으나 전화 목소리를 듣는다고 해서 이러한 부분을 100% 해결하기는 어렵습니다.

상담을 하는 사람 입장에서는 처음부터 조언의 방향이 잘못되면 돌이키기 어렵기 때문에 처음에는 보수적이고 일반론적인 의견을 드리게 되는 경우가 많습니다. 내담자 분께 어떠한 답이 아니라 내담자 분께서 더 스스로 고민하셨으면 하는 부분에 대하여 알려드리기도 하고요. 실제로 오프라인에서 전문 상담가 분께 유료 상담을 하더라도 상담이 한 번에 끝나는 경우는 오히려 적고 계속 이야기를 나누면서 내담자 분의 마음 속에 있는 진심을 찾기 위한 여정을 도와주는 식으로 상담이 이루어지는 것으로 이해합니다.

이렇게 한정된 정보하에서 최대한 답변을 드리는 부분이 내담자 분 입장에서는 자신의 인생 고민을 상담자가 쉽게 생각한다거나 한 번에 충분한 정답을 주지 않았다고 하여 실망하시는 경우를 종종 만나게 됩니다. 뿐만 아니라 온라인에서 활동하는 상담가들은 대부분 다른 직업을 가지고 있는 경우가 많아서 밤이나 주말 등 업무와 가정 외의 시간을 통해서 내담자의 고민을 검토하고 의견을 드리게 됩니다. 반면 고민을 상담하시는 분들께서는 당연히 자신의 인생에 당면한 고민이 너무나도 힘들어서 오신 분들이어서 신속하게 상담가가 답변을 주는 것이 중요하고요. 물론 내담자와 상담가 사이에 지속적인 커뮤니케이션을 통해 대부분 해결이 가능합니다만, 상담을 생각하시는 분들은 이러한 긴장 상황에 계속 있어야 한다는 부분을 염두에 두셔야 할 것으로 생각합니다.

어쨌든 제게 직접 상담을 받으셨거나 이 책을 보시는 분들 중에 원하는 해답을 100% 찾지 못하신 분들께는 제가 심심한 사과를 드립니다. 다 제가 부족한 부분입니다. 그분들께서도 모두 마음의 평온을 찾으셨기 바랍니다만 혹시라도 추가적으로 상담이나 의견이 필요한 분들이 계시다면 저는 언제든지 당신의 이야기를 들어드릴 준비가 되어 있습니다(이 책 뒤에 있는 엽서에 고민을 적어 보내주시면 갖고 계신 고민을 상담해드리겠습니다).

고민 상담을 소재로 한 방송을 생각하시는 분들이라면 더욱 쉽지 않은 부분들 있습니다. 고민 상담은 사람들이 기쁘게 찾아보는 소재가 아닙니다. 그리고 하나의 소재에 관심을 가진 사람이 다른 소재에도 관심이 있을 가능성이 매우 적습니다. 맛집이나 영화, 여행을 다루는 SNS는 한 블로그나 방송에 관심을 가진 분이 다른 것도 함께 살펴볼 것이지만, 고민 상담은 그렇지 않습니다. 주제나 내용이 다들 무거워서 한 분이 들어와서 오래 보는 것을 그다지 추천하지도 않고요. 그래서 특정 주제로 한정해서 가볍고 밝게 해야 하지 않나 싶습니다. 이 부분은 더 드릴 말씀도 많은데, 책의 목적은 아니므로 이만 하겠습니다.

3. 고민 상담을 하면서 깨달으신 것이 있나요?

가장 큰 깨달은 점은 '세상에 정말 많은 고민이 있구나'라는 것이었습니다. 제가 고민 상담을 하겠다고 마음먹었을 때는 미처 생각하지 못했던 다양한 고민들이죠. 사실 내 인생이 정말 힘들다고 생각하고 살잖아요. 부끄럽지만 이 방송을 시작할 때 제가 그런 생각이 없었던 것도 아니고요. 그런데 고민의 세계에 들어가 보면 정말 누가 봐도 많이 힘든 상황에 계신 분들이 많고요. 아, 이러한 고민이 있구나 싶은 분들도 많습니다.

그런데 더욱 감동적이었던 것들은 그러한 분들께서 정말 의지를 잃지 않고 희망을 가지고 열심히 살아가신다는 것이었습니다. 저라면 지치고 말았을 그 순간에도 끈을 놓지 않고 계시는 분들이 있었습니다. 부끄러웠고, 감사하였으며, 감동적이었습니다. 이 책은 사실 그분들께서 쓰신 것이나 다름이 없습니다.

고민 상담에 관심을 가지고 계신 분들이 많습니다. 자신의 경험과 지식을 다른 분께 공유해주시려는 마음만으로도 충분히 존경 받아야 한다고 생각됩니다. 다들 저보다 더 현명한 조언을 해주실 것이라고 믿어 의심치 않습니다.

다만 많은 비전문가들께서 선의를 가지고 고민 상담을 시작하십니다만 순수한 마음만으로 해결되지 않는 부분들이 있습니다. 생각보다 많이 무겁고, 감당하기 어려운 질문들도 있고요. 앞에서 말씀드린 것 같이 내담자 분과 기대치를 조율하는 과정에서 애로사항이 있기도 합니다. 하면서 많은 책임감도 필요하고요.

이러한 부분에 있어 준비가 되신 분들이라면 충분히 자신의 지혜를 나눌 수 있을 것이라 생각합니다. 플랫폼이 필요하시다면 일단 인터넷에서 검색만 해보셔도 상당한 정보를 얻으실 수 있을 것입니다. 고상카 역시 훌륭한 인터넷 카페라고 생각하고요.

4. 가장 기억에 남는 사연은 무엇인가요?

특정한 사연을 꼽는 것은 그분들의 사생활 보호를 위해 적절하지 않은 것 같고, 다만 고민에 대한 의견을 드린 다음 그분들께서 자신의 이야기를 들어주어서 고맙다고 말씀하실 때 많은 보람을 느꼈습니다. 어떻게 보면 고민을 가지고 계신 분들께 가장 필요한 것은 '고민의 해결'이 아니라 '고민을 털어놓을 어딘가'가 아니었을까 싶습니다.

5. 고민 상담을 받고 싶은 분들께 드리는 팁이 있다면요?

우선 어떠한 채널로 어느 상담사를 고르실지를 결정하는 것이 중요합니다. 고민을 상담하실 수 있는 곳은 지인, 전문 상담사, 인터넷 등 다양하게 있습니다. 그 안에서도 특정 상담사를 고르신다면 상담사 분의 성향에 따라 상담의 진행이나 결과가 많이 달라질 수 있습니다. 각자가 생각하시는 기간, 비용, 상황 등에 맞추어 찾아보시는 것을 추천드립니다.

처음부터 큰 비용을 들일 것이 아니라면 무료 상담이 가능한 곳(주로 인터넷 카페들)에 가서 온라인 상담부터 받으시되, 이 분들의 의견은 전문적이지 않을 수 있으나 가급적 두세 명 이상의 의견을 들으셔서 본인에게 맞는 것을 찾으시는 것이 안전합니다.

상담을 하시게 되면 내담자 분이 처한 상황, 고민 내용, 고민 해결을 통해 얻고 싶은 것들 등 정보를 최대한 충분하고 자세하게 알려주시는 것이 중요합니다. 상담가는 역술가나 신이 아닙니다. 말씀해주시지 않은 것을 알 수 있는 방법이 없습니다. 간혹 자신에게 불리한 것들이나 꺼려지는 부분을 충분히 말씀하지 않는 분들이 계십니다만, 그로 인해 상담이 부정확해지게 되는 결과 역시 내담자 분의 몫입니다.

뿐만 아니라 상담가는 본인의 삶이나 상담을 통해 얻은 경험을 바탕으로 어떠한 조언이나 길을 제시해 드리는 것이지, 상담가가 정답을 정해주는 것은 아닙니다. 가장 잘 된 상담은 내담자 분께서 미처 생각하지 못했던 부분에 대하여 고려해볼 수 있도록 하여, 마음속에 있는 정답을 찾아 나가는 길잡이가 되는 것이라고 생각합니다.

그런데 본인이 원하는 답변이나 결과를 한 번에 듣지 못하셨다고 하여 감정적이 되시거나 짜증을 내실 경우에는 상담가도 해드릴 수 있는 부분이 별로 없습니다. 단순히 위로를 받으면서 원하는 이야기만 듣고 싶으시다면 가족이나 친구랑 커피를 마시거나 술을 한잔하시는 것이 훨씬 낫습니다. 단정적으로 '이렇게 해라'는 이야기는 역술인을 찾아가시면 바로 들으실 수 있습니다. 물론 사시면서 그 말씀이 맞을지에 대하여는 100% 담보할 수 없겠지만요.

고민 상담은 나도 모르고 있었던 마음속에 있는 정답을 같이 찾아나가는 과정이라고 생각하시면서 인내심을 가지고 기대치를 현실화하시면서 진행하시는 것이 어떨까 조심스럽게 말씀드립니다.

6. 앞으로 고민 상담과 관련한 다른 계획이 있나요?

고민 상담과 관련해서 다른 플랫폼에서 제안이 하나 있기는 합니다. 그 외에도 다른 형태의 방송을 준비하거나 해보고 싶은 생각은 있습니다. 이러한 부분이 실현될지, 언제가 될지는 아직은 잘 모르겠습니다. 중요한 것은 그것과 별개로 어떠한 형태든지 앞으로 살면서 많은 분들의 이야기를 듣고 의견을 드리는 것을 계속 해보고 싶다는 생각은 여전합니다.

7. 끝으로?

고민을 상담한다는 것이 사실 그렇게 쉽지만은 않았습니다. 무거운 사연도 많았고, 어려운 사연을 받을 때는 처음 생각했던 것보다 부담도 생겼었고요. 그래도 방송이나 인터넷 카페 활동, 책을 쓰면서 가장 치유가 많이 되었던 사람은 저라고 생각합니다. 사연을 각색하고 상담 의견을 드리고 보니 과거, 현재 또는 미래의 저에게 남기고 싶은 말들도 녹아 들어가 있더라고요. 남들에게 갚아야 할 것들도 아직 많구나라는 생각도 함께 들었습니다.

이제는 더 이상 드릴 이야기도 없네요. 인생사를 희로애락이라고 하지만, 기쁨이나 즐거움보다는 화가 나고 슬픈 상황들이 우리들을 지배하는 경우가 적지 않은 것 같습니다. 가끔은 세상이 참 공평하지도 공정하지도 않구나라는 생각이 들 때도 있고요. 그래도 우리 모두는 다시, 계속 살아가야 하는 것이 아닐까라는 생각이 듭니다. 각자 어떠한 목적을 가지고 계시든, 어떠한 수단으로 버티든 하루하루를 모으면 각자에게 인생이라는 하나의 작품이 만들어지는 것이 아닌가 싶어요. 남들만큼 아름답고 멋지지는 않더라도 내 인생을 녹인, 내게는 무엇보다 큰 의미가 있었고 가르침을 주었던, 내 자신의 인생입니다.

그러한 마음으로 저도 여러 가지들을 정리하고 다시 한 번 기운을 내서 가보려고 합니다. 고민 상담을 하고 이 책을 준비하는 기간 동안 개인적으로 참 많은 일들이 있었고, 몇 가지 새로운 일에 도전을 시작했습니다. '잘될까?'라는 걱정이 앞서는 밤이 오다가도, '뭐 이제는 잘 안 되면 어쩌겠어?'라고 생각하게 되더라고요. 지금까지 살면서 깨달은 것은 '누가 내 인생만 감시하고 비웃는 것도 아닌데 굳이 남들의 눈치를 보고 비교하면서 살 필요가 있을까?'라는 것입니다. 내가 있는 영역에서 조용히, 그리고 적당히 소소하고 즐겁게만 살아도 나쁘지는 않을 것 같다는 생각이 드네요.

이 책을 펼쳐주신 분들을 어디서 만나게 될 수 있을지 잘 모르겠습니다만 모두 항상 행복하시기를 바라겠습니다. 제게 많은 용기와 가르침과 공감을 주셔서 대단히 감사합니다.

사는 법이 있으면 좋겠습니다
고민 덕후 변호사의 슬기로운 인생 상담

1판 1쇄 ›› 2021년 6월 10일

지은이 ›› 배태준
발행인 ›› 주정관
발행처 ›› 북스토리㈜

출판등록 ›› 1999년 8월 18일 (제22-1610호)
주소 ›› 서울특별시 마포구 양화로 7길 6-16 서교제일빌딩 201호
전화 ›› 02-332-5281
팩스 ›› 02-332-5283
이메일 ›› bookstory@naver.com
홈페이지 ›› www.ebookstory.co.kr

ISBN ›› 979-11-5564-235-1 03810

※잘못된 책은 바꾸어드립니다.